U0840792

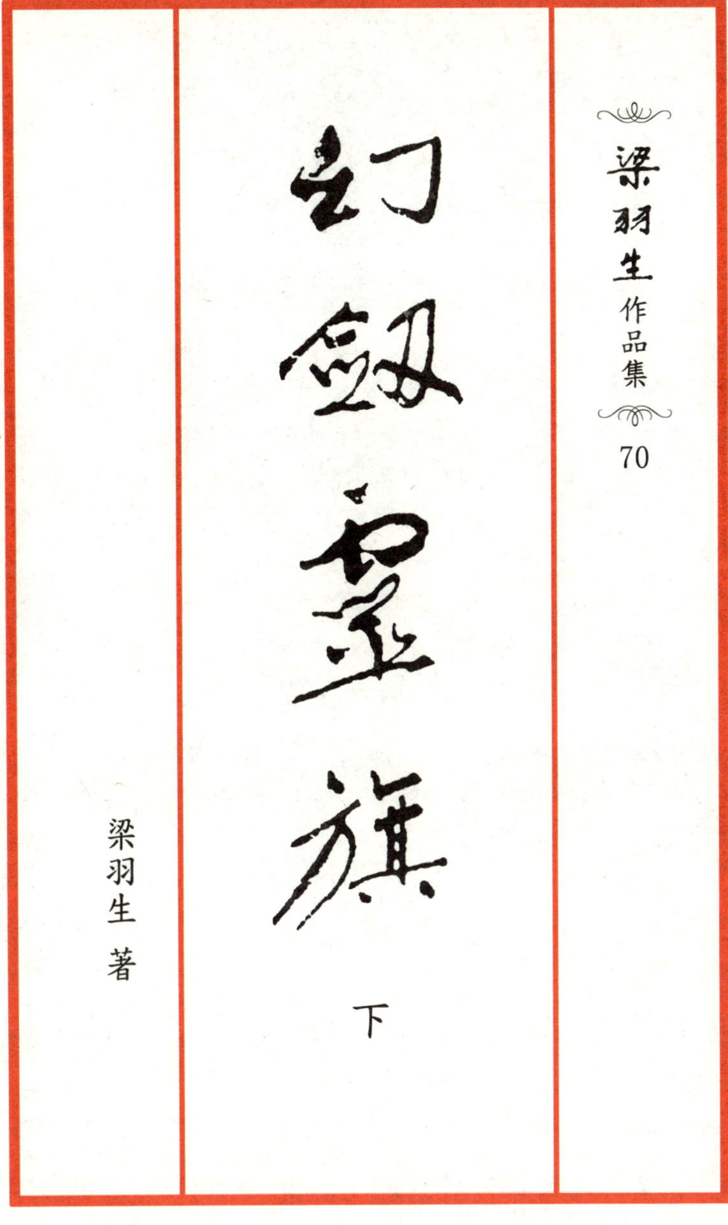

梁羽生作品集

70

幻剑灵旗

下

梁羽生 著

中山大学出版社
·广州·

图书在版编目（CIP）数据

幻剑灵旗/梁羽生著. --广州：中山大学出版社，2012. 12
（梁羽生作品集）
ISBN 978-7-306-04394-8

Ⅰ. ①幻… Ⅱ. ①梁… Ⅲ. ①侠义小说－中国－当代 Ⅳ. ①I247.5

中国版本图书馆CIP数据核字（2012）第300399号

广东省版权局版权合同登记图字：19－2012－078号

敬告读者

为了维护读者、著作权人和出版发行者的合法权益，本书采用了新型数码防伪技术。正版图书的定价标示处及外包装盒上均贴有完好的防伪标签。刮开涂层，可见到一组数码，您可以通过三种途径查验真伪：

1. 拨全国免费电话4008813150，按语音提示从左到右依次输入18位数码并按#键结束。
2. 使用手机或小灵通将18位数码作为短讯内容发至13828823315。
3. 网上查询www.macs.com.cn。

读者如发现盗版图书，可向当地“扫黄打非”办公室、新闻出版局、工商管理部门、公安机关、技术监督部门举报，或直接与我们联系。

联系电话：020-34297719　13570022400

我们对举报盗版、盗印、销售盗版图书等侵权行为的有功人员将予以重奖。

广州市朗声图书有限公司

目　录

第七回　纷乱残棋　难防情变
氤氲迷雾　另有病因

掌门手谕

上官飞凤道："申洪，你来告诉他们。"

那个用独脚铜人作兵器的虬髯汉子上前说道："我们二人奉了主人之命，送一封信给天梧道长。天梧道长知道我们要来扬州，他在看过了敝上给他的那封信之后，就回房间去写了这封信托我们带来扬州，设法交给你们。"

上官飞凤说道："恰好我知道你们要来楚家找我算账，我就顺便把这封信给你们带来了。你们现在还要和我算账吗？"如果申洪所说属实，华山派掌门给本派弟子的手谕都可以付托与上官云龙的手下转交，华山派门人又怎能够还和上官云龙的女儿为难？

天玑道人面色十分难看，不理会上官飞凤，却对申洪问道："我们的掌门师兄可有回信给你们的主人？"

申洪说道："没有书信，只有口信。他叫我们回禀主人，事情他已知道。他多谢我们主人的好意。"

天玑冷冷说道："恕我说句无礼的话，你的大名我还是初次听见。你在上官先生那儿，恐怕还不是头面人物吧？"

申洪淡淡说道："不错，我们只是无名小卒，给主人供奔跑用的无名小卒。"

天玑道："如此说来，我们的掌门师兄会把此事付托你们，我就不能不有点疑心了。”

他把那封信一扬，接着说道：“各位同门都看过了吧，这封信的格式也似乎有点不对。”

要知天梧道人一向优柔寡断，华山派大小事务，差不多都是取决于天玑道人的。这次天玑道人率众下山，更是作为同门之长的。按说天梧不会对他这样不客气，下“谕”给他。即使是要“字谕”众弟子，似乎也该由他代为“传谕”。但这封信写的只是“字谕本派弟子”，根本没有提及他的名字，竟是把他和一众弟子一视同仁。

玉虚子道：“天梧道长把这封信交给申洪的时候，我是在场的！”

天玑道：“当时你没看过这封信吧？”

玉虚子佛然不悦，说道：“你以为我会偷看别人的书信吗？”

天玑道：“我不是这个意思，但你既没有看过，又怎知是原来的那一封信？”

申洪怒道：“你这是什么意思？”

天玑冷冷说道：“我不知道掌门师兄托你转交的那封信是写给谁的，但我知道贵派的公冶弘先生善于伪造字画，他大可以冒充我们师兄的笔迹，另外写过一封。”

玉虚子忍不住道：“天玑道兄，我不敢说你是以小人之心度君子之腹，但那天我是在场的人，我也曾经听见天梧道长是要你们回山的。”

天玑冷笑道：“玉虚子，我相信你是君子，但这两位仁兄和我却是素昧平生；这位上官姑娘，我也只知道她是卫天元的朋友。”言下之意，对他们自是不能相信了。

眼看就要弄僵，瑶光散人忽道：“我看这的确是掌门师兄的笔迹无疑！”

天玑道人哼了一声道：“何以见得？”

瑶光散人道：“掌门师兄用草书写的那个‘谕’字，习惯是少了‘人’字下面的一划的。他这个习惯，外人决难知晓！”

天玑语塞，半晌说道：“即使是真，但这次的事情，给许多朋友的帖子都是由我发出的，来的时候，你们也曾一致同意由我把舵，如今岂可半途而废，贻人以虎头蛇尾之讥！”

上官飞凤冷笑道：“哦，原来你就是带头要他们跟你对付我和天元的人，好，那你就做‘老虎’做到底吧。我倒要看看你是老虎还是老鼠！”意思明显之极，那即是要和他作单打独斗的了。

天玑道人即使未曾与楚劲松拼过一掌，对上官飞凤的“幻剑”也是甚为顾忌，此时功力都未恢复，当然更加没有取胜的把握。他硬着头皮说道：“打就打，难道我还怕你不成！”口说“不怕”，心中其实是害怕的。

瑶光散人道：“师兄，这不是赌气的时候，请你听我一言。”

天玑道人道：“好，你说！”

瑶光散人道：“我以为任何事情都没有比替先掌门师兄报仇一事更为重要，天梧师兄既然说以前种种揣测均非事实，那即是与齐勒铭、卫天元、上官云龙等人都无关了。他要我们马上回山，我们岂可违抗现任掌门人的命令！”

天策、天枢等人都是害怕再打下去的，闻言齐声称是。

天玑道人口头虽硬，心中实亦虚怯，正好趁此自下台阶，便即说道：“既然大家都这样主张，那就回山再说吧。姓卫的，这笔账记下，日后再和你算！”

齐漱玉刚才险些被他所擒，气还未消，抢着说道：“牛鼻子臭道士，这笔账卫师兄不和你算，我也要和你算！”

楚劲松不愿节外生枝，说道：“玉儿，不要多言了。你还是回去看你，……啊，你妈已经出来了。”

此时园中大规模的混战已经停止，零星打斗还有一些。穆志遥那班手下也还未全部撤退。园子里仍是闹哄哄的。

楚夫人庄英男放心不下女儿，此时正在出来找她。齐漱玉向她跑去，说道：“妈，我在这儿，我没事！”

她们母女尚未相会，忽又听得有人叫道：“师妹，你回来！”

这个人是郭元宰，他在唤他的师妹徐锦瑶。

徐锦瑶披头散发，一面跑一面叫道：“不要管我，我要问问楚伯伯去，问他为什么反而要帮那姓卫的小魔头！”

她话犹未了，忽然斜刺窜出一个人来，一把将她抓住，说道：

“对啦，你要报杀父之仇，那是还得倚靠穆统领的。穆大公子正在想念你呢，跟我回去吧！”

这个人是御林军的军官韩柱国，那班“鹰爪孙”就是以他和鲁廷方为首的。用喂毒的透骨钉伤了卫天元的那个人也正是他。

庄英男见状大惊，飞快跑上去挥袖一拂。

只所得“啪”的一声，韩柱国的脸上起了伤痕，皮破血流，幸好未打瞎双眼。说时迟，那时快，韩柱国已经把徐锦瑶举了起来，当作盾牌，挡着楚夫人了。

他手持匕首，对准徐锦瑶颈背，冷笑说道：“我不知道应该称呼你做齐夫人还是楚夫人，但不管是谁，都不能动这位徐姑娘，她是我们穆公子所要的人，穆公子吩咐过，活的拿不回去，死的也要。你要抢她回去，我就先杀了她！我告诉你，我这把匕首可是淬过剧毒的！”

楚夫人投鼠忌器，空有一身本领，也是束手无策了。

上官飞凤忽地走上前来，笑嘻嘻地道：“你们不过是要人质罢了，我来交换这位徐姑娘如何？你们把我押到京师送给穆志遥，功劳岂不更大？”

韩柱国虽然动心，但一想：“我如何惹得起这个妖女？”连忙喝道：“你别过来，我们要的只是这位徐姑娘！”

上官飞凤叹道：“这可真是令我伤心了，原来我送给人家，人家都看不上眼。”

陡然间，只见寒光一闪，韩柱国晃了两晃，慢慢地倒了下去。倒了下去，喉头方见裂开。原来他已是给上官飞凤以迅如闪电的幻剑杀了。她出手之快、之狠、之准，令得楚夫人都不能不动魄惊心。

啪的一声。上官飞凤插剑入鞘，这才笑道：“你看不上我，我只好杀了你！”

徐锦瑶糊里糊涂得以脱出韩柱国的掌握，吓得呆了。

郭元宰将她扶稳，说道：“师妹，你还不多谢这位上官姑娘的救命之恩！”

徐锦瑶惊魂未定，眼睛看着上官飞凤，讷讷的仍是说不出口来。

上官飞凤使出幻剑，迅如闪电，只见寒光一闪，韩柱国晃了两晃便倒下。

上官飞凤哈哈一笑，说道：“说不上什么多谢。我知道你和卫天元有过节，那件事我也曾经帮过卫天元的。恩恩怨怨，一笔勾销也就是了！”

徐锦瑶还能说什么呢？她心里想：“爹爹其实也是罪有应得，难道我还能够当真倚靠穆志遥给我报仇不成？”只好不作一声，默认对方所提的条件，和郭元宰走了。

卫天元道：“楚大侠，这次都是我连累了你！”

此时华山派已经走了，天玑道人请来的那班真假混杂的“侠义道”也都走了，“鹰爪孙”更是早就走得干干净净。但地上却留下十多具尸体，一大半是“鹰爪孙”的。

楚劲松苦笑道：“卫老弟，莫说这样的话。穆志遥早已对我疑心，即使没有你这桩事情，我也是不能在家安居的。恕我不送你啦。”他是忙于部署弃家避难的大事了。

楚夫人走上来道：“卫贤侄，要是你有机会见到她的爹爹……”

卫天元道：“请师婶吩咐。”蓦地觉得“师婶”这个称呼有点不妥，避开她的目光。

庄英男好像不知怎样说才好，停了一会，方始说道：“要是你有机会见到她爹，托你捎个口信。就说，就说玉儿在我这里，叫他不要挂虑。”

卫天元应诺之后，回过头来，对齐漱玉道：“师妹，今晚多亏你的帮忙。”他也是不知怎样说下去才好。倘若在过去的话，像这样俗套的客气话，在他们之间是绝不会有的。

齐漱玉神情更其落寞，淡淡说道：“恭喜你找到了一位才貌双全的师嫂。”

卫天元知道他在姜雪君“灵前”的祷告已经给这位师妹听见了，只能尴尬一笑。

上官飞凤却很大方地和她笑道：“多承谬赞，我和他只是定了亲，未必一定是你的师嫂呢。”

卫天元鼓起勇气说道：“师妹，请你告诉我，雪君的遗体究竟是在何处，安葬了没有？昨晚的‘灵堂’又是怎么回事？”

齐漱玉并没回答他的问题，只是冷冷说道：“哦，你还记得雪君姐姐，我倒真是要替她多谢你了。”

卫天元道：“我是特地来替她料理后事的。”

楚天舒说道：“听说她的遗体，当天就给人搬走了。什么人我们不知道，但你将来一定会知道的。雪君是我的师妹，这灵堂是我们兄妹为她布置的，只是聊表对她的一点悼念而已。”当他说到“你将来一定会知道的”这句话时，有意无意地看了上官飞凤一眼。

齐漱玉冷冷说道：“卫师哥，我替雪君姐姐多谢你来给她祭奠，但我不愿意再见到你了。你走吧！”

卫天元心情激动，忽地只觉一阵头晕，眼前金星飞舞，身形似是风中之烛，摇摇欲坠！原来他中毒多时，又再受了刺激，此际已是支持不住了。

庄英男道：“唉，玉儿，你怎么可以这样气你的师兄？”

上官飞凤道：“我会替他解毒，不妨事的。”当下先点了卫天元的睡穴，跟着吩咐手下将他搬上准备好的马车。

楚家忙于逃难，只有丁勃送她出去。

丁勃说道：“上官姑娘，我要向你请罪。这出戏，唉，真想不到……”

上官飞凤道：“这出戏你唱得很好啊，请什么罪？”原来“这出戏”正是她和丁勃安排的。

丁勃说道：“我虽然没有荒腔走板，但想不到这场戏却几乎弄假成真！要不是你来得及时，我都恐怕下不了台。”

上官飞凤道：“上半场是做戏，下半场已经不是戏了。那些人不请自来，硬要在咱们所编的戏里插上一脚，充当打手的角色，与你有何相干？对付这些人也唯有把他们赶下台去。”

丁勃苦笑道：“那也可以说得是有人要求和咱们唱对台戏吧。但我却有一事不明……”

上官飞凤道：“你是奇怪我怎的会及时赶到吧？按照原来的编排，这出戏我本来是不用到楚家登台的。”

丁勃道：“你已经得到风声？”

上官飞凤道：“不错，我就是因为知道有人要唱对台戏，才跑来赶他们下台的。保定那晚和你分手之后，我已经知道穆志遥派人南下了，后来在金陵我还碰上穆志遥那位宝贝大少爷呢。”

丁勃说道：“那班鹰爪孙还容易对付，华山那班人的行事却有点出乎我的意外。第一，我弄不懂他们为什么好像和齐家有着深仇大恨，他们的掌门被害，本是与齐家丝毫无涉的，他们却冤枉我们的大少爷于前，现在又来诬赖卫少爷。第二，你的手下和那班鹰爪孙打斗，他们竟然明显地帮鹰爪孙。”

上官飞凤道：“天玑那班人来得这样快，我也没有料到。不过他一定要来和我与天元作对，却是在我意料之中。”

丁勃一怔道：“哦，早已在你意料之中？”

上官飞凤道：“不久你就会明白的。嗯，你放心让我把你的卫少爷带走吧？”

丁勃说道：“卫少爷托付与你，这正是少主人和我的共同心愿。对啦，我家小姐不懂事，冲撞了你，请你莫要见怪。”

上官飞凤道：“我怎会和她一般见识。”接着笑道：“这出戏其实也是为了你家小姐做的。她和楚家少爷，从昨晚的情形看来，料想是可以从兄妹变为夫妇了。这才是你家主人最大的心愿吧？”

丁勃道：“多谢姑娘成全他们。”

上官飞凤道：“好，那你可以放心回去了。”

她回到马车，摸一摸卫天元的脉，发觉他的脉象已经接近正常，甚为欢喜，心里想道：“看来他的内功比起一个月前又已大有进境了。虽然他已经服下一颗碧灵丹，中的毒也并非十分厉害，但若是内功的火候不到，是绝对不可能这样快就好转的。”

申洪似笑非笑地说道：“这次虽然碰上一点意外麻烦，事情总还算顺利。恭喜姑娘。”

上官飞凤道：“快驾车吧，放轻点儿，别惊醒了他。”

她哪知道，卫天元的内功造诣尚在她的估计之上，此时虽然还是在睡眠的状态中，但却已有了一点朦胧的知觉了。

卫天元一觉醒来，已经是在公冶弘的家里了。

他一张开眼睛，就看见上官飞凤。

“好了，你醒过来了，先吃点稀饭吧。”上官飞凤说道。

“想不到上次古庙之事，今又重演。这次是你第二次服侍我了。”卫天元苦笑道。

上官飞凤道：“这次和上次不同，上次你是遭慕容垂的毒掌所伤，那老魔头的毒掌要比韩柱国暗器所喂的毒厉害得多。这次我担保你用不了两天就可以恢复如常。”

吃过稀饭，卫天元精神好了许多，问道：“丁大叔呢？”他朦胧记得，好像丁勃是曾出来送行的，故而一开首就问丁勃。

“他回去了。”上官飞凤道。

“你好像是和他说过话，是吗？他怪不怪我不肯跟他回家？”

上官飞凤吃了一惊，说道：“你听见我和他说话？”

“我也不知是否做梦，只是隐约听见他在叫我。不过我想他既来送行，总会有几句话对你说吧？”

上官飞凤这才放下了心，说道：“他的确是对我说了一件事情，这件事情，其实也是早就在我意料之中的。”

卫天元道：“什么事情？”

上官飞凤道：“你猜丁勃为什么跑来楚家？”

卫天元道：“不是来找我回去的吗？”

上官飞凤道：“这只是一半原因。”

卫天元道：“另一半呢？”

上官飞凤道：“你猜猜看。”

卫天元笑道：“那当然是为了我的师妹了。爷爷年老，我和师妹，总得有一个人回去奉侍他。丁大叔消息灵通，他是首先打听到了师妹在楚家，这才来的。”

上官飞凤笑道：“这一半原因，你也是只知其一，不知其二。”

卫天元道：“哦，其二又是什么？”

上官飞凤道：“不错，他是为了你的师妹而来。但最紧要的还不是找她回家，而是为了她的终身大事。”

卫天元怔了一怔，说道：“你是说她和楚天舒？”

上官飞凤道：“不可以么？他们既非同父，亦非同母，只不过有着兄妹的名分而已。”

卫天元道："我并没有不赞同他们结婚之意，相反，他们要是能够成为夫妇，齐楚两家的宿怨也可以化解了。"

上官飞凤道："这主意是银狐穆娟娟出的，你的师叔齐勒铭亦已同意他们的婚事了。丁勃就是受托而来，玉成此事的。"接着，笑一笑道："其实用不着丁勃来撮合，昨晚你在楚家，也应该看得出他们小俩口是情投意合了吧？"

卫天元笑道："不错，我看他们的感情也不像只是名分上的兄妹了。嗯，他们的确是很适合的一对。"接着笑道："现在我明白了，原来你以前说的，我到扬州，可能有一件喜讯等待着我，原来指的就是此事。"

上官飞凤道："那你可以放心这个小师妹了吧？"

卫天元道："我和你一样，心上的一块石头，现在总算是可以放下来了。"要知未来扬州之前，他还是有点担心师妹对他的余情未了的。

上官飞凤面上一红，说道："你说你自己好了，不必拉扯上我。你以为我一定非嫁你不可么？"

卫天元忽地叹了口气，说道："说正经的，小师妹我是可以放心了，但另一件事，另一件事……"

上官飞凤道："你是说雪君姐姐的下落？"她一时大意，话说出口，才发觉漏了"遗体"两字。

卫天元却没有这样细心推敲，点了点头，就道："不错，她的遗体不知是谁带走，令我担心！"

上官飞凤道："其实你不用担心，搬走雪君姐姐遗体的人，料想不会对她怀有恶意。"道理是很容易明白的，假如那人要戕害她的尸体，当场戮尸，岂不省事，何必费那么大的劲搬回去？此时卫天元已经冷静下来，仔细一想，点了点头。

上官飞凤道："你放心，过些日子，我自会替你查个水落石出。"

卫天元道："那我预先替她多谢你啦。"

上官飞凤嗔道："我们已经定了夫妻名分，你还说这样见外的话！"接着叹口气道："雪君姐姐知道你这样关心她，她死了也当瞑目了。”

卫天元不觉有点尴尬，说道：“我对你也是一样关心，不过你不知道罢了。”

上官飞凤道：“你莫误会，我不是妒忌她。”

卫天元道：“我也不是信口开河，哄你喜欢的。你知不知道，为了你，我几乎和丁大叔、楚大侠打起架呢！”

上官飞凤道：“哦，为了我？怎么回事？”

卫天元道：“他们说，有一班人定了昨晚三更要来这里捉拿你，……”上官飞凤道：“因此，你马上就想回来与我有难同当，对么？”卫天元道：“不错，但他们却不许我回来。”上官飞凤笑道：“那也是为了你好呀！”

卫天元道：“我知道，但我怎能让你独自承担灾难，是死是生，咱们都应该在一起的，对不对？”

上官飞凤泪盈于睫，说道：“卫郎，你对我这样好，即使我现在就死，也甘心了。”

卫天元道：“咱们还要百年偕老的呢，我怎能让你就死？但想不到不是我赶回去救你，却是你赶来救我。昨晚这里没事吗？”

上官飞凤道：“你走了之后，我是曾发现平山堂那边有几个形迹可疑的人走来走去，但丁勃说的那班人，都上楚家去了。对啦，一定是他们侦查的结果，知道你已前往楚家，就以为我也在那里。所以一窝蜂都到楚家来了。我就是因为发现有可疑的人窥伺，而你又迟迟不见回来，才赶去的。”她替丁勃圆谎，编造得合情合理，卫天元自是相信不疑。

上官飞凤道：“希望你明天能够骑马，不能骑马，也可坐车。因为明天一早，我们就要离开这里了。”

宗主之争

卫天元叹道：“都是我连累了你们。”

上官飞凤道：“这不关你的事。不错，鹰爪孙已经知道这个所在，公冶弘和我们都是非走不可的。但经过昨晚在楚家的一战，穆志遥派来的那班鹰爪孙已是伤亡过半，在他们未有新的得力助手调来之前，这里最少也还可以保得几天平安的。”

卫天元道：“那你为什么要走得这样急？”

上官飞凤道：“是爹爹叫申洪、屠壮他们来催我回去的。”

卫天元道：“家里有什么事吗？”

上官飞凤道：“也不是什么大事，是白驼山主想坐爹爹那个位子。”

卫天元道：“令尊是西域十三个门派共尊为‘宗主’的，对吧？”

上官飞凤道：“不错，白驼山主就是要这十三个门派从此不再奉我家的灵旗，改听他的号令。”

卫天元哼了一声道：“想不到他竟有这个胆量，真是不度德，不量力！”

上官飞凤道：“你也不可太过小觑他了，他的武功或许不及爹爹，但他所练的寒冰掌和火焰刀，这两门功夫却是比慕容垂还更厉害，爹爹也未必能够克制他的。何况他还有一个善于使毒的妻子金狐助他，他的手下也不比爹爹少。”

卫天元道：“十三门派中人，甘心拥戴他吗？”

上官飞凤道：“那也说不定啊，我想最少也有一半人会跟从他的吧。”

卫天元道：“为什么？他们不怕‘不奉灵旗，幻剑诛之’？”

上官飞凤道：“因为白驼山主给他们的好处一定会比我爹爹给他们的好处更多。你是知道的，白驼山主用大麻来制炼神仙丸，这些年来，他做这个贩毒生意可发了大财。而且，十三个门派中人，也有不少是上了服食‘神仙丸’的瘾的。”卫天元皱了皱眉，心里想道：“我对争名夺利之事不感兴趣，但这个白驼山主，我却是不能容他作恶！”

上官飞凤道：“爹爹身边缺少得力的帮手，发生了这样的事情，我当然要赶回去帮助爹爹。”说罢，带着期待的神情，双目注视卫天元。

卫天元微笑道：“俗语说：丑媳妇终须见家翁。反过来说，丑女婿也终须要见丈人。”

上官飞凤喜道：“听你说的第一句话，我还以为你是绕个弯儿，嘲笑我的容貌丑陋呢。原来你是愿意和我一起回家了。”

卫天元摸一摸脸上的刀疤，笑道：“论容貌你跟我可算是彩凤随鸦，丑的当然只能是我。不过，这个‘丑’字并非单纯指容貌的，没有本事也属于‘丑’的一类。”

上官飞凤笑道：“若依本事来选美丑，你应该算是美男子了。”

卫天元刮她的脸道：“不识羞，我还没有请你‘夸女婿’呢。”

上官飞凤道：“说正经的，爹爹正是需要一个像你这样得力的助手，你愿意和我回去帮他，我也可以为他放心了。”

卫天元道：“你怎的还这么说？你的爹爹不就是我的爹爹么？”

上官飞凤笑道：“对啊，是我说错话了。我的家也就是你的家，怎能还说你跟我回家。”

卫天元喟然说道：“可惜我早已失了爹娘，也早已是无家可归的人了。”

上官飞凤道：“别提这些伤心的事了。”

卫天元道：“说到白驼山主，我是非提不可的。你要知道，白驼山主目前还只是计划和你爹爹作对而已，但他却早已是我的仇人。我的爹爹虽然不是他所杀害，那个大内侍卫用来伤我爹爹的暗器却是他的喂毒暗器。还有，徐中岳用来毒死姜雪君父亲的毒药，也是得自他的妻子金狐手中的！”

上官飞凤道：“你和我的爹爹联手，这个仇一定能够报的！”

卫天元道：“我也相信一定能够。所以，你刚才说的那句话应该颠倒过来，不是我去帮助你的爹爹，是我要取得他的帮助。”

上官飞凤佯嗔道：“你刚刚怪我说话把你当作外人，怎的你又来了？”脸上佯嗔，心中却是甚为欢喜，她知道卫天元是不会离开她了。

第二天上官飞凤一早起来，只见卫天元已在院子里施展拳脚。

上官飞凤又惊又喜，说道：“你的拳打得很有劲啊，看来是可以骑马了？”

卫天元收了拳脚，笑道："想不到这次好得这样快，莫说骑马，跑路也行。"

上官飞凤道："好，那就走吧。"申洪、屠壮二人早已备了马匹伺候。

卫天元道："怎么不见公冶先生？"要知公冶弘虽然是上官飞凤父亲的下属，但他也是居停主人，按礼仪卫天元是应该向主人辞行的。

上官飞凤道："他有事先走一步，这里所藏的字画也早已在昨天搬清了。"

卫天元不以为意，便即跨上坐骑，与上官飞凤等人联骑西去。

一路无事，这日渡过黄河，中午时分，经过华山脚下。

卫天元想起和华山派结怨的事，说道："天玑道人想必已经回到华山了，那天晚上，他被逼退出楚家，不知会不会回去挑拨是非？"

上官飞凤道："挑拨是非，恐怕是免不了的了。"

卫天元道："有一件事，我想来想去都想不通。"

上官飞凤道："什么事？"

卫天元道："我和天玑道人一向是风马牛不相及的，不知何故，他却好像特别恨我？"

上官飞凤道："那是因为你的师叔齐勒铭的缘故。他不知道我们的事，恐怕他还一直是把你当作齐勒铭女婿的呢。"

卫天元道："其实齐师叔和他们华山派也是没有仇的，他诬赖齐师叔是暗杀他们前任掌门天权真人的凶手，此事也是甚不可解。"

上官飞凤道："你若想知道其中缘故，和我一起上华山吧。"

卫天元道："莫说笑了，我还有点害怕在这里给他们碰上，又惹麻烦呢。咱们还是快点走吧。"

上官飞凤忽地正容说道："我不是开玩笑的，你忘记了我曾经答应过楚大侠，替他化解他和华山派所结的梁子吗？"

卫天元心头一凛，说道："不错，这是一件大事。我得罪小人不打紧，但楚大侠因我而得罪华山派，此事是应该由我去和天梧道长说清楚的。不过……”

上官飞凤道：“不过，还未到适当的时机，对吧？”

卫天元点了点头，说道：“是呀，兹事体大，事前未托人疏通，就这样上山，恐怕是鲁莽一些吧？天梧道长虽然为人忠厚，但天玑那班人在楚家被逐一事，却是颇伤华山派面子的，纵然天梧道长不和咱们为难，只怕他的门下弟子……”

上官飞凤笑道：“你怎知没人疏通？你放心吧，天梧道长平日虽然是优柔寡断，但今日咱们上山，他是一定不会放任他的门下弟子和咱们为难的。”

卫天元见她说得这样肯定，半信半疑，问道：“你葫芦里卖的什么药？”

上官飞凤笑道：“到了华山，你不就知道了？”

卫天元好奇心起，笑道：“你一向神通广大，好吧，且看你这一次使的又是什么神通？”

华山天险，骑马不便，上官飞凤留下屠壮看守马匹，只带申洪跟他们一起上山。

三人施展绝顶轻功，来到了“千尺幢”，刚好是正午时分。

千尺幢是两面峭壁当中的一条狭隘的石缝，中间凿出“踏步”，“踏步”又陡又浅，全靠拉着两边挂着的铁链上下。这地方除了一线天光之外，周围看不见外景，和地道差不多。不过一般地道是平坦的，它却是陡峭的斜坡，只容得一个人通过，比地道险多了。

卫天元道：“华山天险，果然名不虚传，刚才经过苍龙岭，我以为已经是险绝了，谁知这千尺幢比苍龙岭更险！”

正在他们想要攀登千尺幢的时候，忽然出现了两个道士。正是曾经到过楚家，而且是曾经和卫天元交过手的那两个道士——涵谷和涵虚。他们是前任掌门天权真人的弟子，一直还在相信他们师叔天玑道人的说话，以为师父被害一事，是和卫天元有关的。

他们一见卫天元来到，立即怒目而视，厉声喝道：“姓卫的，你跑来这里干什么？”

卫天元道：“求见贵派掌门天梧道长。”

涵谷冷笑道："这样快你就忘记了在扬州做过的事么？居然还有胆求见我们华山派的掌门？快给我滚！"

卫天元忍住气道："我就是为了这件事情，特地来向天梧道长解释的。"

涵虚喝道："用不着多说了。礼尚往来，当日你唆使楚劲松赶我们走，现在我们也只能把你赶走！"

千尺幢是只能容一个人攀登的，他们据险把守，一动手就必定有一个人坠下悬崖。他们也正是仗着地利，才敢对卫天元加以阻吓的。

卫天元当然不是真的想要和他们拼命，正自无计可施，忽听得有人叫道："两位师侄，不可对客人无礼！"卫天元抬头一看，只见有两个人已经从千尺幢上边下来了。

一个是华山五老中排行第三的天策道人，另一个竟然是公冶弘。

涵谷怔了一怔，说道："师叔，这姓卫的小子也算是咱们的客人么？"心想："即使掌门和上官云龙有交情，那也只能把上官云龙的女儿勉强当作客人罢了。"

天策道："什么算不算？这位卫少侠和上官姑娘一样，正是掌门叫你迎候的贵客！"

涵谷涵虚确是奉了掌门之命，迎接客人上山的。但他们可还未知道客人是谁。听了天策道人的话，全呆住了。要待不信吧，他们却是知道这位师叔从来不说谎的。

天策行了一礼，说道："他们不知道内里情由，卫少侠，你莫见怪。"

卫天元也不知道"内里情由"究是什么，说道："那晚在楚家是我……"

他本来想道歉几句的，还未说出来，天策道人已是抢着说道："那天晚上的事情，实是一场误会，请莫再提。敝派掌门已在恭候，三位贵客，请随贫道上山。"话越说越客气了，连申洪亦已给算在"贵客"之列。

有天策道人引领，涵谷涵虚自是不敢拦阻了。

公冶弘上前以主仆之礼参见，上官飞凤说道：“我来迟了吧？”

公冶弘道：“小姐来得正是合时，天梧道长一切都已安排好了，就只待小姐前来。”

卫天元这才明白，原来公冶弘提早一天离开扬州，乃是奉了上官飞凤之命，来和华山派的掌门联络的。只不知他说的“一切都已安排好了”，究竟是“安排”什么。

心念未已，只听得钟声当当，从山顶传下来，震得众人耳鼓嗡嗡作响。

卫天元吃了一惊，说道：“是在山顶敲钟的吧？钟声传到此间，还是如此响亮！”

显然这不是一般道观例行的早晚敲钟，不但卫天元觉得有点奇怪，涵谷、涵虚二人的脸上，也都现出了诧异的神色。

天策道人解释道：“这是敝派召集门人的钟声。此钟安放在山顶的凌虚阁上，重五千四百斤，一敲起来，声闻十里。不是有大事发生，不会敲的。”

涵谷嘀咕道：“我们昨天刚刚回来，怎的又有什么大事发生了？”

天策道：“贵宾来到，不就是一件大事么？”

上官飞凤道：“道长说笑了，我们份属晚辈，应邀上山，算得什么大事。”

卫天元也不相信巨钟是为他而敲，但却又多明白了一件事情，原来今日上华山一事，是上官飞凤早已得到天梧道长邀请的。只是未曾告诉他罢了。

天策微笑道：“敝派今日是有大事待决，但倘若你们不来，这件大事还是欲决无从的。故此迎贵宾、决大事，两事实是可以合而为一。”

涵谷、涵虚是第二代弟子中的头面人物，心里不觉有点不大舒服，暗自想道：“什么大事？天策师叔都知道了，掌门却不告诉我们。”

天策前面引路，一行七众，施展轻功，经过“回心石”、“百尺峡”、“鹰愁涧”几个天险，来到了华山顶峰。

只见楼台矗立，星罗棋布。卫天元虽没来过，亦已知道这是华山派弟子所住的“群仙观”了。

“群仙观”前面是一个大草坪，草坪上黑压压的一片人头，华山派弟子早已聚集了。

天策道人朗声禀报：“贵客到！”华山派弟子，顿时整饰队容，两旁站立。天梧道人亲自出迎！

隆重迎宾

天梧道长的以礼相待，虽然是在卫天元意料之中，但如此隆重，却是大出他意料之外了。

不但卫天元有受宠若惊之感，许多华山派的弟子也觉得迎客之礼，似乎有点过分了。

天玑道人哼了一声，冷冷说道：“掌门师兄，这位姓卫的客人可是齐勒铭的弟子！”

天梧淡淡说道：“我知道。但我亦早已和你说过，齐勒铭与本派前任掌门被害一事，并无关系！”弦外之音，已是显然有几分责备天玑不该对客人无礼的意思在内了。

天玑一向是跋扈惯了的，天梧性格随和，虽有掌门之名，但实际事物，大部分却是取决于天玑的，可说天玑乃是有掌门之实。他听出师兄的责备之意，不觉脸色胀红，说道：“我也并非断定齐勒铭就是凶手，但当今之世，能够杀害天权师兄的人寥寥无几，齐勒铭的嫌疑恐怕还是免不了吧？”

天梧正容说道：“我说他没有关系，当然也包括了嫌疑在内。”齐勒铭都没有嫌疑，卫天元当然更加没有嫌疑了。

天玑落不了台，硬着头皮顶撞一句：“师兄何所见而云然？”

天梧说道：“待会儿我自会向一众同门说个明白！”

天玑惊疑不定，心想：“他一向对我言听计从，怎的今日突然变了，难道……”他心怀鬼胎，不敢再来自讨没趣，只好讪讪退下。

天梧带引上官飞凤和卫天元在贵宾席上坐下，然后以掌门人身份宣布华山派的同门大会开始。

“本派前任掌门天权真人被害一案，迄今未破，本门上下，无不痛心。天梧继任掌门，有亏职责，尤其羞愧。好在如今已有线索可寻，破案大概是有指望了。”

他说完了一段话，立即就有好些心急的弟子问道：“谁是疑凶，请掌门说出来吧！”

天梧把手一摆，示意众门人平静下来，缓缓说道：“大家不要心急，缉拿疑凶是要讲证据的，首先咱们应该查究先掌门的死因。”

天玑自己不便说话，向涵虚抛了一个眼色。涵虚出来说道：“先师是给人暗杀的，还有什么死因？”

天梧道：“不错，先掌门是遭人暗算，以致身亡的。但你还记得当日的事么？”

涵虚说道：“那天师父接到一封翦大先生托丐帮用飞鸽传书送来的信，嘿嘿，说起这封信，和座上的一位贵客可是有点关连，我可以说出来么？”说话之时，眼睛望向卫天元。

天梧道：“我想这位贵客也不会介意的，你但说无妨。”

涵虚道：“请恕我直呼其名，这位贵客就是卫天元。说来有点不敬，当时江湖上许多人都是把这位卫先生当作、当作……”

卫天元微笑道：“我知道，许多人甚至到了今天，还是把我当作魔头的。你毋须顾忌，但说无妨。”

涵虚说下去道：“卫先生有自知之明，那是最好不过。记得那年武林中发生了一件大事，卫先生在洛阳打伤了徐中岳，迫得他弃家出走避难京师。他知道卫先生一定会寻仇，就邀了他的两位朋友联名发出英雄帖，还请武林同道，上京助他对付卫先生。这两位朋友，其中一个就是翦大先生。”

天梧道：“但那天翦大先生托丐帮送来的信，说法可就两样了。”

涵虚道：“不错，那封信是说他不想卷入漩涡，并请我们也不要参与此事的。先师正是因为觉得此信与英雄帖先后矛盾，怀疑其中必有一样是假的，因此召集本门长老会商，决定是否应该置身事外。那次会议，弟子与涵谷师兄也曾叨陪末座。会议未决，师父叫暂且散会，明日再开，不料散会未到半枝香时刻，师父已是遭人毒手了。”

天梧道：“这封信现在看来，就没有什么奇怪了。和徐中岳联名发出英雄帖那个蒯大先生是假的。徐中岳所谓‘避难京师’，其实乃是托庇于御林军统领穆志遥。他邀请来对付卫少侠的那班人，虽然也有侠义道在内，但更多的却是穆志遥的手下。”

涵虚道：“但这些事情，先师当时还是未曾知道的。去与不去京师，他也还未拿定主意的呢。”

卫天元道：“你是不是怀疑我因害怕令师来对付我，故而先下手为强吧？”

涵虚说道：“谅你也没有这个本事。不过，也只能说你不是行凶之人而已。”

卫天元道：“哦，如此说来，敢情你怀疑凶手是受我指使？”

涵虚冷冷说道：“我没有这样说。你这样发问，我也不便答复你。因为掌门已经说过与齐家无关，我只能相信掌门的话。”弦外之音，他是仍在怀疑凶手是齐勒铭的，齐勒铭是卫天元的师叔，亦即是说他是怀疑此事和卫天元有关的了。

卫天元淡淡说道：“只要你相信我没有这个本事，那就够了。其他的话，用不着我说。”

天梧道长咳了一声，说道：“题外之话，是不必多说了。回到正题来吧。当时的情形，涵虚师侄已经讲得很清楚了。我们一听见掌门的呼叫，赶回去看，掌门已是遭人毒手，凶手亦已逃逸无踪。说老实话，当今之世，武功胜得过天权师兄的寥寥无几，莫说卫少侠没有这个本领，即使是天下第一剑客金逐流，天山派掌门唐嘉源，齐燕然、齐勒铭父子，少林寺方丈痛禅上人，他们如果是对天权师兄偷袭的话，也决不能在一招之内，就令到天权师兄毙命。但验伤的结果，他又确实是被掌力震毙的，各位不觉得奇怪吗？”

众人一听，果然都是觉得奇怪。涵虚讷讷说道：“那么依掌门师叔高见，先师的死因乃是什么？”

天梧说道：“我不想妄加推测，但我却想说另一件奇怪的事。在先掌门天权师兄遇害之前的那半年当中，他的精神好像远不如前，常常感到疲倦，那天的会议，就是因为他精神不佳，以致未得到决议，就不能不宣告保留的。”

天玑说道：“那半年间，正是先掌门修练上乘内功心法的时候。他因事务繁忙，不能闭关练功，只能在早晚的空闲时间来练，也许是他练功急于求成，才有这样病态。记得天权师兄也曾和我说过，当时他还恐怕这是走火入魔的预兆呢！”

天梧说道：“绝对不是走火入魔的预兆，也不是练功过于急进的缘故！”

天玑道：“那你说是为了什么？”语气已是不大自然了。

天梧道：“这件事最好还是让天璇师弟来说。”

天玑怔了一怔，失声道：“天璇，他、他不是已经……”

话犹未了，只见有两个人已经走上前来。

一个是曾任华山派长老的天璇道人，另一个更加引人注目，是四川唐家，人称唐二公子的唐希舜。

天玑道人面色铁青，他的说话也好像突然被“冻结”了。

“唐二公子，多谢你来帮我们的忙。”天梧以华山派掌门人的地位，先以接待贵宾之礼，请唐希舜坐下，然后回到主位，当众向天璇赔罪。

“天璇师弟，欢迎你重归本门。当日的事，都是我做得不对，误解了你维护本门的苦心。”

天璇连忙赔礼说道：“这都是一场误会，师兄无须引咎。那日我的脾气也很不好，没有设法澄清误会，就拂袖而去。掌门师兄不加怪责，许我重列门墙，我已感激不尽，请师兄不要自责了。”

那一次的事情，是因天璇不肯把业已受伤的齐勒铭置之死地，引起以天玑为首的一班同门的不满，天梧无可奈何，只好让他自行脱离本派的。

当时天玑本是要求掌门师兄把天璇“逐出门墙”的，也幸亏天梧没有采取这种决绝的手段，否则事情就比较难办了。

按照武林规矩，被逐出门墙，若要重归本门，必须得到同门大会的通过，但若是自行退出的，请求重归门户，则只须掌门允许便行。

天玑作贼心虚，不敢出去反对。

涵谷涵虚则因掌门已经说过，他们师父被害一事与齐勒铭无关，而现在则正是查究死因的时候。他们虽然还有多少怀疑，但也只能等待，看死因查究的结果如何才说了。

天璇为人耿直，和同门的关系不算很好，但也不坏。涵谷涵虚都不反对，旁人更加不会反对。

天梧见众人都不出声，便道："天璇师弟，请你说说先掌门的死因。"

天璇说道："天权师兄遇害前的病态，我也曾经怀疑是由于练功急于求进的缘故，我曾经为了此事，向齐燕然老前辈请教。我是得到了掌门师兄的同意才去的。"

天玑冷冷说道："你和齐家的交情很深，这是大家都知道的。你喜欢什么时候去拜访齐燕然，那是你的私事。用不着假借前掌门的名义。"言下之意，自是指天璇捏造前任掌门的遗言，"死无对证"了。

不料一直站在他这一边的涵虚却忽地说道："这件事情，我倒是也曾听得先师说过的。他说要判断是否因练功失当而生的毛病，那是必须在武学上有广博见识的，当今之世，能够达到这个标准只有两人，一个是上官云龙，一个是齐燕然。他说他本来想去向齐燕然请教的，但因事务羁身，只好耽搁下来。当时天璇师叔在场，天璇师叔说，师兄以一派掌门的身份，即使能够抽身，似乎也不宜向别人讨教。不如让他去吧。"

既然有涵虚证实此事，天玑自是无话可说了。

天梧道："齐燕然怎样说？"

天璇道："他问天权师兄的病态，又试了我的内功，他的判断是：这并非走火入魔的预兆，怀疑另有病因。"

天玑冷笑道："齐燕然的话就能够完全相信吗？"

天璇说道："不错，我对齐燕然的武学虽然佩服，但也怕他判断有误的。故而我决意以自己一试，闭关四十九日，练天权师兄研究出来的本门上乘内功心法，结果大家也都知道，虽然我是未到期限，便即开关，元气稍为受损，但直到如今，却还未见有天权师兄那些病状。"他以四十九日练上乘心法，可说是比天权道人更为

“急于求进”了。

天梧点了点头，说道：“不错，这是一个很好的反证，证明前掌门在那半年间精神不济，并非是因练功急于求进的缘故。”

涵虚想起一事，问道：“天璇师叔，齐燕然的判断我是曾经听你说过的。但后面那句，他怀疑先师另有病因，你却好像未曾说过。他猜测的是什么病因？”

天璇说道：“病因若说出来，恐防会惹同门疑猜，而且，这也只是齐燕然的一种猜测，在当时还未能当作定论的，所以我一直不敢言讲。”

天梧道：“好，那你现在可以说出来了。”此言一出，华山派弟子都是惊疑不定。因为这句话的意思，亦即等于是说，齐燕然当时的猜测，现在可以作为定论了！正是：

另有病因案中案，处心积虑最堪惊。

欲知后事如何？请听下回分解。

第八回　追究祸因　变生肘腋
难开心锁　泪湿罗衣

慢性中毒

天璇缓缓说道："据齐老前辈的猜测，天权师兄可能是中了毒而不自知。"

天玑哼了一声，似乎想说什么，却没有说。

涵虚则忍不住说道："先师内功深厚，除非是孔雀胆、金蚕蛊、蝮蛇涎、黑心兰之类的剧毒，否则恐怕也难令他中毒。而且哪有中了毒半年之久，自己还未知道的道理？"

天璇说道："齐老前辈说，这恐怕是一种下毒方法极为高明的慢性中毒，中毒的人，极难察觉，日子久了，才有似病非病的感觉。但即使是医术高明的大夫，单从脉象，也看不出中毒迹象的。"

涵虚说道："有这样厉害的慢性毒药吗？"说话之时，眼睛望着唐希舜。

唐希舜道："据我所知，这是有的。我们唐家制炼的毒药，可以令受毒者一年之后方始死亡，平日毫无异状。但在这方面，我们唐家的毒药还不是最厉害的，用来对付内功高明的人，就难以遮瞒了。另外两家的慢性毒药，却是可以杀人于不知不觉之间，一等的武学高手，也是防不胜防。"

涵虚仍是有所怀疑，问道："这种慢性毒药，是必须连续下毒，而非一次过的吧？"

唐希舜道："不错，对付令师这样的内功深湛人物，分量必须下到恰到好处，多了就被觉察的。所以必须连续下毒。"

涵虚说道："如此说来，下毒的人，必须是日常能够接近他的人了？"

唐希舜道："这个问题，恕我无法回答。"想了一想，继续说道："根据令师的病态推测，那种毒药，也不是可以将他置于死地的毒药，乃是令他的功力逐渐消退的毒药，那个下毒的人，显然对他的内功深浅，也是知道得很清楚的。若是用可以致命的毒药，一定会给令师觉察。"

涵虚吃了一惊，惶然说道："如此说来，有嫌疑的人，那就屈指可数了。我恐怕就是最值得怀疑的一个。"

天梧道："涵虚师侄，你别多心，我们当然不会怀疑到你身上。"

唐希舜说道："我也只是根据中毒的迹象推测而已，没有实际证据之前，不敢说绝对无误。根据我的推测，那个人恐怕还是一个工于心计，善于把握机会的人。"

涵虚道："善于把握机会，那是什么意思？"

唐希舜道："那人下毒的时机选择得很好。"

涵虚道："你是说他选择先师在练本派上乘内功心法的时候下毒？"

唐希舜道："不错，因此当出现了精神恍惚，不时感觉疲劳等等现象之时，他会以为这是练功急于求进所生的毛病，甚至怀疑是走火入魔的预兆。却不知他的功力已是在不知不觉之间逐日消减了。"

天梧说道："多谢唐二公子给我们讲解了这种慢性毒药的性能。我看这个推测很是合理。"

天璇说道："那人下毒手的时机也选择得很好，天权师兄看了翦大先生那封信之后，心神自是难免不安，而这个人又是他绝对意想不到会暗杀他的，因此这个人才能够一击成功。"

天玑冷笑道："你倒好像亲眼看见似的！"

天璇正容说道："凶手行凶的情形我当然没有看见，但前掌门刚被害死之后的遗容，却是我们都见到了的。他脸上的神情显然是十分诧异，假如不是他熟识的人，他怎会有这种表情？”

在长老中排名第三的天枢道人比较稳重，说道：“我不敢说这个推测不合理，但也只是推测而已。假如找不到真凭实据，就信以为真的话，恐怕反而会引起同门的彼此猜疑。”

天梧道：“不错，没有凭据，是不能断案的。但冥冥之中，似乎也有天意，我恰好保存了前掌门师兄的一件遗物，当初是没想到可以用为凶手的罪证，现在却似乎可以派上用场了。请唐二公子代为鉴定一下。”

涵谷、涵虚不约而同问道：“是什么遗物？”

天梧说道：“是天权师兄喝剩的半坛松子酒。天权师兄并非酒徒，但却习惯在饭前喝两杯他自酿的松子酒。我保留他喝剩的半坛，原意是想在拿到真凶，替他报仇之后，让大家分喝的。”说话之间，已经有门下弟子把那半坛酒拿出来。

天枢说道：“这坛酒我记得也曾喝过的。”他一说天玑马上就接下去说道：“不错，我也曾喝过的。天权师兄有时叫我们陪他吃饭，我们也总是多少陪他喝两杯的。喝过的不仅是我们两个。”

唐希舜不作声，蘸了酒就放在口里尝。半晌，点了点头。涵虚连忙问道：“是毒酒么？”

唐希舜道：“不错，酒中正是含有那种慢性毒药。”此言一出，华山派弟子的面色全都变了。

唐希舜继续说道：“这种毒酒，偶然喝一两杯不妨事。但若两三天喝一次，喝上两三个月，那就不同了。普通人还不怎样，练有内功的人，功力会在不知不觉之间，给这毒酒逐渐化去。”他这番话表面并非针对天玑，但却说明了他何以没有中毒的原因。

天玑作贼心虚，故意喃喃自语：“有这样神奇的毒酒？”

唐希舜接着说道：“这种毒酒，还有一样特点，藏的日子越久，毒性越厉害。以现在这半坛酒来说，喝一杯虽然还是并无大碍，但却会感觉心跳加速了。”

天梧接过那坛毒酒，倒了一小杯喝下，说道：“不错，果然如此！”随即眼睛望着天玑，说道：“你要不要试试？”

天玑已经觉察到天梧的目光有异，涩声说道："为什么只叫我试？"

天梧道："没什么，我见你好像还不相信这是毒酒。"

天玑不敢发作，只好说道："师兄已经试过，我不必试了。不过，我还有个疑问。"

天梧道："请说。"

天玑道："毒酒已经证实，那么按照合理的推测，凶手似乎就应该是本门弟子了？"

天梧的性格一向是优柔寡断的，天玑以为他的答复顶多是模棱两可的，哪知他竟然斩钉截铁地道："不错，外人怎能长期在前掌门的饮食之中下毒？"

天玑道："然则那个凶手和下毒的人也应该是同一个人了？"

天梧道："不错，我也认为你的推测极为合理。因为这种欺师灭祖，大逆不道的事情，通常都是不敢让第二个人知道，只能自己干的。"

天玑强摄心神，不让声音颤抖，说道："我的疑问就在这里了。前掌门师兄是给掌力震毙的，身上没有伤痕。当时我们曾研究过这是哪派武功，结论是大摔碑手和绵掌合而为一的掌力。这种武功是翦家的独门武功，但翦大先生也未练成的。故此我们都是大惑不解。莫说翦家武功不会传给外人，即使要练，亦非易事。本门弟子，恐怕不会练成这种武功的吧？"

天梧忽道："你错了！"

天玑大吃一惊，失声叫道："那个本门弟子是谁？"此时已是抑制不住声音的颤抖了。

天梧似是怔了一怔，说道："什么是谁？"

天玑道："那个练成了翦家独门武功的本派弟子！"

天梧好像开始懂得他的意思，微笑说道："你别着急，我说的不是这个。本门弟子有没有谁练成翦家的武功我不知道，我要说的只是这种以刚柔掌力合而为一的武功，已经不是翦家的独门武功了！"

天玑这才察觉自己的"失态"，说道："恕我孤陋寡闻，不知还有哪个门派有这种武功？”

天梧说道：“据我所知，最少有一个人已经练成这种武功。”

天玑迟疑半晌，问道：“那人是谁？”虽然他已知道师兄说的不是本派弟子，心头还是禁不住卜通卜通地跳。

天梧缓缓说道：“这件事最好请卫少侠来说，他是和那个人交过手的。”

卫天元站起来道：“未说出这人是谁之前，我要先讲一件事情。我有一位世伯，名叫姜志奇，他是被人毒死的。”

天玑又忍不住道：“他被人毒死，和我们说的事有何相干？”

卫天元道：“请少安毋躁。我要说的不是这位世伯，是他的妻子。你有耐心听么？”

天玑只好说道：“请说下去。”

卫天元继续说道：“这位姜夫人在丈夫被害之后不久，也遭人暗杀。不见血，也没伤痕，只是顶门微凹，不知贵派掌门被害的情形是否一样？”

天梧道：“完全一样。”

卫天元道：“当时我也深受困惑，怀疑是否蒯家的人所为。但我知道蒯大生并没练成这种武功，倘若是蒯家的人干的，那就只能是蒯二先生。但蒯二先生却又是早已半身不遂的，他又怎能跑得这样快呢？

“这个疑团直到去年我在秘魔崖碰上那个人的时候，方始揭破。原来蒯二先生因练功不慎，走火入魔，得这个人之助，脱了险难。但也被这个人诱入歧途，和他交换武功，而且任由这个人冒充他的。”

说到这里，有几个人已是不约而同地叫起来道：“慕容垂！”要知华山派虽然没有参加秘魔崖之战，但慕容垂冒充蒯二先生一事，却是早已传遍江湖的了。

卫天元道：“不错，是慕容垂。那日我在秘魔崖与他交手，伤在他的掌下。他用的就正是蒯家那种独门武功。后来真的蒯二先生到场，这才揭破他的面目。蒯二先生虽然也被他用寒冰掌所伤，但终于亦已将他击毙了。”

天梧忽道："且慢，你说慕容垂是用什么武功伤了翦二先生的？"

卫天元道："寒冰掌！"

天梧道："寒冰掌和火焰刀不是白驼山的武功吗？"

卫天元道："不错，慕容垂正是白驼山主宇文雷师兄。他和翦二先生决生死，当然不敢用翦家的武功，只能用本门武功了。"

天梧道："唔，如此说来，事情可说是已经明白了一半了。"

天玑心头卜卜地跳，强作镇定，说道："恕我愚鲁，我还是不懂。卫天元说的这件事情，只能证明慕容垂也会翦家武功而已。与本门弟子有何关系？与其怀疑本门弟子，不如怀疑凶手是慕容垂了。"

瑶光散人已是忍不住说道："怎么没有关系，凶手的武功也可是慕容垂教的呀！"她从天玑脸上的神色，已是猜到几分了。

天玑明知会惹嫌疑，但却不能不辩："你这推测，似乎不大合理。翦家的独门武功是这样容易练成的吗？最少恐怕也得十年八年吧？本派弟子，除非离开华山，否则又怎能长时间练别派的武功，而不给人发现？"

瑶光散人道："假如是我以本门长老的身份，晚间偷练别派武功，又有哪个弟子敢来窥探？而且由我来练，当然要比一般弟子容易成功。武功之道是一理通、百理融的。有本门的上乘内功做底子，又有'名师'指点的话，即使练别派一种深奥的武功，相信也无需十年八年吧？"

天玑登时板起脸来，说道："六师妹，你当然不是说你自己。说清楚点，你究竟是怀疑谁？"

瑶光散人冷冷说道："我没有说哪一个，谁作贼心虚，我就怀疑谁！"

天梧打了个手势，缓缓说道："现在正是应该冷静下来，查究真凶的时候，请大家先莫争吵！"

天玑面红耳赤，咕噜道："六师妹分明是指桑骂槐！"

天梧道："六师妹也没有指明是哪一个，不过，我认为她的推测是有道理的。"

天玑道："什么道理？"

天梧道："大家还记得先掌门被害那天，有个十分可疑的人物也在山上出现么？是个我们从没见过的中年妇人，好在武当派的玉虚道长当时正在本山作客，他认得这个妖妇。"顿了一顿，继续说道："不过他也认错人。起初他以为是穆氏双狐中的银狐，后来才知道不是银狐，是银狐的姐姐金狐。"这件事情，华山派弟子都已知道，天梧也就用不着多加解释，何以后来知道不是银狐而是金狐了。

但却有人问道："是金狐那又怎样？"

天梧说道："金狐正是白驼山主的妻子！"这件事有很多人是还未知道的，听罢不禁都是啊呀一声叫了出来。

天梧继续说道："穆家的祖先是从唐家偷学毒功的。金狐可说是当今之世有数的使毒高手，排名相信不会在五名之外。唐二公子，我说得对么？"

唐希舜道："不错，她使毒的本领虽然源出唐家，但有某些毒药的配方，其阴毒之处，已是在我们唐家之上。例如我怀疑贵派掌门所中的那种慢性毒药，就是其中之一。"

天梧说道："现在不是怀疑，而是已经证实了。先掌门的死因有二，中毒于前，被人用蓟家那种刚柔兼济的掌力击毙于后。善于使毒的金狐是白驼山主的妻子，懂得使用蓟家那种武功的慕容垂是白驼山主的师兄。但若不是先掌门熟悉的人，他也不至于猝不及防，便遭暗算。你们说这个凶手是不是和白驼山有关？"

众人惊疑不定，谁都不敢作声，只有天玑说道："根据现在已知的事实看来，和白驼山有关，大概是没有疑问了。但若说是本门弟子所为，这个、这个……"

天梧道："你认为还是没有确实的凭证？"

天玑不作声，不作声即是等于默认。

天梧忽道："上官姑娘，我们所需的凭证，不知你带来没有？"

上官飞凤道："已经带来了，请你过目。"说罢，交出两封信。

这刹那间，全场鸦雀无声，跌一根针在地下也听得见响！

天梧看过那两封信，把第一封先折起来，缓缓说道："天玑师弟，这封信好像是白驼山主写给你的，对不住，我已经看过了。”

登时许多人七口八舌地问道：“信中写的是什么？”

天玑也算应变得宜，尽管心头剧跳，脸上的神色却还能够保持镇定，他没有去接那封信，却道：“我和白驼山主素不来往，他怎会有书信给我？掌门师兄，请你念这封信给大家听听。”

天梧道：“不必照念了，简单说一说信中的意思吧。天玑师兄，白驼山主似乎很看得起你。他要你早日设法，接掌华山派掌门之职。嗯，我无德无能，当初本来也说好只是暂行代理掌门的……”

天玑作出了一副受了冤枉的模样，立即打断他的话，叫起来道：“掌门师兄，请你别受奸人挑拨！”回过头来，厉声喝道：“上官姑娘！这封信你是怎样得来的？”

上官飞凤平静说道：“是我的爹爹截获的。白驼山主和我爹爹作对，如今已是势成敌国。他暗中侦查我们的人，我们也暗中侦查他的人。他派人送信，‘不巧’正撞着我们这位申大哥。”

申洪说道：“我缴获这封信，呈给主公，主公又叫我马上送来给小姐的。”

天玑冷笑道：“这还不明白吗，是有人假造白驼山主的书信，来陷害我！”

他的自辩，倒是说得一部分人心中起了怀疑了，这些人俱是想道：“不错，上官飞凤是卫天元的未婚妻，她帮卫天元来陷害天玑长老，那也不是奇事。”

涵谷站出来说道：“白驼山主的笔迹我们都未见过，也不知是真是假。兹事体大，请掌门师叔慎重处理。”

天梧说道：“我当然要慎重处理的。嗯，这里还有一封信，受信的人是白驼山主，发信的人没有署名，但字迹却好像是咱们的熟人；请各位师弟师妹帮眼看看。”

天玑的排行仅次于天梧，按道理是该他先看的。他不敢接，略一迟疑，瑶光散人心急，已经拿过来先看了。她看信的时候，其他的人也围拢过来。

这封信和刚才那封信又不相同。信笺很薄，只有巴掌大小，上面还有几个小小的“斑点”，“斑点”白中带黄，好像是有实质的东西凝结而成的。瑶光散人用指甲一刮，闻了一闻，说道："是白蜡的粉末。"有经验的人可以看得出来，原来的信件乃是封在一颗蜡丸之中，以利传送，又可保密的。

这封信写的是蝇头小字，只有几行，字体写得倒还端正。除了天玑之外，天策、天璇、天枢、瑶光四位长老和第二代的两大弟子涵谷、涵虚都围拢来看。他们都是练有上乘武功的人，视力极佳，字体虽小，看得倒还清楚。

但一看之下，他们却是不禁面面相觑了。

那几行字写的是："嘱办之事，已按计划进行，一切均如预期。目前时机已至，为防万一，有人接应更佳。知名不具。"

天枢呐呐说道："咦，这真的好像是、好像是他的笔迹。"

瑶光散人道："什么好像，分明是他的笔迹！"说罢，忽然哼了一声，面向着天玑，大声问道："天玑，你和白驼山主图谋的是什么大事？"

天玑怒道："你胡说什么？"暗自思量："只要那个人不给他们知道，我还可以有辩解的机会。"

瑶光散人冷冷说道："你拿去自己看，你敢说这不是你的笔迹么？"

天玑装模作样，看过之后，气得双眼翻白，说道："真是卑鄙！"

瑶光道："谁人卑鄙？"

天玑道："当然是那个假冒笔迹的奸人！哼，他假冒我的笔迹，确是十分相似，但可惜经不起推敲！"

瑶光冷笑道："那天，前掌门师兄遇害，我们进去的时候，你已经在那里了。"

天玑道："我是一听见天权师兄的呼叫，就赶去的。总有一个最先到达的人，这又有什么稀奇？"

瑶光道："对你来说，是不稀奇。但这一件再加上这一封信，可就经不起'推敲'了！"

涵虚忽地说道："这封信是不是天玑师叔的笔迹，我不敢断定。但那天散会之后，天玑师叔却是和我们在一起的。"

天梧道："你说'我们'，那就不只两个人了，还有谁？"

涵虚道："是涵谷师兄和我们一起。"涵谷不爱说话，只点了点头，表示师弟所言是实。

天梧道："好，你说下去。"

涵虚继续说道："我们一听见师父的呼叫，连忙赶去，我们跑得没有师叔快，所以来得迟了。"

他这么一说，不啻是给天玑提出了一个有力的反证。

要知问题的关键不在来的迟早，而是天玑也是在听见了掌门的呼叫之后才赶去的，那即是说暗算天权真人的另有其人了。

天梧本来有足够的证据，可以证明天玑是凶手的，听得师侄这么一说，也不禁有点怀疑。涵谷、涵虚是天权真人的两大弟子，他们对师父的忠心是无可怀疑的，假如不是事实，他们没有替天玑辩护的道理。

天梧迟疑片刻，回过头来问天玑道："那封信你又如何解释？"

天玑自觉有了指望，登时挺起胸膛，作出理直气壮的神态，指着上官飞凤道："关于这封信的事情，我正想请上官姑娘解释。"

上官飞凤道："哦，你要我解释什么？"

天玑道："这封信没有具名，但却是有发信的日期的，是么？"他是在看过那封信之后说的。

上官飞凤道："这封信我只是奉家父之命转交给贵派掌门的，并没有私自拆开来看过。"

天枢再看一看那封信，说道："不错，发信的日期是去年七月初三。"

他说的这个日期正是天权遇害之前大约一个月左右。

瑶光散人冷冷说道："这封信是求白驼山主派人接应或协助的，一去一来，一个月左右刚好可到。那个派来的人亦已经证实就是白驼山主的妻子金狐了。"

天玑成竹在胸，语调反而平静下来，说道："金狐是否白驼山派来的帮凶，这件事我们是要查个水落石出的。但不是现在。现在的当务之急是查究这封信的真伪。好，就姑且当作是我写的，但一年前我写给白驼山主的密信，又怎能落在上官云龙的手中？白驼山主不会亲手交给他吧？难道也是上官云龙截获的？再说，倘若这封信早已落在上官云龙手中，白驼山主又怎会知这封信的内容，马上派人来呢？”

天梧听他说得有理，把眼睛望向上官飞凤。

上官飞凤说道：“我已经问过申洪，这封信并不是在途中给我们的人截获的。”

天玑立即问道：“如此说来，就只剩下一个可能了。这封信是令尊从白驼山主手中夺来的！”

谁都知道这是不合情理的事，天玑发问的用意，不过是要问得她哑口无言而已。

哪知上官飞凤却一本正经地答道：“莫说家父的武功未必胜得过白驼山主，即使胜得过他，家父也不知道他的手中有你亲笔写的这封信。不过，若要人不知，除非己莫为，你以为秘密的泄漏，只有两个可能，其实是不止的。”

天玑冷笑道：“你凭什么咬定是我亲笔写的，我暂且不管。我只问你，依你的说法，你是知道这封信令尊是怎样得来的了？”

上官飞凤斩钉截铁地道：“不错，我已经知道！”

天玑厉声道：“好，那你说出来吧！总不会是白驼山主自动交给令尊的吧？”

上官飞凤似笑非笑道：“你说对了一半。”

天玑一愕道：“说对一半，什么意思？”

上官飞凤道：“实不相瞒，的确是有一个人把这封信交给家父的。不过不是白驼山主罢了。”

天玑心想：“只要不是白驼山主，我就好办。”厉声喝道：“这人是谁？”

上官飞凤游目四顾。

天玑冷笑说道：“这个人乃是‘乌有先生’，你根本就说不出来，是不是？”

上官飞凤忽地微微一笑，说道：“这个人已经来了，与其我说，不如让她来说更好一些！”

话犹未了，只见那个人已经走出来了。

那人除下面纱，是一个妖艳的中年妇人。

涵谷涵虚大吃一惊，不约而同，失声叫道："金狐！"

天玑比他们更加吃惊，这刹那间，竟是吓得说不出话来了。

"这封信是我交出来的！"金狐一开口就这样说。

天玑一呆，叫道："宇文夫人，你，你怎么可以这样……"此际他才明白上官飞凤说的"一半"是什么意思。金狐是直接参与其事的，她知道的秘密比她的丈夫更多。

金狐道："一人做事一人当，你是愿意自己供出来呢，还是由我说出来呢？"

天玑只道金狐已经落在华山派手中，为求自保，把罪过都推到自己头上。不由得气怒交加，厉声喝道："金狐，我若不是坠入你们的陷阱，也不至于帮你们谋害师兄。今日若不先杀了你，我死不瞑目！"

他怒气冲冲地奔向金狐，但刚一迈步，就给天梧拦住。天梧喝道："你可以和她对质，不准私自杀人灭口！"

就在此时，一个老道士突然从人堆里跑出来，身法快得难以形容，只一眨眼，就跑到金狐跟前，喝道："骚狐狸，竟敢叛夫投敌，我毙了你！"大喝声中，一掌劈下。

几乎就在同一时间，只见剑光一闪，上官飞凤已是挡在金狐身前，刷的一剑，刺向那老道士的虎口。

老道士化掌为指，铮的一声，把上官飞凤的剑弹开。说时迟，那时快，卫天元亦已如飞来到，一个龙爪手，抓那老道士的琵琶骨。

这一招是攻敌之所必救，老道士霍的一个凤点头，反手一个掌刀，斩卫天元右臂。卫天元赶忙沉肩缩肘，双掌划圈，化解对方劲力。

三个人的动作都是快如闪电，上官飞凤如影随形，明晃晃的剑尖亦已指到那老道士的后心。

掌风剑影之中，老道士发出狼嚎也似的号叫，身形俨如大鸟飞腾，转眼掠出双丈开外。

上官飞凤顾不得追他，忙把卫天元扶稳，说道："不碍事么？"

卫天元道："好在有了上次经验，大概不至于大病一场了。不过，首先当然还得多谢你们……"

卫天元话犹未了，眼前又已出现了新的变化。那老道士竟然不顾自己受伤，又向天玑站立之处冲过去了。他的左肩已经给上官飞凤刺了一剑，仍然步履如飞。

此时华山派弟子都已经看清楚这老道士是谁了，许多人失声叫道："咦！怎会是他?"

天梧喝道："守拙，你干什么?"

原来这个老道士并非华山派的弟子，只是一个从外地来的挂单道士，他来到华山的时候，是有病在身的。病好之后，说是感激众人对他好，就不愿走了，他没有什么本事，动作笨拙，状似痴呆，前任掌门天权真人就赐他一个道号，叫做"守拙"。

华山群仙观是个规模甚大的著名道观，像这种收留外地来的云游道士之事，经常都有，何况他又是贫病无依，因此谁也没有认真查究他的来历。

前任掌门天权见他痴呆，又没什么本事，就让他在自己的身边，做些轻便工作，例如烹茶扫地之类。他服侍天权三年，颇得天权欢喜。天权赐他道号"守拙"，门下弟子都叫他做"拙道人"。

哪知这个拙道人如今却是一点也不笨拙！

平日的龙钟老态不见了，弯腰驼背的模样也改变了。他纵跃如飞，卫天元的擒龙爪和上官飞凤的幻剑都拦他不住，武功之高，简直到了令人难以置信的地步。

天梧喝道："守拙，你干什么?"那老道士喝道："你给我滚开!"声到人到，双掌齐飞，一掌打向天梧，一掌打向天玑。

天璇刚好站在天梧身后，抢出来接了他的一掌。这一掌他本来是要打天玑的。

天梧内功最高，天璇曾经闭关练功，此时的功力亦已不在天梧之下。不料他们合力抵挡，仍然抵挡不住。

天梧倒跃三步，失声叫道："火焰刀!"

天璇也在同时失声叫道："寒冰掌!"

火焰刀和寒冰掌乃是白驼山的独门武功，天策、天枢、瑶光齐声怒喝："好呀，原来你是白驼山妖人！"

那老道上出掌如电，天策等人还未来到，他的第三掌已是向着天玑打下来了！

天玑喝道："你要杀人灭口！"

那老道士喝道："不错，我正是要杀你灭口！"

天玑早已拔剑出鞘，一招"三转法轮"，就向那老道士刺去。

"三转法轮"是华山派剑法最凌厉的一招，一招三式，每一式又有三个剑点，即是说一招之间，可以遍刺对方九处穴道。天玑又是华山派中的第一剑术高手，在生死关头，使出拼命的一招，其厉害可想而知。

叱咤声中，两条人影倏地分开，天玑像一根木头似的晃了两晃，"卜通"倒地。那老道士血流满面，转身飞奔。原来他的双眼亦已给他刺瞎！

天梧叫道："师弟，师妹，不可和他拼命！"天策天枢只觉一股热风扑面而来，那老道士已经从他们身旁掠过了。

卫天元道："不能放过这个妖人，凤妹，咱们上吧！"

他正想和上官飞凤上前拦阻，金狐却道："不必你们动手，他活不了的！"

话犹未了，只见那双目已瞎的老道士碰上一棵树，陡然间狂性大发，喝道："谁敢拦我！"呼呼两掌，把那棵树打得如受狂风摇撼，枝断叶落，片刻只剩下一条光秃秃的树干。但他撞在树上，亦已撞得头破血流，终于倒了下去。七窍流血，流出的血是黑色的。

唐希舜道："穆家的七煞针果然厉害！唉，但这种歹毒的暗器……"

金狐向唐希舜遥遥一揖，说道："多谢唐二公子夸奖和规劝。但对付这种妖人，也只能用这种歹毒的暗器，下次我不会再用的了。"

众人这才知道，这老道士虽然先后和卫天元、天璇、天梧等人对掌，又接连受了上官飞凤和天玑的剑伤，但置他于死地的"致命伤"却还是金狐的毒针。这老道士武功之高和金狐毒针之厉害，同样令人吃惊不已。

华山派弟子涌上去问候掌门，天梧苦笑道：“好在有天璇师弟和我合力抵挡，现在不碍事了。”众人一看，他的手掌好像给烧红的铁块烙过一般，而天璇的手掌却好像变成了一块冰，和他握手的人都感觉冷得难受。众人都是不禁骇然。

一众弟子见掌门没事，这才开始去注意业已倒在地上的天玑。

天枢道：“这厮好像还没有死！”

天玑动了一动，终于能够开口了，他嘶哑着声音道：“掌门师兄，我罪不容诛，你肯让我说话么？不说出来，我死不瞑目！”

天梧正是要他说话，当下用手掌贴着他的背心，一股真气输送进去，道：“你说吧，首先请你告诉我：这妖道是谁？”

天玑道：“他是白驼山主的大师兄，名叫司空照。慕容垂则是白驼山主的二师兄。慕容垂会蒯家的独门武功，他也会！我有份谋害天权师兄，但下手杀害天权师兄的人却不是我，是这个改名守拙的司空照！”

他说出这个老道士的来历，众人方始恍然大悟。

要知守拙乃是服侍天权的人，自从他来到华山，一直又是装痴扮呆，天权对他自是毫不提防的了。一众弟子，心里都是这样想道：“怪不得掌门被害之时，脸上留下那样一副惊奇已极的神情，恐怕他死了也不能相信，这个体态龙钟的痴呆老道，竟然会对他突施杀手！”

瑶光想起前掌门被害的惨状，骂道：“虽然不是你亲手行凶，但你勾结妖人，谋害掌门，也可说是丧心病狂已极了！”

天梧柔声道：“他如今已知忏悔，师妹，你就别要再骂他了。”

天玑脸上的肌肉已因痉挛而变形，嘶哑着声音说道：“我是该骂、该杀的。掌门师兄，即使你肯原谅我，我也不能原谅自己。只怪我自己意志不坚，如今后悔也迟了。”

天璇道：“他们用什么引诱你？”

天玑道：“白驼山制炼的一种毒品，名叫神仙丸。我被诱吸毒，上了毒瘾。身不由己，被他们控制。到了司空照来此潜伏，我更是只能任由他摆布了。”

天璇道：“你若不是怀有野心，也不至于任人摆布。”

天玑道："不错，我是利欲熏心，他们答应扶助我做掌门。据我所知，他们用这种手段，已经控制了江湖的一些帮派。"

众人听了不禁毛骨悚然，天梧道："各大门派之中，有没有他们的人？"

天玑道："这我就不知道了。"

天璇道："金狐就是你请白驼山主派来的人吧？"

天玑应了一个"是"字。此时他说话的声音已是越来越弱，但断断续续，还是说出了内里情由。

他和司空照是为了预防万一失手，才请金狐来协助的。金狐善于使毒，又有一种烟雾弹，必要时可以掩护他们逃走。

说至此处，他突然提高声音道："这妖狐就是诱我服毒之人，白驼山主的许多坏主意，也是她替丈夫出的。你们若放过她，我死不瞑目！"

他这样一说，天梧倒是感到为难了。

他不知道金狐何以肯来作供，但她既然做了主要的证人，而且又替华山派杀了害死前掌门的凶手司空照，按道理说是应该准她将功赎罪的。

华山派弟子以涵谷涵虚为首，将金狐团团围住，等候掌门命令。

天梧却把眼睛望向上官飞凤，说道："上官姑娘，金狐是你请来的，贫道想听听姑娘的意见。"他这么一说，华山派的弟子登时也把目光转移到她的身上了。

大家都以为她会替金狐求情，哪知她却说道："涵谷、涵虚两位道长，请你们先看清楚。当日你们所见的那个金狐，是否就是此人？"

涵谷涵虚疑团满腹，齐声说道："没错呀，她不是金狐还能是谁？"

话犹未了，站在他们面前的"金狐"忽然开始有点改变了。

改变的不是面貌，而是"仪态"。金狐的那种妖冶的"骚态"不见了，虽然还不能说是怎样端庄，却已是令人看得"顺眼"许多。

接着她把脸上的一颗“痣”抹去，笑道：“小时候，爹娘有时也会认错我们姐妹的。我和姐姐在面貌上的分别只有这颗痣。她的痣是天生的，我这颗痣是自己安上去的。”

到了此时，不但容貌有了一点改变，连声音也改变了。

声音的改变更大。金狐的口音是甘肃、宁夏一带的汉人口音，她说的却是道地的“中州话”（河南话）。众人都知道银狐和齐勒铭的关系，先是齐勒铭的情妇，后来才成为他的妻子的。但不论是情妇还是妻子，自从她十八岁和齐勒铭开始相识，大半生的时间，除了两次短暂的分手之外，都是跟着齐勒铭在一起的。而齐勒铭正是河南人氏。因此她也才会跟着齐勒铭讲中州话。

那次华山派弟子在北京的“什刹海”碰上齐勒铭，银狐也是在齐勒铭身边的。当时武当派的长老玉虚子在场，曾为他们指出金狐与银狐的分别。银狐靠玉虚子的指证才得解围。

如今华山派弟子是第二次碰上银狐，在银狐露出“原形”之后，毋须玉虚子在场替她分辨，华山派弟子也看得出她不是金狐了。

涵虚仍然有点怀疑，问道：“齐夫人，金狐是你的姐姐，为什么你反来帮我们的忙？”

银狐穆娟娟忽地哼了一声，说道：“我是看在上官姑娘的份上，倘若是你们求我，给我磕头也不行！”

说也奇怪，涵虚受她奚落，倒是并不生气，反而向她施了一礼，说道：“齐夫人，上次京师相遇，我们不知此案内情，多有得罪。今日你给我们找出真凶，即使你只是冲着上官姑娘的面子，我们也还是要多谢你的。”

原来银狐说的那一段话，不过是重复上一次说过的话。其时乃是玉虚子替她解围之后，华山派弟子仍然要她说出金狐的踪迹，方始肯放她走。她拒不就范，上官飞凤便出来作调人，要华山派弟子改为向她请求。那段话就是在这样的情况下说出来的。

那次他们围捕金狐也没成功，不过这一段话他们还是记得的。如今从银狐口中重复说出来，当然更加可以证明她的身份了。

本已奄奄一息的天玑道人，忽然叹了口气，说道：“原来你果然乃是银狐，我也上了你的当了。”

穆娟娟笑道：“我倘若不是冒充姐姐，你怎肯供出实情?”

天玑叹了一口气之后，却道：“我虽然上了你的当，但我也要多谢你。我做了大逆不道的事，要是永远隐瞒下去，恐怕我内心所受的痛苦更甚，活着也不过行尸走肉而已。如今我说了出来，死了心中也可稍得安宁。”

天梧缓缓说道：“人之将死，其言也善。你虽然悔悟嫌迟，总胜于至死不悔。我可以减轻你的刑罚，只削除你的长老尊衔，准你仍以本派弟子身份葬在本山。”

天玑大喜道：“多谢掌门师兄。”

天梧朗声为他念往生咒：“罪孽缠身，永无安乐。欲求超度，唯有悔改。弃此残躯，得大解脱！天玑，你去吧！”

天玑在他的念经声中，闭上双眼。

天梧叹道：“祸福无门，唯人自召。一众弟子，宜以天玑为鉴！”

华山派得报掌门被害的大仇，对穆娟娟、上官飞凤、卫天元三人自是十分感激，以往的仇怨当然是一笔勾销了。

第二天，他们三人在已经参加过对前掌门的安灵典礼之后，便即告辞。天梧送了一程，瑶光散人和她的弟子青鸾却并不跟随掌门回去，她们还要多送一程。

瑶光散人素来是冷若冰霜的，和他们的交情，也并不比华山派其他的人和他们的交情深。她突然表现得“过分热情”，倒是颇出他们意料之外。

争女婿

走了一程，瑶光散人说道：“卫少侠，上官姑娘，那天在楚大侠家里，我们师徒上了奸人的当，与你们为难，思之有愧。多谢你们不记旧仇，反而来帮我们的忙。”

卫天元道：“误会揭过就算，还提它作甚?”

瑶光散人道：“但听说楚大侠已经被逼毁家逃亡，这也都是我们连累他的。”

卫天元道：“即使没有你们这件事情，楚大侠亦已是早就受到清廷注意的了。这次他们不过是提前避难而已，你们不必放在心上。”

瑶光散人道：“你可知道他们父子是逃往哪里吗？”

卫天元道：“当时大家都急于离开，我们是最先走的。我们走的时候，楚大侠似乎尚未打好主意，只说待他们有了落脚之处，再设法和我们联络。”

瑶光散人甚为失望，说道：“如此说来，我们不知什么时候才能有机会向他们父子道歉了。”她的徒弟青鸾紧蹙双眉，失望之情似乎比师父更甚。

卫天元笑道：“楚大侠也唯恐你们怪他那天失礼呢，道歉嘛，我看是可以两免了。再说，那天晚上令徒对我的师妹手下留情，我是知道的。若要说多谢，我也应该多谢令徒。”

青鸾脸上一红，说道：“齐姑娘不怪我就好。对啦，令师妹怎的这次没有和你们一起来？”

卫天元道：“她跟楚家一同避难去了。”

穆娟娟一直没有插口，此时忽地说道：“青鸾姑娘，有一件事，我也应该多谢你。”

青鸾一怔道：“多谢我什么？”

穆娟娟道：“据我所知，楚天舒去年曾经来过华山，他在千尺幢被我的姐姐用迷香暗算，全亏姑娘你救了他。这事不假吧？”

瑶光散人突然板起脸孔替徒弟回答：“不假。但这件事情，何以要你替楚天舒道谢？”

穆娟娟笑道：“天舒是我的女婿呀，你不知道吗？”

瑶光吃一惊道：“什么，天舒是你的女婿？这、这怎么可以……”

穆娟娟道：“他们又不是真正的兄妹，父母都不相同，有什么不可以？不错，齐漱玉也不是我生的，但我是她的继母，她嫁给天舒，天舒也就是我的女婿了。嘿嘿，我如今是以丈母娘的身份，替女婿多谢令徒救命之恩，你说是不是理所应当？”

瑶光散人道：“你真是、真是……”青鸾泪珠儿在眼眶打滚，扯一下她的衣袖，轻轻说道："师父，咱们该回去了！"

穆娟娟盯着瑶光散人道："哦，我真是什么？"

瑶光本来想说她真是不知羞耻的，但一想她好歹都是对本派有恩，这句话又如何能够当面骂她？

"你真是好命！"瑶光冷冷说道："有别人给你养个好女儿，还给你带来了一个好女婿！"她总算有点"急才"，临时改口，居然可以自圆其说。

穆娟娟苦笑道："多谢。但愿如你贵言，从今之后，我真的可以苦尽甘来。"想起自己大半生命途多舛，其中苦楚，又有几人知道，不禁也是泪咽心酸。

卫天元拱手道："不敢有劳远送，请回去吧。"

瑶光还礼道："卫少侠，上官姑娘，你们都是好人。他日小徒行走江湖，还望你们照拂。"

瑶光和她徒弟走了之后，卫天元道："我道她何以对咱们这样大献殷勤，原来她是要为徒弟打听意中人的下落。奇怪，华山派的女道士难道是不禁婚嫁的吗？"

上官飞凤道："女道士就不可以还俗吗，你真是死心眼儿。"

卫天元哈哈一笑，说道："对，我是脑筋转不过弯，她早已说明她的徒弟是要行走江湖的了，倘若不是还俗，她就要被关在观里修行，偶然才能下山一次，又哪来的工夫行走江湖？"

上官飞凤道："瑶光这人，据说性情甚为怪僻，少年时候，在婚姻上似乎也曾受过挫折，因此才出家的。"接着笑道："你说你的脑筋转不过弯，依我看，这位女道长的脑筋也是转不过弯。"

卫天元一怔道："此话怎讲？"

上官飞凤道："青鸾于楚天舒有救命之恩，她又是已经准备还俗的。因此瑶光道长自是不免要为爱徒的终身打算。我猜她的想法，恐怕就是认为楚天舒理该娶她的徒儿。"

卫天元笑道："那就是她看中了楚天舒，未必是她的徒弟亦有此意了。"

上官飞凤笑道："我倒希望你说的对。青鸾这小妮子我见犹怜，但愿她不是单思才好。"

穆娟娟道："一个情窦初开的女孩子，倘若平日又没有什么机会结识异性朋友的话，是比较容易坠入情网的。但这种恋情，不一定能够持久。到她长大了，眼界开阔了，碰上了更适合她的男子之时，她会发觉她对第一个男子的恋情，其实只是好感而已。"

卫天元颇有感触，想道："漱玉对我的感情，恐怕就是属于这类。不过她把我当作大哥哥看待，比'好感'更进一层而已。"

上官飞凤笑道："齐夫人，你对男女之情，好似看得很透。"

穆娟娟道："这不是世故之谈，而是我的经验之谈。不瞒你说，我在碰上齐勒铭之前，也曾喜欢过别的男人，而且不止一个。但我终于发现，我真正爱上的人只是他。爱和喜欢是不同的。"

上官飞凤道："你是怎样发现的？"

穆娟娟道："因为在他回到别个女人怀抱的时候，我发誓要不惜用任何手段把他抢过来。"说罢，似有意又似无意地朝上官飞凤笑了一笑。

上官飞凤避开她的目光，说道："希望你对青鸾的看法没有错。"

穆娟娟道："青鸾不是我这类人，我倒觉得她和漱玉比较相似，因此我对她的误入情网，也并不怎样担心。你不认为我对她太过残忍吧？"

上官飞凤道："换了我，我也会这样做的。不管青鸾的想法怎样，你说了出来，最少可以避免她的师父纠缠不清。"

卫天元却是感到迷惑，暗自想道："不择手段地把自己所爱的人抢过来，这就是真正的爱情吗？对方又愿意接受这样的爱情吗，如果他发觉的话。"

穆娟娟把目光移到他的身上，笑道："卫少侠，你在想什么？不赞同我的做法？"

卫天元道："我是在想另一件事情，想不明白，正要向你请教。"

穆娟娟道："什么事情？"

卫天元道："天玑写给白驼山主的那封信，怎会到了你的手上？"

穆娟娟道："简单得很，这封信是我用解药交换来的。"

卫天元道："解药。给谁的解药？"

穆娟娟道："我的甥儿。"

卫天元一怔道："你的甥儿？"

穆娟娟道："我只有一个外甥，就是白驼山主的独子宇文浩。"

卫天元道："他们夫妇都是使毒高手，是谁敢对他的儿子下毒？"

穆娟娟道："我！"

上官飞凤道："你不知道吗？她做这件事，就是为了救你的师妹的。你的师妹在京城的时候，曾经落在白驼山主的手中。要不是她下的毒连她的姐姐都不能解，你的师妹现在恐怕已经被囚在白驼山了。"

卫天元道："这件事我知道，我还以为师妹是她的父亲救出来，却原来还有这段曲折。齐夫人，你不惜对外甥下毒，来救我的师妹，真是多谢你啦！"

穆娟娟噗嗤一笑，说道："怎么要你多谢我呢，你的师妹不就是我的女儿吗？外甥虽亲，又怎比得上女儿的亲。"

她做这件事的时候，她和齐勒铭还是未有夫妻名分的，不过卫天元当然是不会和她谈及名分的问题了。

"不过我还是有一事不明，你是用宇文浩的性命来交换师妹的，当时难道没有给他解药吗？"

穆姐姐道："有。但我故意没有给他足够的分量，你可以说我是立心不正，但更正确的说乃是你欺我诈。我是早已估计到他们还有阴毒的手段在后头。"

"果然不出我的所料，他们指使慕容垂和天玑道人勾结，害了华山派掌门，却故布疑阵，令华山派的弟子把你的师叔当作疑凶，甚至连你也受牵累。因此，我要他们交出那封密件，才把另一半解药给他们。"

卫天元叹道："遇文王，兴礼乐；遇桀纣，动刀兵。师婶，你的做法是对的。师叔近来好吗？"

这是他第一次称穆娟娟做师婶，穆娟娟听了甚为高兴，说道：

“好。他的武功也快将恢复了。”

卫天元道：“啊，这可真是大喜事啊！我还以为……”说至此处，忽地想起令师叔失了武功的就正是穆娟娟，连忙止口。

穆娟娟道：“你不必避忌，他的内功是给我用化功散化掉的。这种药散，我只会配制而不会解，莫说你以为他永远不能恢复功力，我也以为是如此的。”说至此处，叹了口气，续道：“我做了这件事情，真是后悔莫及。说起来应该怪我多疑，我以为他总是不能忘怀前妻，要是不把他的内功废掉，他始终会离开我的。我打算得不到他的心，也要得到他的人。”

上官飞凤笑道：“后来你才发现，他的心本就是向着你的。你不但得到他的人，也已经得到他的心了。”

穆娟娟道：“可是我做的这件事，却是大大伤了他的。他是个嗜武如命的人，一旦失了武功，他虽然没埋怨我，我也知道他心里难受。”

上官飞凤道：“现在你们都不必心里难受了。”

卫天元只道她已研究出解药，笑道：“师婶，这可应了一句俗语：解铃还得系铃人啊！师叔不过失掉一年的练功时间，但你对他的苦心，相信他是终生不会忘记的。”

穆娟娟道：“你以为是我替他解的吗？不，这解药直到现在我还不懂应该如何配制呢。”

卫天元正等待她说下去，穆娟娟却忽地一顿，半晌说道：“我不想见这个人，我先走一步，你的疑问，上官姑娘会给你解释的。”

她的轻功不在上官飞凤之下，一转身就没入林中。

上官飞凤笑道：“原来是这个人，怪不得银狐都给他吓跑。”

卫天元定睛一看，那个人已经出现在他们的面前了。

并不是什么武功高强的人物，但吹牛的本领则是天下第一。

这个人是著名的“包打听”，原来的姓名叫申公达，武林中人因为他和《封神榜》中那个专爱造谣生事、挑拨是非的申公豹相似，只差一个字，就索性叫他做“申公豹”。

“申公豹”是曾参加过在梅清风家里的那一次聚会的，在那次聚会中，也曾为天玑他们出谋划策，教他们如何对付卫天元和上官飞凤的。他不知道天玑早就有了一套计划，根本用不着他出主意。

他心中有鬼，突然碰见卫和上官二人，这一惊非同小可。但他也知道凭他的本领是决计逃不脱的，只好笑嘻嘻地迎上去。

“两位是刚从华山下来的吧，幸会，幸会。”“申公豹”笑嘻嘻地说道。

“幸会？你见我们都还活着，恐怕有点失望吧？”卫天元道。

“卫少侠说笑了。”“申公豹”道：“我知道你们在扬州曾遭受一场无妄之灾，但早已平安度过了。我替你们庆幸都来不及呢，岂能幸灾乐祸？”

上官飞凤道：“多谢你的好心。请问你来这里做什么？”

“想上华山问候天梧道长。”

上官飞凤似笑非笑地说道：“问候天梧道长是假，想向天玑表功才是真的。可惜你来迟了一步，要不然你倒可以和他喝一杯庆功酒。”

“申公豹”给他说中心事，饶是脸皮粗厚，也不禁有点尴尬。

卫天元心里好笑，说道：“现在也还不迟。据我所知，他还留有半坛陈酒，等着你去喝呢。”

“申公豹”见他们似乎心情甚好，最少是并无杀他之意，便大着胆子，赔笑道：“两位真会说笑。我早已知道，两位和华山派所结的梁子，其实乃是一场误会了。实不相瞒，我正是想上山为你们解释的。不过，现在也用不着我来解释了，天梧掌门、天玑道长他们都是明白事理的人，料想他们亦早已发觉这是一场误会了。”他见卫天元和上官飞凤能够活着下山，大胆作此猜想。说罢，心中忐忑不安，留神两人面色。

上官飞凤笑道：“看来你好像什么事情都知道，包打听确是名不虚传。”她这天确是心情甚好，这一点倒是给“申公豹”猜中了。

“申公豹”道：“多谢姑娘夸赞。请问姑娘和卫少侠是上哪儿？”

上官飞凤道：“你打听我们的行踪干嘛？”

“申公豹”道：“姑娘，你莫多疑。只是你们假如要回齐家的话，我倒有个消息告诉你们。”

卫天元道：“什么消息？”

“申公豹”道：“令师祖已经离开王屋山，我曾去拜访他，连丁勃也不在家。令师祖是已经十多年未下过山的，此次不知何故离开。你们打听清楚了才回去似乎好些。”

卫天元道：“哦，原来你也有不知道的事么？多谢你的提醒，但却不必有劳你来替我担心了。”

“申公豹”讪讪道：“卫少侠精明能干，本来无须我多嘴的。卫少侠要是没有什么吩咐，我告辞了。”

卫天元哼了一声，冷笑说道：“要你不多嘴、不去造谣生事，那就等于要一只狗不要吃屎一样，吩咐你也是多余的。你给我滚吧！”

话是说得十分难听，但听在申公豹耳朵里，却是如蒙皇恩大赦，连忙说道：“是是，我一定记着卫少侠的教训，爱说话的脾气纵然一时改不了，造谣生事那是决不会有的了。”他本来以为卫天元不肯放过他的，哪知卫天元只是叫他“滚”，说话再难听，他也是喜出望外了。果然就像一条狗似的夹着尾巴溜走。

卫天元默默前行，许久都不说话。

上官飞凤道：“咦，你又在想些什么？还在生申公豹的气吗？”

卫天元道：“这种人怎值得我为他生气？我只是在想，他说的那个有关我爷爷的消息不知是真是假？”

原来王屋山距离华山不过两三日路程，卫天元是曾动过念头，要不要回家一次，探望爷爷的。

上官飞凤道：“申公豹喜欢吹牛，但他的消息也不一定全是假的。”

卫天元道：“那么你以为他这个消息是真的了？”

上官飞凤点了点头，说道：“我倒有几分相信他。因为他造谣也必定要有造谣的目的，亦即是说对他多少也得有点好处，他才造谣。你不回家，我想不出对他有什么好处？不过你若放心不下，一定要回去看一看的话，我也不反对。但咱们恐怕又得耽搁数日路程了。”

卫天元听她说得如此勉强，当然知道她的心意实是不想自己回家的。

“爷爷和她的父亲曾经有过一点过节，她可能是害怕爷爷阻挠我与她的婚事。而且，目前正是白驼山主准备向她父亲挑衅的时候，随时都可以发难。她当然是希望我能够赶快和她回去的了。”

心意已决，卫天元便即笑道：“咱们早就说过，从今之后，咱们是永远不会分开的。你急着回家，我当然是陪你去先见过岳父。不过，你也一定要答应我，将来陪我一起去拜见爷爷。”

上官飞凤笑靥如花，伸出指头，轻轻刮他的脸，说道：“不识羞，我的爹爹是不是喜欢你还未知道呢，你就以女婿自居了。”

卫天元一本正经地说道：“我敢担保你的爹爹一定夸赞我是世上无双的好男儿，只有我才配得上他的独生爱女。”

上官飞凤道：“嘟，嘟，法螺越吹越响了。真是老王卖瓜，自赞自夸。”

卫天元道：“我这可不是胡说的。你爹爹最喜欢的人是你，没说错吧？”

上官飞凤道：“那又怎样？”

卫天元笑道：“你爹最喜欢你，你最喜欢我，那你说他还能不喜欢我这个女婿吗？我即使是大饭桶，恐怕他也要夸我是天下第一了。”

上官飞凤笑道：“还算你有自知之明。不过说真的，爹爹疼爱我倒是确实如你所说那样。”说罢，眼波流转，似忧似喜地望着卫天元。

卫天元懂得她的心意，轻轻说道：“你放心，爷爷待我有如亲孙儿，他喜欢我就像你爹喜欢你一样。”

上官飞凤道：“只要你对我好，我还有什么不放心的。”

卫天元道：“即使不是为了我的缘故，我想爷爷也会喜欢你的。因为你这次帮了他的大忙，帮他的儿子洗脱了暗杀天权真人的嫌疑。”

上官飞凤道：“这是银狐的功劳，我可不敢冒领。”

卫天元想了起来，说道：“对啦，她说我师叔的武功即将恢复，可惜没说完就走了，究竟是怎么回事？”他记得穆娟娟临走之时，是叫他问上官飞凤的。

上官飞凤道：“很简单，我家的内功心法和齐家的内功心法合起来练，三个月内，就可以恢复他失去的功力。当然，怎样合起来练，也还得有人指点一点窍门。”

卫天元恍然大悟，说道：“啊，我懂了。银狐不惜得罪她的姐姐，取得那封密件，想必就是用来和令尊交换内功心法的。”

上官飞凤道：“对银狐来说，这是一举两得。即使我的爹爹不用内功心法为饵，她也应该做这件事的。不过，爹爹乃是因利乘便，让那封信转两次手转到我的手上，才好连带把你的嫌疑也洗脱了。”

卫天元道：“多谢你。”

上官飞凤道：“你我之间，也要言谢？”

卫天元笑道：“不错，你救过我的性命，已经不只一次了，要多谢也多谢不了这许多。我应该说，我的爷爷也要多谢你。”

上官飞凤道：“或者他会对我说一声多谢，但他只怕不会喜欢我的。”

卫天元道：“你别多心，爷爷不会把你当作妖女的。你不知道，我的爷爷就和你的爹爹一样，也是曾经被许多人当作介乎邪正之间的人物的。”

上官飞凤道：“我说的不是这个。”

卫天元道：“那是为了什么？”

上官飞凤道：“说出来请你也别多心。你的爷爷本来是希望你娶他的孙女的，是不是？”

卫天元笑道：“原来是为了这个。他以前曾否有过这个念头，我不敢说。但现在我则敢说他没有了。祖父虽亲，但至亲却还是莫如父母。儿女的婚事毕竟还是应该由父母作主的。漱玉师妹是由她的父母作主，而且加上她的继母在内，一致赞同将她配给楚天舒的。你说我的爷爷还能不接纳楚天舒做他的孙女婿吗？”

上官飞凤不作声。卫天元道：“你不相信我的话？”

上官飞凤道：“我承认你的话说得有理。”听这句话的语气，似乎是应该还有“下文”的，但她却没有说下去。

卫天元道：“你承认有理，那就行了。”

上官飞凤忽道：“你的师叔曾托银狐传话，对你表示歉意，我几乎忘记对你说了。”

卫天元一怔道：“他用不着对我道歉呀！”

上官飞凤道：“是不是为了他要女儿另婚的事？”

卫天元想了起来，笑道：“你又多疑了。依我想，恐怕是因为他在京城第一次和我见面的时候，曾经要捉我去给白驼山主换他的女儿吧。但这件事也早已揭开了，我不会抱怨他的。”

上官飞凤问道：“如此说来，一切结果都很美满了？”

卫天元心情极佳，笑道：“是呀，美满得超乎我的期望。师妹有了归宿；华山派掌门被害一案真相大白；师叔的武功行将恢复；银狐可以名正言顺地做齐夫人；我的前任师婶也可以安心做楚夫人了。这一切结果不都很理想吗？”

上官飞凤拖长声音说道：“一……切……结……果……都……很……美……满？”

好像晴空出现云翳，卫天元的脸色暗淡下来，黯然说道：“唯一的遗憾，只是雪君，她、她死得不值……”

上官飞凤没有搭话，只是站在一旁，静静地听他说下去。

“但人死不能复生，过去了的我们也只能当它过去了。飞凤，你说是吗？”

这本来是上官飞凤以前拿来安慰他的说话，现在却已是由他自己说出来，好像这本来就是他想要说的话，征求上官飞凤的同意了。

上官飞凤本来应该从心底笑出来的，但她脸上没有笑容，心中也只有苦笑。

这也是她以前没有想到的，她的愿望已经达到了，但却没有感到预期的欢乐。

她没有作声，甚至脸上也是一派“不置可否”的冷漠。

卫天元的神情却已重新开朗。就像一抹云翳遮不着燃烧的太阳。

“一切的不幸都过去了，是吗？不错，我们还有仇人需要对付，但已不是在暗中摸索了。有你和我在一起，什么困难，相信我们都能够应付！”

这时他才发觉上官飞凤神气有点特别，顿了一顿，又再问她：“飞凤，你不是这样想吗？为什么你不说话？”

上官飞凤这才淡淡说道：“不错，我也是这样想的。多谢你对我的信赖。”

卫天元笑道：“我是靠了你的鼓舞，你的支持，才能够活下来的。我不信赖你还信赖谁？”

他歇一歇便即接下去说道：“还记得莫愁湖上的一句联语吗？试看一局残棋，问谁能解？如今看来，这局残棋，是已经解开了。”

不错，是难怪他有这个想法的。华山的疑案解开了，他和师妹的葛藤解开了，对姜雪君的感情上的结解开了。心中的快慰，不正等于一个棋手解开了一局本来以为是茫无头绪的、十分复杂的残棋吗？

他希望上官飞凤能够分享他的喜悦。

但上官飞凤却以出乎他意料之外的冷静说道：“懂得下棋的人都知道，残棋的变化是最为复杂，也是最为奥妙难测的。往往你以为已经解开了，其实却还有你未曾想到的变化在后头！”

卫天元笑道：“飞凤，你真是个怪人。在我对一切都绝望的时候，你会鼓励我振作起来；在我高兴的时候，你却反而对我泼冷水。”

上官飞凤笑道：“让你的头脑冷静些，那不好么？”

卫天元一想，点头笑道：“你也说得有理，人无远虑，必有近忧。那么，依你看，这局残棋，还有哪一着是我们未能解开的？”

上官飞凤道：“我已说过，我不是高明的棋手。这局棋变化莫测，我又岂能尽悉其中奥妙？”

卫天元道：“你的意思是你尚未曾看出是哪着棋？”

上官飞凤道：“不错，要是我早就看出，我就不用担忧了。我只是隐隐觉得，可能还有我们难以预测的变化在后头。”

卫天元笑道：“自从我们相识那天开始，不论我碰上什么疑难之事，都是得到你的指引解开的。倘若你还不能算是高明的棋手，我根本就不懂下棋了。”

上官飞凤道：“多谢你的夸奖，但愿这只是我的过虑。不过，不懂下棋的人往往也有妙着的。说不定那步棋将来还得靠你来解呢。”

卫天元笑道：“你越说越像禅机了。不过，名师出高徒，倘若真的如你所言，我能够想得出什么‘妙着’的话，那也还是你这位名师的指点之功。”

他只当上官飞凤是和他随便说笑的，哪里知道，在上官飞凤布置的“棋局”之中，的确是还有一步棋，上官飞凤也还未能解开的。

这关键的一着就是姜雪君的生死之谜！

这个谜倘若解开了，卫天元又将会对她如何呢？

残棋的变化往往是最复杂的，上官飞凤也没把握预知这个变化。

目前，她只能如一个平庸的棋手，“见步行步”了。

楚天舒和齐漱玉也正在并肩同行。

他是和齐漱玉回家的。

那日楚劲松弃家出走，为了安全起见，把家人分作两路。楚劲松夫妻和女儿楚天虹一路，准备到翦大先生那里暂避一时。齐漱玉想回家看爷爷，则让楚天舒伴她回去。

齐漱玉的爷爷是天下第一高手，又是在王屋山隐居绝少与外间来往的。对齐漱玉而言，天下还有哪个地方比自己的家更为安全。不但她这样想，楚劲松也放心让儿子和她回家避难。

甚至连他们的心情也没有避难的凄惶，只有回家的愉快。

他们已经在江湖上闯过几年，风浪亦已经过不少，在扬州不能立足也算不了什么，失了一个家还有另一个家，不但齐漱玉没把它当作一回事，楚天舒亦是处之泰然。

“依我说，今后你就把我的家当作你的家吧。这样才公平。”齐漱玉笑道。

“咦，这怎么扯得上公平两字?”楚天舒作出一副莫名其妙的神气问她。

“这你都不懂吗?你的爹爹已经有女儿陪伴，如果我也留在你的家里，我的爷爷由谁陪伴?”

楚天舒故意气她:“俗语有云:嫁鸡从鸡，嫁狗从狗!”

齐漱玉噗嗤一笑，说道:“你要是一条狗，我不把你宰了才怪，还会从你?管它雅语俗语，我偏要说是娶妻从妻。”

楚天舒笑道:“好，依你，依你，谁叫我喜欢你呢。但却不知你的爷爷喜不喜欢我。”

齐漱玉道:“爷爷对你如何，你早就应该知道。”

楚天舒道:“不错，说正经的，前年我在你的家中遭受金狐暗算，要不是你的爷爷牺牲三年功力救我一命，我哪里还有福分做他的孙女婿。这件事我还未多谢他呢。”

齐漱玉笑道:“你对我好，就是多谢他了。对啦，你说起这件事情，我可想起来了。当时连爷爷都有点怀疑，你中的那枚毒针是银狐射的。想不到银狐如今却变成了我的后母。不瞒你说，自从我知道爹爹和她的事情，我是一直把她当作坏女人的。想不到……”

楚天舒接下去道:“想不到她会对你这样好，可见判断一个人的好坏，是不能只信人言的。”

齐漱玉道:“可不是吗，再以我爹爹来说，如今仍然把他当作大魔头的恐怕也为数无多了。我想，假如爹爹和穆娟娟回家，爷爷相信也会原谅他们，接受穆娟娟做他的儿媳了。”

她越说越开心，但在高兴之中，却也有点遗憾:“可惜妈妈这次却不肯和我回家。”

楚天舒笑道:“若是这样，岂非又不公平?”

齐漱玉道:“此话怎说?”

楚天舒道:“你们一家子团聚，我的妹妹将来也要嫁人的，她嫁了人，我的爹爹还有何人作伴?”

齐漱玉道:“你不知道，我家的王妈本是妈妈的奶娘，这些年来，她一直惦记着我的妈妈，要是妈妈能够回来，对她来说，那才是天大的喜事呢!”

楚天舒道：“王妈身体好吗？”

齐漱玉道：“她的身子一向都很硬朗。”

楚天舒道：“那你可以放心，她一定见得着妈妈的。”

齐漱玉道：“你怎能说得这样确定？”

楚天舒道：“因为我懂得你爷爷的为人，他是不为礼法所囿的高人，一定不会拘泥于世俗之见。”

齐漱玉懂得他的意思，心里想道：“妈妈改嫁楚家，本来是得到爷爷默许的，她现在或者还是不好意思回家，但将来待我和天舒成了婚，她不回去，爷爷也会请她回去。”

楚天舒笑道：“世上往往有许多意想不到的事情，齐楚两家的冤仇早已化解，咱们亦已从兄妹变作夫妻了，我想咱们两家人将来也可以变作一家人的。”

齐漱玉面上一红，嗔道：“油嘴滑舌，没有半句正经的话儿，不和你说了。”心里却是想道：“但愿如此。”

不知不觉，家门已然在望。

齐漱玉忽地起了童心，说道：“咱们不要拍门，悄悄爬墙进去。”

楚天舒道：“为什么？”

齐漱玉道：“我已经对丁大叔说过年底才回家的，爷爷一定想不到我会提前回来，我要让他得个意外的惊喜。”

楚天舒笑道：“以你爷爷和丁大叔约本领，只怕咱们还未曾爬过墙头，就给他们当作小贼打下来了。”

齐漱玉道：“打断你的双腿更好。”

楚天舒道：“这样狠心！”

齐漱玉道：“打断你的双腿，你就只会叫痛，不能胡说八道了。”

说笑之间，齐漱玉已经爬过墙头，楚天舒跟着也跳了进去。

忽然他们发觉有点不对了！

他们本来准备一跳进去，就会听到丁勃的喝问“是谁”的。

哪知什么声音都没有！

齐漱玉不敢再淘气了，叫道：“爷爷，你看是谁来了？”

仍然没有回答!

齐漱玉吃了一惊，叫道:“丁大叔，丁大叔!”

楚天舒道:“要是丁大叔在这里，他早就该听见了。咱们还是进去看看吧。”

齐漱玉嘀咕道:“爷爷是从不下山的，丁大叔在扬州比咱们早一日动身，他的脚程只有比咱们快，不会比咱们慢，按说也应该早已回到家中了。为什么他们都不在家呢?”

楚天舒道:“不要着慌，王妈总会在家的。”

齐家是“天下武学第一家”，楚天舒和齐漱玉一样，都是未曾想到齐燕然也有可能遭遇意外，纵有意外，这“意外”也不过是因事离家而已。

他们先到齐燕然的房间，再到丁勃的房间，两个人都不见。这也是早在他们意料之中的，如今不过是由眼睛来证实而已。

齐漱玉满腹疑团:“丁大叔途中因事耽搁，那犹可说，爷爷却因何事离家?”她怀着疑问，赶忙跑进王妈房间，叫道:“王妈，王妈!”

一踏进王妈的房间，齐漱玉就不禁呆住了，声音也突然冻结了。

王妈躺在床上，脸如金纸，双眼紧闭。

这刹那间，她几乎以为王妈是死了。

“王妈，你怎么啦?请你张开眼睛看看我吧!”

忽见王妈动了一动，眼睛果然慢慢张开了。

“你认得我吗?我是阿玉呀!”

“啊，小姐，是你和卫少爷回来了吗?”

声音虽然好像蚊叫，但毕竟是能说话了。

虽然认错了人，但毕竟是看得见了。而且还知道有两个人。

齐漱玉道:“唉，王妈，你怎的病成这个样子?”

王妈道:“你见着妈妈没有?我、我好惦记她!”

齐漱玉道:“你放心，妈就会回来看你的。爷爷呢?”

王妈道:“丁、丁大叔、他、他……”齐漱玉有点奇怪，她为何不说爷爷的下落却先讲丁大叔，但也没有拦阻她。

王妈的声音微弱之极，断断续续地说道：“丁大叔，他、他死了！”

齐漱玉这一惊非同小可，呆了一呆，叫道：“他怎么死的？”

只见王妈嘴唇开阖，却已听不见语音。

楚天舒连忙上来，手掌贴在她的背心，默运玄功，施行急救。

齐漱玉把耳朵贴近她的唇边，这才听得见她的说话。但却不是回答她刚才的问题。

“卫少爷，老爷，叫你、叫你……”她仍然是把楚天舒当作卫天元。

齐漱玉知道她已是无法说出丁勃的死因了，忙问：“爷爷怎样？”

不知是否回光反照，王妈声音大了一些。

“老爷，没事。他叫卫少爷去，去白驼山！”

齐漱玉知道楚天舒懂得一点医术，听见祖父没事，松了口气，说道：“奇怪，王妈怎的一下子病得这样重，大哥，你看看她得的是什么病？”

楚天舒忽地“咦”了一声，说道：“不对！”

齐漱玉道：“什么不对？”

楚天舒道：“她好像是中毒！”

齐漱玉叫道：“王妈，你快说，是谁下的毒手？”

王妈已经闭上眼睛了。

突然有人说道：“是我！”只听得“波”的一声，好像有什么东西爆炸，斗室里登时烟雾弥漫。

楚天舒闻得一股香味，正是他在华山千尺幢遭受金狐暗算的那种迷香。

烟雾迷漫中，但见两条人影向他扑来。模样看不清楚，只知不是金狐。

楚天舒呼呼两记劈空掌发了出去，叫道：“快退！”

齐漱玉刷的一剑刺过去，可惜烟雾中看不真切，失了准头，只刺穿了对方的衣袖，却给对方的掌锋扫了一下。她脚步一个踉跟，险些跌倒。楚天舒单掌护身，轻轻将她一带，冲出房间。

楚天舒呼呼发了两记劈空掌，齐漱玉刷的一剑刺出，可是烟雾弥漫，只见对方人影。

那两个人如影随形地追出来，院子里亦已烟雾弥漫了。

原来这两个凶手是早就埋伏在屋子里的。

他们故意不杀王妈，让王妈苟延残喘，目的就是要暗算齐家从外地回来的人。他们最大的目标本是卫天元，也是楚天舒合该有难，恰好这个时候回来，做了卫天元的替身。

这两人扑了出来，笑道："错有错着，这小子是齐勒铭的女婿，身价亦已不输于卫天元了。"

楚天舒咬紧牙根，护着齐漱玉，在院子里和他们苦斗。

他的武功本来在这两人之上，但此际一面要运功抗毒，却是只有招架的份儿了。

幸亏他中过一次毒，抗毒的能力相应加强，虽然只有招架的份儿，一时间也还勉强支持得住。

齐漱玉可比他差得多了，她眼前只见模糊的人影，在向她张牙舞爪，她只能舞剑防身。

剧斗中楚天舒呼吸加速，吸进的毒气更多，他亦已感到头晕目眩了。

眼看就要支持不住了，忽听得大门外好像有人说话。

"奇怪，没人应门，里面却似乎有兵器碰击的声音！"

这人不敢相信自己的耳朵，心想：齐家是天下武学第一家，谁敢到他家中生事？叫道："师父，你来听听……"

他的师父道："我听见了，齐老前辈是无须别人帮忙的，咱们不可失礼。待他打发了……"他知道齐燕然的脾气，要是未得到他的邀请，就闯进去，只怕齐燕然见怪。

但他话未说完，就已知道不对了。在他们说话之间，估计里面最少已过了十招，若是齐燕然的话，焉能容得别人在他手下走出十招？

"齐老前辈，齐老前辈！"

他的徒弟也在叫道："谁在里面？谁在里面？"

楚天舒虽然中毒，神智尚清，仔细一听，听出这个人的声音了。"奇怪，这不是鲍令晖么，他怎会来到这儿？"鲍令晖是洛阳名武师鲍崇义的儿子，鲍家和楚家乃是世交，那年楚天舒到洛阳参加徐中岳的“婚宴”，就是住在鲍家的。

他无暇细思，连忙大叫：“鲍兄，是我！”

他这么张大嘴巴一叫，登时毒气攻心，身形好似风中之烛，摇摇欲坠了！

幸好，在他将倒之际，鲍令晖已经冲了进来！

而且和鲍令晖一起进来的，还有一个当世第一流的高手。武当派五大长老之一的玉虚子。他是鲍令晖新拜的师父。

院子比较开阔，毒雾已经随风四散。但残余的毒雾还是令得鲍令晖感到一阵昏眩。

他冲到楚天舒身边，和那人对了一掌。那人身形一晃，鲍令晖却给他打得弯了腰。

那人发觉鲍令晖武功尚不如楚天舒之高，冷笑道：“好小子，你也来找死！”正要出拳再打，玉虚子拂尘一挥，已是把他的肋骨打断两根。

另一个人比同伴机灵，一见有人进来，立即把齐漱玉抓到手中，往外就跑。齐漱玉失了楚天舒的掩护，本身已是没有抵抗的能力了。

“你不要这女娃子的性命，就追来吧！”那人以为有了护身符，玉虚子武功再高，也是难奈他何。他把齐漱玉高举起，当作盾牌，夺路硬闯。

哪知玉虚子不但追上来，而且一掌打在齐漱玉身上。

他用的是“隔物传功”，齐漱玉毫无伤损，那人胸口却是如受铁锤一击，登时双手松开，齐漱玉跌在地上。

救人要紧，玉虚子无暇追敌，只好让他们走了。

齐漱玉居然还有气力，身一沾地就反弹起来，叫道：“舒哥怎么样了？”

楚天舒道：“我没事。”

齐漱玉道：“唉，你的声音有点不对。玉虚道长，你一定要救他！”

玉虚子已经挥舞大袖，把残余的毒雾扫荡干净，说道："你放心，我会救他的。"

"咕咚"一声，齐漱玉忽然又跌倒了。原来她早已是筋疲力竭，只因记挂着楚天舒，才有那一跃之力的。

楚天舒亦是勉强支持的，见齐漱玉倒下，他吃了一惊，只觉地转天旋，登时也不省人事了。

玉虚子武功虽高，却不懂解毒，不禁皱起双眉。

鲍令晖道："那两个妖人谅还走得未远，咱们追上去逼他们交出解药。"

玉虚子摇了摇头，说道："不行，他们中毒甚深。我离开他们，只怕解药拿了回来，也没用了。"

他把齐、楚二人并排放在一起，背脊朝天，左掌贴在齐漱玉的背心，右掌贴在楚天舒背心，以本身真气输送进去，帮助他们凝聚真气，这样可以增强他们抗毒的能力。

但这样的办法只能治标，不能治本。时间一长，玉虚子还是不能保全他们的性命的。

就在此时，忽地听得一个女子的声音远远传来："你们是什么人，给我站住!"声音突变高亢，接着喝道："大胆妖人，岂有此理!"

玉虚子听出这女子的声音，当真是喜同天降，忙用传音入密的功夫把声音送出去："瑶光道友，留活口!"

原来来的乃是华山派唯一的女长老瑶光散人。玉虚子知道她出手狠辣，故而二话不说，一开口就提醒她。

但可惜还是迟了。

只听得一个惨厉的声音叫道："我死了，你们也休想得到解药!"

接着听得一个少女的声音，似是大吃一惊，失声叫道："呀，师父，不好了!"

这少女是瑶光散人的徒弟青鸾。

瑶光散人道："胡说，师父有什么不好。"

"我说的是解药，这妖人把一个瓶子抛下去，里面装的一定是玉虚道长要的解药。”

瑶光散人一面走来，一面说道：“这两个妖人胆敢对我徒儿无礼，我已经把他们杀了。你因何要留活口，是要逼供，还是要解药？”

原来瑶光发现这两个人从齐家出来，觉得奇怪，正要盘问他们，这两人认得她，知道她是玉虚子的好友，情急之下，又再重施故技，想把青鸾掳作人质，瑶光大怒出手，出手就不留情，剑如闪电，一下子就刺中他们的要害。解药在其中一人身上，他临死前把解药抛下去，下面是个泥塘，当然无法找了。

玉虚子大为失望，叹口气道：“我本来是两样都要的。”

瑶光听不见齐燕然和丁勃的声音，大为奇怪，说道：“齐家出了什么事情？谁要解药？”

玉虚子道：“楚大侠的儿子和齐老前辈的孙女。”蓦地想了起来，说道：“对啦，你的琼花玉露丸好像也是能解百毒的，是吗？”

瑶光散人道：“哼，一个是忘恩负义的小畜牲，一个是水性杨花的小贱人，有解药我也不给他们。”

青鸾听说楚天舒中毒垂危，却已踏进齐家了。

瑶光跟着进来，说道：“你已经救过他一次了，他对你怎样？这样的负心汉子，你还要救他！”

青鸾道：“师父，救人一命，胜造七级浮屠。我救楚公子，并没存着为自己打算的念头。第一次在千尺幢救他是如此，现在也是如此。”

瑶光道：“你的心意，瞒不过我，哼，纵然你没有说出来，他也应该知恩报德。”

青鸾泪盈于睫，叫道：“师父，你……”

瑶光道：“好，你不怕日后更加伤心，也任由你。”把脸转过一边。

玉虚子搭讪道：“这是我新收的徒儿，名叫鲍令晖。他的父亲是洛阳鲍崇义。”

鲍令晖上来行礼，瑶光散人淡淡说道：“很好，很好。鲍老头是个老实人，他的儿子想必也错不了。”

玉虚子道："我是来拜访齐老前辈的。但你怎的也到这里来，是路过还是……"

瑶光道："齐燕然我高攀不起，我是来找他的仆人丁勃的。"

玉虚子道："在江湖上知道丁勃名头的人恐怕比知道齐燕然的人还多呢。你找他何事？"

瑶光道："青鸾还俗，想知道她在乡下还有什么亲人。"

原来青鸾的母亲是瑶光散人义结金兰的姐妹，父亲则是丁勃的小同乡。二十年前，青鸾父母双亡，丁勃就是受她父母之托，将襁褓中的青鸾抱上华山，送给瑶光散人抚养的。

玉虚子叹口气道："丁勃已经死了。"

瑶光吃一惊道："怎么死的？"

玉虚子道："给白驼山的妖人害死的。"

瑶光散人道："齐燕然呢？"

玉虚子道："赶往白驼山给丁勃报仇去了。"

瑶光半信半疑，说道："你不是亲眼见到的吧？"

玉虚子道："我刚刚来到。"

瑶光道："那你怎么知道得这样清楚？"

玉虚子道："齐燕然留下一封信给卫天元，封面却没写上名字。我拆开来看了。"

青鸾给楚天舒服了一颗琼花玉露丸，跟着替他推血过宫。楚天舒似醒非醒，眼睛没有张开，嘴里却在叫道："玉妹，玉妹，要死咱们一起死！"

瑶光冷冷道："你听见没有，他念念不忘的还是他的玉妹！"

青鸾不作声，放下楚天舒，又走过去救治齐漱玉。或许是因为一来齐漱玉中毒较深，二来是施救迟了一点，她的手足已经冰冷，青鸾挖开她的牙关才能让她吞下药丸，急得青鸾满头大汗。

瑶光叹道："青鸾，你这是何苦！"底下的话没说出来，意思却是可以猜想得到的。她是因见徒弟去救"情敌"而有所感。但也可以听得出来，并无责备的意思在内，只是为徒弟感到不值。

玉虚子道："我为你有这样一个徒弟而感骄傲。"

瑶光道："不错，她的心地是比我好上十倍、百倍，我是不肯饶恕别人的过错的，你不知道么？”

玉虚子心道：“我知道你是在我面前故意装成这样的，其实你是面冷心热。”

青鸾忽道：“师父，请你发发慈悲。”

瑶光道：“你要我怎样？”

青鸾道：“楚公子似乎尚可性命无忧，这位齐姑娘，她，她……你老人家还是过来看看她吧。”

瑶光道：“我不用看也知道，她的功力比楚天舒差得远，琼花玉露丸也不是对症解药，她的性命最多能保三天。”

青鸾道：“你老人家不能救她吗？我知道你有金针刺穴的解毒之法。”

瑶光道：“像她这样中毒之深，每天要针灸三次，最少要三七二十一天，还得细心服侍她，她又不是我的亲人……”

青鸾哭起来道：“师父，你就看在我的份上，救救她吧。”

瑶光道：“你急什么，她还有三天性命呢。我也用不着现在就给她针灸。”

青鸾道：“啊，那你是答应我了。师父，你真……”

她的一个“好”字尚未出口，瑶光已是说道：“我没这样说过！”

往事不堪提

玉虚子忽地站了起来，说道：“瑶光道友，我想和你说几句话，咱们外面走走，好吗？”

瑶光道：“有话可以在这里说。”

玉虚子道：“这里有两个病人，医生和病人似乎都是需要安静的，对吧？”

瑶光道：“你大概不是想要和我吵架吧？”

玉虚子笑道：“这可说不定啊，你若是怕吵架输给我，那就得接我划出的道儿。”

瑶光道：“打架我也不怕！”

玉虚子道："好，不怕，那就走吧！"

两人步入屋后面的松林，瑶光道："这里没有人听见了，要吵架还是要打架，随你的便！"

玉虚子道："两样我都不要。"

瑶光道："哼，你不是说过的吗？……"

玉虚子道："我只是说，说不定要和你吵架，那就是可以吵架，也可以不吵架。最好是不吵。"

瑶光道："吵不吵架，全要看你。"

玉虚子道："哦，我倒以为全要看你呢。"

瑶光道："我知道你的心思，但你最好莫要劝告我做我不愿意做的事情。你应该知道平生最痛恨的是什么。"

玉虚子道："对不住，我还未知道。"

瑶光道："我平生最痛恨的是寡情薄义的男子！"

玉虚子道："你知道我平生最痛心的是什么？"

瑶光呆了一呆，似乎想说什么，终于没说。

玉虚子则接下去说道："我最痛心的是有情人不能成为眷属，有情却被错当作无情！"

瑶光道："你到底想说什么？"

玉虚子道："我不是想劝告你做什么，只是想问你一件事。"

瑶光道："何事？"

玉虚子道："听说你最近去了一趟扬州，可曾重游二十四桥？"

瑶光想不到他问的是这样的"事"，说道："我哪里还有工夫去逛名胜？"

玉虚子道："是没有时间，还是没有心情？"

瑶光板起脸孔不答。

玉虚子叹了口气，轻轻念道："二十四桥仍在，波心荡，冷月无声。应念桥边红药，年年知为谁生？"

瑶光散人脸上现出一片红晕，但眼神仍是冰冷的似含怨恨。

玉虚子道："记得吗，我们的第一次约会就是在扬州二十四桥边。当时你为我唱姜白石这首词，我吹箫相和。"

瑶光散人道："陈年旧事，我早就忘了。"

玉虚子道："最后一次约会也是在二十四桥边的。第一次约会你可以忘记，最后一次约会，你总不该忘记吧？"

瑶光道："别说了。你若要和我吵架，那就痛痛快快再吵一场吧！"

玉虚子笑道："果然你没有忘记，不错，咱们最后那次约会，是以吵架而分手的。但要和我分手的是你，我可没有想过要和你……"

瑶光道："这些话你现在说已经太迟了，我不要听！"

玉虚子道："当时我也曾经和你说过的……"

瑶光道："当时我不要听，现在我也不要听！"

玉虚子道："你不愿重提旧事，听我说个故事好不好？"

瑶光道："你说什么都与我无关。我也早已没有听故事的兴趣了。"

玉虚子道："好吧，听不听由你。我说给自己听。"

他开始说故事了，瑶光把脸转过一边，但并没有走开。

"从前有个男子，他出身名门，文才武艺都很受到亲友的夸赞，而且他还有美男子之称，因此他也不免有点骄傲，等闲的庸脂俗粉，他都不放在眼内。"

瑶光散人说是"不听"，但当他说到这里的时候，她却发出了两声冷笑。

玉虚子继续说道："不错，他也犯了一般世家子弟的通病，自以为能武能文，就不免有点自命风流自赏。他看不起庸脂俗粉，有时却也和他同一样身份的朋友在风月场中走走，但那也只是逢场作兴而已，并非真的拈花惹草的。当时的风气如此，他的毛病只是不能免俗。其实他的一班朋友并无品格低下的人在内，即使是在风月场中的宴会，也只是饮酒赋诗。"

瑶光忽道："你替那位自命风流的美男子辩解，也似乎辩解得太多了。"

玉虚子继续说道："后来那个男子在江湖行侠仗义的时候，结识了一个女子，他才深自忏悔，知道自己过去错了。"

瑶光冷笑道："他那样骄傲，也会知错么？"

玉虚子道："天外有天，人外有人，正因为他妄自尊大，一旦发觉他自己原来是井底之蛙的时候，他才知错。过去，他眼中所见都是庸脂俗粉，只道普天下女子都是如此，没一个女子配得上他。待到他结识了那个女子，唉……"

瑶光道："怎么样？"

玉虚子道："那女子才貌胜过他，武功胜过他。唉，不是他看不起别人，而是他怕别人看不起他了。"

瑶光道："你倒很会替别人送高帽。嘿嘿，那我倒要问你了，既然那个女的这样好，何以他们后来又会闹翻？"

玉虚子道："因为那个女的比他更骄傲，她不能原谅他的过去。"

瑶光道："就只不能原谅他的过去这样简单？"

玉虚子道："还加上一点小小的误会。"

瑶光道："一点小小的误会？你倒说说看，那是什么样的误会？"

玉虚子道："他的父母替他订了一头婚事，其实他是不知情的。家中给他订婚之时，他正在出门呢。"

瑶光道："我也曾经听过这个人的故事，和你说的好像并不一样。他的未婚妻和他本是中表之亲，青梅竹马，自小就给家人当作一对小夫妻的。可是他和表妹的事情，他却从来没有对那个女子说过。"

玉虚子道："误会就在这里了，他并不是个拘谨的人，他和表妹一起长大，尽管别人拿他们来开玩笑，他自问心里无他，每次回家，还是乐意陪表妹一起玩的。他也并不认为这是严重的事情，所以也就没有想到要提前告诉那个他所喜欢的女子。"

瑶光道："提前是什么意思？"

玉虚子道："他喜欢那个女子，却不知道那个女子是否肯接纳他的爱意。他是准备待交情更进一步，才向那女子求婚的。在那女子答应了他的婚事之后，当然是什么都会告诉她了。不料家里给他订婚之事，却是那个女子先知道的。他怎样解释，她却不能原谅他了。"

瑶光道："他们吵翻之后，第二天晚上，他做什么？"

玉虚子道："和一个好朋友在蓬莱阁饮花酒。"蓬莱阁是扬州一间最出名的妓院。

瑶光散人连连冷笑。

玉虚子不待她发话便即说道："他得不到心上人的谅解，胸中郁闷难宣，这才无可无不可地陪朋友去饮花酒，也好借酒浇愁。"

瑶光散人冷笑道："如此说来，倒是那女子的过错了？"

玉虚子道："不是谁的过错，只是对一件事情，各有不同的看法罢了。他跑到风月场中借酒浇愁，的确是太过放纵自已，但如果你知道他当时那样苦闷的心情，我想你也不至于认为他犯了不可饶恕的过错了吧？"

瑶光冷笑道："我不但应该原谅他，似乎还应该帮他骂那个女子太过古板，不懂得欣赏他的名士风流，对吧？"

玉虚子道："如果他知道那女子那晚还留在扬州，他一定不会跑去蓬莱阁的。但他虽然是在妓院之中，却的确是眼中有妓，心中无妓。"

瑶光道："哦，心中无妓？但我听说，那晚他好像还为了一个扬州名妓和别人争风打架？"

玉虚子道："打架是实，争风是假。蓬莱阁有个卖艺不卖身的清水倌人，陪他朋友喝酒，有个土豪强要'梳拢'（即要她陪宿之意）她，他一腔闷气，正在要找个地方发泄，就发泄在那土豪身上。后来他才知道，他喜欢的那个女子正是因为听到他这件事情，气跑了的。唉，说闲话的人当然都是喜欢加油添酱的！……"

瑶光道："那个女子还不至于去呷一个妓女的醋！"

玉虚子道："那她为何不肯原谅他呢？"

瑶光道："第三天他去了什么地方？"

玉虚子道："第三天一早，他就回家去了。"

说至此处，他偷偷一看瑶光面色，不觉叹道："我明白了，那个女子一定是误会他赶回家去的原因，以为他是因为和她闹翻了，又要回到未婚妻的身边了。"

瑶光道："难道不是这样么？"

玉虚子道："要是他打算回家娶妻，后来也不至于出家当道士了。"

瑶光道："那是因为他的未婚妻也不肯原谅他的缘故。"

玉虚子心情激动，说道："咱们不必绕着圈子说话了，我给你看白纸上的黑字！"眼中含泪，拿出一封信来，抽出发黄的信笺，递给瑶光。

瑶光道："这、这是……"

玉虚子道："这是爹爹在我给他的一封信上的批示。这封信是我在自家的门口写的。"

瑶光散人先看"批示"，只见那几行字笔划歪斜，写的是："婚姻大事，当有父母之命，媒妁之言。抗命拒婚，即属不孝。父子关系，早已脱离，收回成命，应毋庸议。但你表妹目前尚未许配他人，除非你求得她准你恢复夫妻名分，并为你求情，否则吾家决不能容此不孝之子进门也！"

玉虚子说道："你现在明白了吧，我回家是为了办退婚的。但得不到父亲的谅解，他以脱离父子关系来作威胁，逼我遵从父母之命。我不肯屈服，只好到武当山去做道士。"

此时瑶光亦已把玉虚子那封信看完了。是玉虚子求父亲准他回家省亲的一封信。"为什么你这封信是在自家的门口写的？"瑶光问道。

玉虚子道："这是过了两年之后的事了，我以为过了一段日子，爹爹的气也应该消了一些。哪知我回到家门，爹爹却命家人拦阻，不许我踏进家门。我讨了纸笔，写这封信向他求情，但结果却仍是得到如此这般的批示，唉，后来我才知道，爹爹那时正是在病中的，他有病也不许我进去看他，可知他对我的气恼。他的书法本来是很好的，想必一来是因他在气怒之中，二来是体弱无力，笔划才这样歪。后来，再过一年，爹爹，他、他就死了。"

他用不着"画蛇添足"，瑶光已经知道他也并没遵从父亲的"批示"，去求他的表妹"蓄水重收"了。

瑶光半晌说不出话，过了一会，方始叹道："都是我，我……累得你们父子……"

玉虚子道："我从不怪你。得不到父亲的原谅，当然难过，但若是得不到你的原谅，我更加难过。"

瑶光道："你的表妹呢？"

玉虚子道："我爹爹去世之后，她也知道我是决不会改变主意的了。她现在已经是三个孩子的母亲。你不至于现在还误会我……"

瑶光道："过去的事不要提了，但我还有一事未明。"

玉虚子道："请说。"

瑶光脸泛红晕，低声说道："我等了你五年，方始上华山出家的。你不知道，那晚在廿四桥边，我虽然和你决裂，但心里、心里，还是、还是……"脸上红晕更甚，不知不觉，现出少女的忸怩了。

玉虚子接下去替她说道："心里还是盼望我来赔罪的，是吗？"

瑶光道："我不敢要你赔罪，但等了五年，都见不着你的一面，我又怎能不心灰意冷？不错，我知道你在我之前，已经做了道士。但武当派的道家弟子和在一般道观出家的道士不同，所要遵守的清规戒律是没这么多的。比如就拿我们华山派来说吧，华山派弟子也有道俗之分，但我的徒儿青鸾，她要还俗，已经得到我这个当师父的允许，也还要经过一年时间，方能如愿。武当派是没有这么严格的，你不还俗，也总可以来看一看我吧？谁知一直等到二十年之后，我们的掌门死了，你来吊丧，我们方始见上一面。呀，你也未免太骄傲了！"

她抑制了二十多年的心里话，就好像冲破一个缺口的洪水，突然倾泻出来！

玉虚子当然懂得她话里的话。她不但盼望他来赔罪，甚至是盼望他来求婚的。否则她就不会提到武当派的男性，道家弟子还俗要比华山派的女道士容易了。

玉虚子叹道："可惜当时我不知道你的心事。唉，当时恐怕我们都是误会了对方的骄傲。不过，我并不是不想向你赔罪，后来之所以迟迟不去，也并不是因为骄傲的缘故。"

瑶光道："那是为了什么？"

玉虚子道："初时是因为我爹的缘故，我还希望得到他的谅解，和你名正言顺成婚的。后来我对此绝望了，但想纵然得不到他的谅解，似乎也不宜令他太过难堪。我是想等多一点时间，待事情稍微‘冷’了才说的。”

瑶光道：“但令尊在第三年的年头就仙逝了。”言下之意，即使是从玉虚子父亲去世的时候算起，她亦已等了三年。

玉虚子道：“我本来是准备为父亲戴孝一年，孝服满了，就来、就来找你赔罪的，不料正是在那一年，发生了齐勒铭和我们武当五子比剑的事。”

瑶光道：“哦，这两件事又有何关连？”

玉虚子道：“你要知道其中缘故？”

瑶光点了点头，问道：“你有什么难言之隐？”

玉虚子道：“不是难言，而是难看。”说至此处，顿了一顿，喟然叹道：“自从那次和齐勒铭比剑之后，我就避免和你见面。即使到了现在，唉，咱们虽然见上了，但、但……”

瑶光道：“不错，咱们现在虽然见上了，也还不能说是已经见了面！”原来玉虚子一直是蒙着一张薄如蝉翼的人皮面具的，面具虽薄，却已掩盖了他原来的面貌了。

“为什么你不让我见到你的庐山真面？请相信我，不管你变成什么样子，在我的眼中，你还是从前的你！”瑶光声音急促，连珠炮似的说了出来，情绪也似乎受到他的感染，颇为激动。

玉虚子终于一咬牙根，说道：“好，你要知道其中缘故，你自己看吧！”

面具拉下来了！

二十年前，玉虚子是有名的美男子。如今在他的脸上，却好像布满了纵横交错的车轨一般，有十几道伤痕！

玉虚子那次和齐勒铭比剑必定受伤，这一层瑶光散人是早就想到了的。但却想不到他伤成这个样子！

这刹那间，瑶光散人也不禁呆住了！

玉虚子冷冷说道：“是不是吓怕你了？”

瑶光散人扑上去抓着他的手，叫道：“潘郎！”

玉虚子苦笑道：“你想不到你的潘郎竟然变成了这样的一个丑

八怪吧？”

瑶光散人充满激情地叫道：“不，不，你还是我眼中的那个潘郎！你比从前更美，我好喜欢！”

玉虚子道：“你别哄我了，丑就是丑，美就是美，丑的不能当作美的。从前的潘郎早已一去不复返了。我变得这样丑陋，你还喜欢什么？”

瑶光道：“容貌的美怎比得上内心的美？嗯，现在我才明白，当初你并不是存心抛弃我的，我怎不喜欢？”

这时轮到玉虚子呆住了。半晌说道：“你真是这样想？”

瑶光道：“亏你还是学道的人，难道你还不懂得躯壳只是一具臭皮囊的道理？”

玉虚子大喜过望，说道：“如此说来，我现在向你赔罪，也不嫌迟了？”

瑶光面上一红，轻轻甩开他的手，说道：“用不着赔罪，我早已原谅你了。咱们可以像从前一样做朋友。”

玉虚子道：“就只是做朋友么？”

瑶光道：“你我都已历遍沧桑，但求两心如一，又何必着重形式上的婚姻？何况我们心中的结都已解开了，那就应该可以达到更高一层的境界啦！我想这道理你不是不懂，而是你不愿意接受。”

玉虚子默然不语，心里想道：“其实她和我一样，都是未能忘情。不过，她说的这个感情上更高的境界，也未尝没有道理。”

瑶光道：“过去的不必追悔，但已经过去的恐怕也只能让它过去了。如今，你是武当派的长老，我也是华山派的长老！”

玉虚子道：“你的意思我懂，你是害怕像咱们这把年纪，又是长老身份，一旦还俗成婚，会惹别人笑话？”

瑶光道：“我不是怕别人的笑话，但却何必执着不化？”

玉虚子道：“你要为我说佛法么？”

瑶光笑道：“儒释道三教同源，道理其实都是一样。儒家说人之相知，贵相知心；释家说：色即是空，空即是色，勘破色空，方成正果。道家说：神游象外，返璞归真，方为得道。所谓‘正果’与‘得道’似乎都可以解释为永生不灭的上乘境界。人生道理如此，男女之情亦不例外。”

玉虚子苦笑道：“恕我钝根，难明妙谛。”

瑶光道：“咱们的事，谈到这里，似乎可以结束了。还是谈小一辈的事罢。”

玉虚子道：“小一辈和咱们可不相同，他们是既不想做和尚，也不想做道士的。”说至此处，不觉笑道：“其实，咱们当初也并不是想做道士，只缘造化弄人！”

瑶光道：“你又来了，我说过不谈咱们的事的。请你言归正传。”

玉虚子道：“好，言归正传。我约你出来，是想你不但能够解开心头的第一个结，也能够解开第二个结的。”

瑶光道：“第一个结是我们之间的误会。这个我懂。但第二个结又是什么？”

玉虚子道：“第二个结是你对楚天舒和齐漱玉的成见。”

瑶光道：“怎见得我对他们是有成见？”

玉虚子道：“你不是认为他们用情不专吗，这就是成见。”

瑶光道：“这不是‘认为’，这是许多人都知道的事实。”

玉虚子道：“你说说看。”

瑶光道：“先说齐漱玉。谁都知道她喜欢的是她的师兄卫天元，当年她赶往洛阳徐家，就是阻止卫天元和姜雪君重修旧好的。但曾几何时，她又变成了她异父异母哥哥的未婚妻子了。”

玉虚子道：“不错，他们是青梅竹马之交。但这情形，岂不正是像我和我的表妹一样。”

瑶光道：“似乎不大一样吧？”

玉虚子道：“他们的感情可能比我和表妹深厚得多，但实质还是一样的。他们之间，并没有产生真正的爱情，只因自小在一起，齐漱玉就自以为是爱上师兄的。待碰上了楚天舒，她才渐渐明白这个人才是她真正所爱的人。就像我当年碰上你一样。不同的只是我并非渐渐明白，我是一见上你就知道……”

瑶光一挥手打断他的话，说道：“不谈咱们的。再说楚天舒吧，许多人都知道，楚天舒的心上人本来是姜雪君的。”

玉虚子笑道："看来你对楚天舒好像更加不能谅解？"

瑶光道："不错，我看他是风流成性，就像……"突然住口，原来她本是说"就像你一样"的，但一想玉虚子其实也并不是如世俗所云的那种"风流成性"的人，纵然他年少之时，的确是有"风流"一面，这话就说不下去了。

玉虚子笑道："楚天舒的确有点和我少年时候相似，但不能据此说他用情不专。知好色则慕少艾，他和姜雪君大概也只限于单方面的思慕而已，不能算是真正爱情。甚至一个人的一生，也不能限制他只喜欢一个女子，只要他找到他真正所爱的人，而又彼此相爱的话，不再移情别恋，那就行了。"

瑶光道："你又怎知道他是真正爱齐漱玉呢？"

玉虚子道："但我们也找不到证据，说他是欺骗齐漱玉的爱情。"

瑶光道："那我的徒弟又如何？"

玉虚子道："男女之情，不能勉强，这也是无可奈何的事。"

瑶光叹道："青鸾自小跟我，就像我的亲女儿一样。我总希望她能够找得一个好丈夫。唉，华山派也并不是没有才貌出众的俗家弟子，那么多师兄师弟，她一个也看不上眼，偏偏爱上了外人。"

玉虚子道："她救了楚天舒的性命，也不见得就是爱上了他。"

瑶光道："我是她的师父，难道我还不知道她的心事！哼，无论如何，楚天舒总是欠下了她的救命恩情！"不知不觉她又迁怒于楚天舒了。

玉虚子暗暗好笑："刚才她说得那样好，好像已经悟道，谁知一当问题发生在她心爱的徒弟身上，她却还是那么执拗，难以理喻。"当下笑道："若然说到恩情，最大之恩，莫如父母之恩，你说是吗？"

瑶光道："那还用说，父母之恩是每个人必须报的。但你无端提起父母之恩作甚？"

玉虚子道："我是想到我本身的例子。当初我的父亲不许我们相爱，逼我另婚，我宁愿出家，也不肯遵从父命，并非我忘了父母之恩，而是我不能为了报恩去勉强自己爱一个本来不爱的人。这件事情，我一直认为没有做错。”

弦外之音：青鸾对楚天舒虽有救命之恩，但总还不如父母生养之恩吧？碰上了男女感情的问题，即使动以父母之恩，尚且不能勉强呢。瑶光说不出话来了。

玉虚子缓缓说道：“在楚天舒这方面来说，他是应该报答令徒的救命之恩的，假如令徒有什么事情要他帮忙的话。但这种报答，却不一定就是以身相许。”

瑶光想了一想，说道：“但你刚才说过，年轻的男女，往往会把一种对异性的倾慕，误作爱情。”

玉虚子道：“不错。尤其是在很少机会接触异性的情形底下，更是如此。”

瑶光道：“那么‘日久生情’这句老话，你也认为是不可靠的了？”

玉虚子道：“不能一概而论。若是各方面都不适合的人，相处久了，恐怕只会生厌，不会生情。”

瑶光道：“世界上很难找到各方面都适合的两个人，倘若有两个女的，都是各有一部分适合那个男子，那又如何？”

玉虚子道：“倘若是在这种情形底下，较多机会相处的那对男女，这才可以用得上‘日久生情’那句老话。”

瑶光道：“着呀，那我倒要试一试了。”

玉虚子道：“试什么？”

瑶光道：“试一试楚天舒和齐漱玉的爱情是真是假，也试一试青鸾是否能够与楚天舒日久生情？”

玉虚子怔了一怔，说道：“咦，你想干什么？”

瑶光道：“待会儿你就知道。咱们出来恐怕已有半个时辰了，该回去啦。”

回到齐家，齐漱玉仍然昏迷未醒。楚天舒则在半睡半醒的状态中，不时发出呓语，他们踏进房间的时候，刚好听见他在叫一声“妹妹”。

玉虚子看着瑶光散人，微微一笑。

楚天舒忽地又叫了一声“师妹”，瑶光听见，也似笑非笑地看了玉虚子一眼，说道："他的师妹好像是姜雪君吧？"

玉虚子道："这两个人都是他挂念的人，难怪他会想起她们的。不过对她们的思念，却未必是完全一样了。"

瑶光不置可否，说道："他的伤虽然较轻，但心神也该宁静。"当下点了他的睡穴。她的点穴，另有一功，点这个睡穴，是可以令楚天舒熟睡，对他的身体有益无害的。

青鸾见师父的态度业已改变，对楚天舒也关心起来了，不禁喜出望外，说道："师父，你肯答应我的请求了吧？"

瑶光道："哦，你的什么请求，我都忘了。"

青鸾撒娇道："师父，你别逗我着急了，我是求你救这位齐姑娘一命呀。她中的毒比楚公子重得多，恐怕只有你用金针刺穴之法，才能救她了。"

瑶光道："你急什么，这件事慢些再说。我先问你，你是不是还打算去找你的家人？"

青鸾道："唯一知道我家人的消息只有丁大叔，丁大叔已经死了，我纵有此心，却可找谁打听？"

瑶光道："这样说，你还是想去寻找亲人的了。"

青鸾道："我在家乡有什么亲人我都不知道，但我当然还是希望能够找得到他们的。"

瑶光道："好。玉虚道友，你呢？你又准备怎样？"

玉虚子隐隐猜到她的几分心意，说道："我本是和小徒来拜访齐燕然老前辈的，如今齐老前辈已经到白驼山去了，我虽然帮不上他的什么忙，也准备到白驼山去走一趟。"

瑶光道："好，那么麻烦你带我这徒儿一起去。"

青鸾一怔道："师父，你要我上白驼山？"

瑶光道："不错。据我所知，丁勃与齐燕然名为主仆，实是家人一般。丁勃的朋友，齐燕然都知道。所以丁勃死了，你仍然可以从齐燕然的口中打听到你家人的消息。"

青鸾道："但楚公子和齐姑娘……"

瑶光道："齐燕然留下的信，是要卫天元赶往白驼山的。楚天舒是卫天元的好朋友，而且齐燕然于他亦曾有救命之恩，于理于情，他也是应该到白驼山去的。他中的毒不算很重，有你在途中照料他，相信他在抵达白驼山之前，已经好了。”

青鸾道：“这么远的路，我只怕负不起照料他的责任。”

瑶光道：“有玉虚道长和你一起，你怕什么？你不照料他，难道要我把一个大男人带回华山的群仙观去吗？”

青鸾道：“齐姑娘又如何？”

瑶光道：“她中的毒很重，恐怕要七七四十九天才能治好，她是决不能去白驼山的了。好在华山离此地不远，没办法，只好由我带她回华山去替她疗毒了。”

青鸾道：“我、我……”

瑶光道：“你怎么样？”

青鸾本是有所顾虑，顾虑把齐楚二人分开由她们师徒照顾，自己恐怕会惹出嫌疑。但这话可不好意思说出来，而且路上也是有玉虚子师徒同在一起的。

“没，没什么，我只是舍不得师父。”她只好这样说了。

瑶光笑道：“傻孩子，师父又不能陪你一辈子，迟早要分开的。你已经还俗，这次我带你来找丁勃，本来也就是想你单独跟丁勃回乡探亲的。”

齐家有现成的马车，瑶光说道：“齐燕然有事于白驼山，事不宜迟，你们现在就乘这辆马车走吧。我在齐家多留一晚，明天再另外找辆车子，和齐姑娘回华山去。”青鸾虽然有点尴尬，但没有更好的办法，也唯有如此了。正是：

情假情真何待试，干卿底事巧安排？

欲知后事如何？请听下回分解。

第九回　误会重重　双雄决斗
危机处处　外祸齐来

风中传来的秘密

“针迷驼失怕昆仑，穴处巢居何足论？手把黑纹藤竹杖，灵山顶上叩天门。”这是古人吟咏昆仑的诗句，昆仑之险，是自古以来的旅人都视为畏途的。

此际却有一对年轻男女，好像把这艰险的行程，当作赏心乐事。他们踏碎了昆仑山上的千年冰雪，驰目骋怀，迎风迈步。

这对年轻的男女，就是卫天元和上官飞凤了。

卫天元赞道：“啊，真是奇景！”上官飞凤随着他的目光望去，只见山上冰川交错，俨若银龙飞舞，还有许许多多的冰塔群，在阳光下幻出七彩虹霓。

上官飞凤道：“你刚刚游遍江南，想不到你也会喜欢此地。”

卫天元道：“杏花春雨江南，固然很美，骏马西风冀北，又何尝不美？”

上官飞凤道：“骏马西风冀北，还有人赞美，这个地方，却少人赞美了。”

卫天元道：“少人赞美，那也是因为很少人来过的缘故。依我说，还得加上一句。”

上官飞凤道：“加上一句什么？”

卫天元道：“骏马西风冀北是阳刚之美，杏花春雨江南是阴柔之美，冰川玉树昆仑则是高洁之美！”

上官飞凤说道：“你从未来过这个地方，初来或者会觉得景物新奇，住下去只怕就不惯了。”

卫天元道：“要是让我选择的话，我倒愿在昆仑过这一生。”

上官飞凤道：“为什么？”

卫天元道：“江南虽然很好，但江南太过繁华，许多天然美景，都给俗人玷污了。不如这里乃是世外桃源。而且江南水软山温，容易消磨意志，而在这琉璃世界之中，则能令人心胸明净。当然各人有各人的喜爱，对我来说，我喜欢这里多些。”

上官飞凤笑道：“这我就放心了。”

卫天元道：“哦，你本来担心什么？”

上官飞凤道：“我是在这里长大，将来也要终老此地，假如你不喜欢这个地方，……”

卫天元笑道：“你真傻，我喜欢你，当然也会喜欢你所喜欢的任何事物。何况我又的确是喜欢这个地方呢？”

两人情话绵绵，风却越刮越大了。

许多奇奇怪怪的声音随风吹来，如猿啼、如虎啸；如万马奔腾，如千军赴敌；如鲛人夜泣，如狂士高吟……

卫天元道：“咦，这里的风声也与别处不同，怎的会夹有这么多怪声？”

上官飞凤道：“你看看山壁。”只见山壁上无数小孔，就像蜂巢一般。

上官飞凤道：“怪声的来源，就是因为风从这些不同形状的洞孔穿过造成的。”

卫天元道：“咦，好像还有人声？”

上官飞凤凝神细听，说道：“不是好像，是真的有人在山壁那边说话。”

卫天元和她一样，是练过听风辨器之术的，在风声和各种怪声之中辨别人声，他们都可以做得到。

只听得有个人说道：“昆仑山上，幻剑灵旗。不奉灵旗，幻剑诛之。嘿嘿，真是好霸道呀！”

卫天元道："咦，你听，他们说的不是你的爹爹吗？"

上官飞凤道："我听见了。暂且不要拦阻他们，让他们说下去。"

另一个笑道："上官云龙的霸道不会长久的了。我敢打赌，他做梦也想不到他的……"

第三个人喝道："老二，你忘记了禁令么？不可说出那人名字！"

那"老二"笑道："在这个地方，还怕有人听见么？而且风刮得这样大，即使有人在近处，也听不见。"

第一个人大约是他们的首领，说道："老三的话是对的。不管有没有人听见，咱们答应过人家的就不能犯禁。"

"老三"道："那么，我说宇文夫人，可不可以？"

"老大"道："她也算得是咱们半个主人，不过她和上官云龙作对，那已是公开了的，倒是少些顾忌，不知你要说她什么？"

"老三"道："我劝你们当心她一些，这个婆娘的手段非常阴险的。"

"老大"道："她的'德行'我比你清楚，但这也是彼此利用嘛。"

"老三"道："你还记得上次她要咱们帮她母子做戏的事吗？我们已经帮她骗得齐勒铭的女儿上了她的当，但结果怎的，她答应我们的好处我们现在都没得到，白白挨了她的儿子一顿打。"

"老大"道："那是因为她只能使齐漱玉这小妞儿上当一时，但这小妞儿毕竟没有去做他们宇文家的媳妇。"

"老二"道："那就是她的事了，我们只答应帮她做戏，可并没有给她写下包单，包保她一定可以娶成功媳妇的。"

"老大"道："我并不是说她有理，但她目前正在图谋大事，咱们也不能将她逼得太紧。她已经说过，待这次事成，前次加倍奉还。"

一向喜欢和"老二"抬杠的"老三"此时亦已站在"老二"一边，说道："宇文夫人是有名的狐狸，大哥，你也不能太过相信她的话，须得当心重蹈上次覆辙。"

"老大"道:"这次和上次不同，这次的事情，是以那个人为主的。"

"老三"道:"那个人我们是相信得过的，但我们卖了气力，倘若只得到半数报酬，也是不值。"

"老大"道:"相信这一次她不会拖赖的了，因为倘若事成，她得到的好处实在非常之大。"顿了一顿，继续说道:"但你们也不能胃口太大，要知道咱们这次不过是帮他们摇旗呐喊。"

"老二"道:"大哥，咱们也不可妄自菲薄。不错，和上官云龙、宇文山主这些顶儿尖的人物相比，咱们是微不足道。但若是和上官云龙手下那十三家头目相比，咱们也不见得差到哪里。"

"老三"忽道:"事若不成，那又如何?"

"老大"苦笑道:"不奉灵旗，幻剑诛之。事若不成，咱们只怕已是性命难保了。"

"老二"道:"是呀，咱们虽不过是摇旗呐喊，但同样是卖命的勾当!"

"老大"笑道:"你放心，正如你刚才说过，上官云龙恐做梦也想不到会有这种事情发生。一定会成功的。"

此时卫天元和上官飞凤已经转出那个山坳，风势也渐渐小了。

上官飞凤道:"他们是秦岭三英。老大秦兆阳、老二骆宏、老三卢志高。"

卫天元道:"我知道这三个人。什么三英，是三头卑鄙的畜牲!"

上官飞凤道:"他们帮金狐欺骗你的师妹，当然是要给他们一点惩戒的，但请你让我来。"

卫天元道:"你要留下活口，盘问口供?"

上官飞凤道:"不错。他们不属于西域十三家，但以往也是遵从我家号令的。听他们的口气，似乎不但已经和金狐勾结，而且还和我们这边一个重要的人物正在进行一项阴谋。他们三方面所做的买卖，不用说是要对付我的爹爹的了。我非查个清楚不可。"

风已停了。

卫天元道:"好，那就去吧。"

风声停止，“秦岭三英”听得见后面有人来了。他们回头一看，看见追上来的是上官飞凤，不禁大吃一惊。

“老大”秦兆阳连忙强摄心神，领先施礼，躬身说道：“大小姐，你回来了！”

上官飞凤笑吟吟说道：“不敢当。你们连我的爹爹都不放在眼内，我怎受得起你们的礼？”

秦兆阳暗暗吃惊，说道：“大小姐，这是哪里来的话？请你别信谣言。”

上官飞凤道：“你要知道是哪里来的吗？好，你听着。”当下模仿他刚才的口气说道：“昆仑山上，幻剑灵旗。不奉灵旗，幻剑诛之。嘿嘿，真是好霸道呀！”

这一下令得他们全都呆了。

“老二”骆宏首先发难，一扬手就是三柄飞刀，喝道：“妖女，老子与你拼了！”

“老大”秦兆阳却不声不响，突然把他的独门兵器折铁扇一张，向上官飞凤立施杀手。

“老三”卢志高胆小狡猾，他是练地堂刀的，擅长翻滚，立即卧倒，滚下山坡。

只听得一片断金戛玉之声，三柄飞刀给上官飞凤一剑削成六截。

剑光一发即收，秦兆阳的折铁扇只剩下扇柄，精钢打成的扇骨则已碎成片片。

卫天元喝道：“回来！”他并不追上前去，在距离十步之外，只是伸手一抓，卢志高就好像给人抓着似的，还未曾滚下斜坡，就身不由己地给横拖直曳拖回几步。

谁都不敢妄动了。

上官飞凤冷冷说道：“你们若想免受幻剑之诛，快快从实招来。那个人是谁？”

“秦岭三英”对那个人极为忌惮，都想另外的两个人先说，自己却不作声。

上官飞凤道：“第一个说的我马上放他！”还是没人说话。

上官飞凤一声冷笑，继续说道：“第二个说的我刺瞎……”这下有反应了。

她话犹未了，卢志高便即叫道：“我……”他刚要说出那人名字，忽觉眼前一片黄，喉咙好像给无形的魔手扼住，迅即眼睛一黑，什么知觉都没有了！

碰上同样遭遇的不仅卢志高。这刹那间，每个人都感觉眼前一片黄。

突然有一股风砂向他们袭来！

风早已停止，这是人为的风砂。有人埋伏在距离他们不远之处的一块岩石后面，用喷筒喷出这股风砂。

上官飞凤应变快极，一个细胸巧翻云，倒翻出数丈开外，身上没有沾着一粒砂子。

卫天元连劈两掌，掌风把朝他喷来的黄砂荡开。

尘雾迷漫中，隐约可见一条人影没入沙塔群中。

卫天元叫道：“啊，是金狐！”

上官飞凤没有说话，走回原来的地方察视。

喷筒喷出的砂子当然不会很多，此时早已恢复晴明。

只见“老大”秦兆阳和“老二”骆宏亦已倒在地上了。

“秦岭三英”已是尽遭毒手。

上官飞凤审视片刻，“咦”了一声，说道：“奇怪，果然是穆家的独门暗器之一，夺命神砂！”

卫天元倒是觉得上官飞凤的“奇怪”才是奇怪。

“金狐刚刚逃跑，你没有看见她吗？”卫天元道。

上官飞凤道：“恐怕不是金狐！”

卫天元道：“难道是银狐？但决不可能是银狐的！”

上官飞凤道：“当然更不会是银狐。”

卫天元道：“那么除了金狐，还能有谁？我虽然没有看见她的面貌，但她的身形我是绝不会看错的。哼，她分明是怕那三个家伙供出她的阴谋，故此杀人灭口！”

上官飞凤道：“不错，那个女人的身形是很像穆家姐妹，但你难道没有发觉，她的武功比银狐却好得多！”金狐的武功是不及妹妹银狐的，言下之意，金狐更不必说了。

卫天元呆了一呆，说道："不错，那人的武功的确好像是在银狐之上。"要知那人虽然是用喷筒射出毒砂，但要伤人于百步之外，还得加上强劲的劈空掌力才行。卫天元一想，银狐的武功的确是还未能达到这个造诣。而且那个人的轻功也是银狐比不上的。

上官飞凤道："还有一点，那人的年纪比金狐大。"

卫天元诧道："尘雾迷漫，你怎么看得出来？"

上官飞凤道："从她的轻功身法上可看出来。我问你，年轻人施展轻功，是不是脚尖先行着地的？"

卫天元道："一般人施展轻功都是如此的，不仅年轻人。"

上官飞凤道："但你可有注意那个人是脚跟先落地的？"

卫天元道："啊，这一点我倒没有注意到。"

上官飞凤道："年纪大的人肌肉的弹力较弱，但用脚跟踏地，地面所受的力道较大。不过，弹起的时间则比脚尖着地的时间长。她是将重身法和轻身法混合使用的。"

卫天元道："我懂了。她是以功力弥补弹力之不足。由于她功力甚深，脚跟重重一踏，借地面的反弹之力就跳得更高跃得更远。但一般人没有她的功力，此法则不可行了。"

上官飞凤道："所以表面看来，她的轻功比银狐好，其实只是功力比银狐高而已。"

卫天元道："轻功是你的专长，这门学问我甘拜下风。我更佩服你的观察人微。"

上官飞凤笑道："多谢你的夸奖。但有一点你是说对了的。"

卫天元道："是哪一点？"

上官飞凤道："杀人灭口。"

卫天元笑道："她杀人的动机是谁都猜得出来的，你不必替我挽回面子了。不过她用来杀人的暗器是穆家独有的夺命神砂，而穆家暗器的传人又只有金狐银狐这两姐妹，要是还有第三个人的话，江湖上早就应该知道了，这你又作如何解释？"

上官飞凤道："我就是因为解释不来，所以觉得奇怪。"

卫天元道："猜想不到，那只有赶快回去告诉你的爹爹了。白驼山方面有人和你爹爹的得力手下暗中勾结，密谋叛变，这一点大概也是可以确定了的。至于那个人是否金狐，问题倒属其次。”

上官飞凤道：“大哥说得是，咱们赶快走吧！”两人加快脚步，穿过了冰塔群，愈上愈高，山势也愈来愈险。脚下云气弥漫，群峰罗列，恍如云海中星罗棋布的岛屿。

卫天元无暇欣赏奇景，施展浑身本领，亦步亦趋地跟着上官飞凤上山。陡然间，只觉眼睛一亮，只见山上建筑，恍如一片琉璃宫殿，那些屋宇都是水晶、云石、晶盐以及坚冰所造，通体透明，在夕阳返照之下，霞彩夺目，闪闪生光，奇丽无俦！

卫天元禁不住啧啧赞赏：“啊，真的是人间仙境，我真想不到有这样好的地方。”

上官飞凤微笑道：“那你愿意陪我在这里过一生么？”

卫天元道：“有这样好的地方，你赶我走我也不肯走了。就只怕……”

上官飞凤道：“就只怕什么？”

卫天元道：“就只怕是高处不胜寒！”

冰峰高处，虽然是奇寒刺骨，但以卫天元的内功造诣，还不至于禁受不起的。上官飞凤细味他话中之意，似乎是另有深意。不觉怔了一怔，说道：“你说的高处不胜寒，可是指我们上官一家在武林中的地位？”

卫天元笑而不答，意似默认。

上官飞凤喟然叹道：“我们这家，以幻剑灵旗，震慑西域，做西域十三家的宗主，号令所至，莫敢不从，但也结下了许多仇怨。说老实话，我也的确是有高处不胜寒之感了。唉，爹爹目前的处境，已经是到了位高势危的田地了。不过，你也不必忧虑，幻剑灵旗，若是传到我的手里，我就只要幻剑，不要灵旗。”话中之意，即是只要家传武功，放弃西域武林盟主的地位。

卫天元道：“啊，你当真愿意这样？”

上官飞凤笑道：“我只愿和你生生世世，永为夫妇。”

卫天元笑道：“就不知你的爹爹，看不看得上我这个无名小子。”

刚说到这里，只听得有人叫道："啊，好了，好了，大小姐回来了。"原来已经是有人发现上官飞凤回来。

上官飞凤一愕，不懂他说的"好了，好了！"是什么意思，问道："我爹爹呢？"

那人说道："西域十三家的首领已经来了十二家，大小姐，你快进去吧！"

上官飞凤吃了一惊，问道："出了什么事？"

那人道："我，我也不大清楚，请你问二山主。"

上官飞凤无暇与他多说，连忙和卫天元跑进冰宫。

举目一看，只见西域十三家，除了黑石庄的庄主之外，果然都来齐了。

一个红面老者站起来道："贤侄女，你回来了。这位是……"

这个红面老者叫盖覆天，是她父亲的结拜兄弟，亦即是那人口中的"二山主"。

卫天元报了姓名，盖覆天道："啊，原来老弟就是鼎鼎大名的后起之秀，飞天神龙卫天元，久仰了！"

上官飞凤道："闲话少说，这里究竟出了什么事？"

十三家首领之一的呼儿盖牧场场主敖错说道："没，没什么，……"

上官飞凤道："没什么，那你们何以都来了？"

敖错道："我们听得风声，白驼山的人即将大举来袭，故此赶来迎敌。"

上官飞凤道："为何不见我的爹爹？"

盖覆天道："谁知白驼山主还没有来，倒是另一个人先来了。"

上官飞凤道："什么人？"

盖覆天道："齐燕然！"

上官飞凤又喜又惊，说道："哦，齐老前辈来了吗？"不觉有点奇怪，要知齐燕然的辈分是比她的父亲还高一辈的，按理盖覆天似乎不该直呼其名。

盖覆天也好像知道她的心思，说道："不错，我说的可正是有武功天下第一之称的齐燕然，我本来应该尊敬他的，但……"

上官飞凤一皱眉头，打断他的话道："盖叔叔，我只想知道齐老前辈来了，和我的爹爹有什么关系？否则，怎的他们两人都不见呢？"

盖覆天缓缓说道："贤侄女，你猜对了。你不见他们，是因为此刻他们正在比武去了！"

上官飞凤这一惊非同小可，说道："爹爹和齐老前辈比武？"

盖覆天道："不是你的爹爹要和他比武，是他要和你的爹爹比武！"

上官飞凤道："好端端的干嘛比武？"

这个问题本来是应该由盖覆天回答，盖覆天却没作声。

卫天元见她着急，安慰她道："武功有如棋艺，练得越高，对手越发难求。两位老人家或许是因为论剑论得高兴，故而忍不住要印证一下武功。二十年前他们不也是曾经比过一次的么？"

上官飞凤稍稍放心，想道："印证武功事属平常，但以他们的口气，好像是齐老前辈逼我的爹爹和他比武的，是否其中还有别情呢？"

盖覆天忽道："这次比武恐怕和上次不同，上次比武的确是点到即止的印证武功，这次比武，恐怕、恐怕就不是这么样了？"

上官飞凤道："那是怎么样？"

盖覆天道："他们走出来的时候，齐燕然似乎是满面怒容，我听见了他说出了两句十分刺耳的话。"

上官飞凤道："他怎样说？"

盖覆天道："他说他拼着把几根老骨头埋在昆仑山上，非得和你的爹爹见个真章不可！"

上官飞凤大惊道："那不是不死不散的决斗吗？你们为何不加拦阻？"

盖覆天道："他们两位老人家要比武，我们拦阻得了么？"

上官飞凤急忙问道："在哪里比武？"

盖覆天道："星宿海！"

星宿海在昆仑山绝顶，是一个上古冰川的遗址，武功稍弱的人也难上去。上得去也难耐冰峰高处的奇寒。选择在这个地方比武，实是令人一听就动魄惊心。

上官飞凤叫道："盖叔叔，你赶快和我去阻止他们吧！"

盖覆天道："不行呀，令尊有令，非但不许我们插手，而且是根本禁止我们上星宿海的！他是怕齐燕然说他倚多为胜。"

上官飞凤道："好，你不去我去！"

卫天元跟她走，盖覆天伸手一拦，说道："齐燕然是你的师祖，我们可不能让你去。"

上官飞凤道："他也是我的未婚夫，我都不怕他帮他的爷爷，你们反而要拦阻他么？"盖覆天见她生了气，这才退过一边，说道："贤侄女，我们预防万一，也只是为了你的爹爹，你信得过他，那就由得你们去吧。"

上官飞凤道："多谢盖叔叔好意。"拂袖便走。

星宿海在昆仑山绝顶，从冰宫出发，轻功好的也得一个时辰，他们走了大约一半光景，只见山上的雪块滚滚而下，大的有如磨盘，小的也有拳头般大。上面打斗的激烈可以想见。

上官飞凤忧心如焚，说道："但愿他们不要两败俱伤才好。"当下加快脚步，施展踏雪无痕的轻功，又跑了一程。忽地听得父亲的声音从风中传来。

声音从高处传来，下面的人比较容易听得清楚。两人凝神细听，只听得上官云龙说道："齐老前辈的确不愧武功天下第一的称号，我认输了。"

上官飞凤心中稍宽，暗自想道："距离这么远，爹爹的话语我还能够听得见，料想是尚未受伤，唉，认输了就好。"

哪知齐燕然的声音跟着传来，他说的却是："这一招你是故意让给我的，你当我不知么？上官云龙，我和你说，你莫以为认输了就行，我是绝不能就此罢手的。亮出你的宝剑吧，我还要领教你的奇门十三变的幻剑高招！"

上官飞凤皱起眉头，说道："卫大哥，你的爷爷也未免太好胜了！"

卫天元不说话，上官飞凤见他面色有异，说道："你在想什么，为何不与我说？"

卫天元道："爷爷的确是很好胜，不过就只对你的爹爹例外。"

上官飞凤道："难道他不是想和我的爹爹争胜？"

卫天元道："他曾对我说过和你爹爹在二十年前比武一事，他说那次比武，虽然打成平手，其实已是你的爹爹胜过他了。因为他只是倚仗功力较深才能保持不败，论剑法你的爹爹已是胜过了他。因此他说，他从没有佩服过任何人，只有你的爹爹例外。"

上官飞凤道："你说这话，不是为了讨好我吧？"

卫天元道："我是实话实说，并无虚言。不信，待会儿你可以当面问……"

话犹未了，上官飞凤已是面色大变，叫了起来："呀，那就更不对了，快走，快走！"

她的话用不着多加解释，要知二十年前齐燕然和上官云龙比武之时，他的年纪虽然较大，但也不过五十多岁，不算太老。当时他已甘拜下风，岂有过了二十年还要和对方争胜？但若不是为了争胜，那又是为了什么？

要上官飞凤填命

卫天元满腹疑团，喃喃自语："我真想不通，难道他们之间，还能有什么仇恨？"他爷爷本来要和上官云龙联手对付白驼山那班人，怎的忽然同室操戈，而且是不死不散的决斗？

疑团很快就解开了。

从上面传下来的声音，听得更清楚了。只听得上官云龙苦笑说道："齐老前辈，你要怎样才肯罢休？"

齐燕然道："我不是早已说过了吗，把你的女儿交出来！"

上官飞凤大为奇怪，说道："咦，你的爷爷要我做什么？"

卫天元道："要你做他的孙媳妇呀。"

上官飞凤道："这个时候你还说笑！"

山上面的上官云龙则在继续说道："我的女儿还未回来，你也知道的，她是和你的徒孙一起。看在他们小俩口子份上，咱们似乎也不该由亲家变作冤家。齐老前辈，我已认输，就这样算了吧。"

齐燕然道："我绝计不让天元娶你的女儿！算了？你倒说得好轻松！杀人填命，我非要你的女儿填命不可！"

上官飞凤道："咦，我杀了谁了？"

"丁勃与我名为主仆，实同手足。她杀了丁勃，我不能不替丁勃报仇！"齐燕然喝道。

卫天元在下面忍不住大叫："爷爷，你误会了！丁勃是给白驼山的妖人害死的！丁勃和我分手之后，我一直是和上官姑娘同在一起。爷爷，你可不能相信别人的胡乱造谣！"可惜声音从下面传上去不易，他纵有传音入密的功夫，站在昆仑之巅的齐燕然也听不见。

上官云龙道："齐老前辈你一定是误会了。试问我的女儿有什么理由要杀丁勃？"

齐燕然道："因为丁勃知道姜雪君是她害死的！"

他的话越说越奇，卫天元虽然不信，亦是不禁吃了一惊。

上官飞凤靠近他道："卫大哥，你相信我会害死姜姐姐吗？那天你可并不是和我在一起的啊！"

卫天元道："我当然不信，那天在秘魔崖上有那么多人，谁都知道她是与徐中岳同归于尽的。"

上官飞凤依偎着他说道："元哥，只要你相信我，别人怎样造我的谣，我都不怕。"

卫天元道："你放心，我会替你辩白的。"

星宿海上，上官云龙也正在说到谣言。

"齐老前辈，我不知你是从哪里听来的谣言，但此事疑点甚多，你可曾仔细想过？"

齐燕然沉声道："我用不着想！"

上官云龙道："那你也未免太固执了吧，俗话说得好，耳闻是假，眼见方真！"

齐燕然忽地哈哈一笑，说道："这两句话可是你自己亲口说的！"

上官云龙道："有什么不对？"

齐燕然道："对，对得很！好，我老实告诉你吧，这件事正是我亲眼见到的，根本不是谣言！”

此言一出，山上的上官云龙，山下的卫天元和上官飞凤不觉都呆住了。

上官飞凤呆了一呆，说道：“天元，不是我说你的爷爷，他一定是见了鬼了！”

“齐老前辈，你当真亲眼见到？”上官云龙说道。

齐燕然怒道：“你以为我会造令嫒的谣？”

上官云龙道：“对不住，纵然是你亲眼见到，我也不能无疑！请你先别生气，我不是说你造谣，只是有一事不明，要向你请教。”

“好，你说！”

“我的凤儿虽然得我传授她的幻剑，但功力尚浅，却又如何能够杀得丁勃？”

“那是因为有人和她联手？”

“谁？”

“银狐穆娟娟！”

越说越离奇了，卫天元道：“一定是有人冒充你，但难道银狐也是冒充？”要知齐燕然通晓改容易貌之术，他又是认识银狐的，倘若银狐也是冒充，他应该看得出来。但上官飞凤固然是没有理由要杀丁勃，银狐更加没有理由要杀丁勃。银狐好不容易才做成功齐勒铭的妻子，为了想要得到家翁的承认，她还指望丁勃替她向齐燕然说情的呢。

心念未已，只听得上官云龙已在说道：“凤儿怎能和白驼山的妖人联手？”

齐燕然道：“我那不肖子迷上这妖妇，我非常痛心。但我还是不能不替她说几句公道话。”

“不错，她的姐姐金狐是嫁给白驼山主宇文雷为妻，但据我所知，她却是从未帮过白驼山做任何事情的。似乎不能说她是白驼山的妖人。”齐燕然道。

上官云龙道：“好，那我把这句话收回。但她为什么要去杀丁勃呢？”

齐燕然道：“她知道丁勃和我一样，是不欢迎她踏进齐家的大门的。丁勃曾劝告我那不肖的儿子与她结束孽缘，我的儿子初时也曾接受他的劝告，离开了银狐一段时间，但可惜最后还是受不住银狐的迷惑，重归她的怀抱。想必她是为了此事怀恨在心。”

上官飞凤在山下听见齐燕然说的这段话，苦笑对卫天元道：“事情恰恰和你爷爷所想的相反，丁勃早已与银狐言归于好，而且答应替银狐向你爷爷求情的了。但奇怪的是，丁勃回到家中，为何不对你的爷爷说呢？难道他还未来得及说，就给冒名的银狐杀了吗？”

卫天元道：“此事疑团甚多，我也百思莫得其解！”在他的许许多多疑团之中，有一个是：“飞凤怎的知道丁大叔和银狐说过的那些话呢？我只有在扬州那一晚曾经和她分手几个时辰，难道就在这几个时辰当中，她已经和丁大叔或者银狐见过面了？但她又从未和我提过此事！”

心念未已，只听得上官云龙已在说道：“好吧，就算银狐有杀丁勃的理由，我的凤儿又有什么理由做她的帮手？”

“我不是已经说过了吗，丁勃知道姜雪君是给你的女儿害死的，她怕丁勃告诉卫天元。”

“你有什么证据说我的女儿害死姜雪君？”

“我相信把这件事告诉我的那个人。是谁，你就不必管了。”

“齐老前辈，这可是你自己说过的，耳闻是假，眼见方真！”

“好吧，她怎样害死姜雪君的，我没有亲眼看见，姑且存疑。但她与银狐联手，害死丁勃，我可是亲眼看见的！”

上官云龙道：“齐老前辈，恕我还要问个清楚，你说的所谓亲眼看见，是否正当我的凤儿下手杀人之时？”

齐燕然哼了一声道：“若是正当那个时候看见，我还能容许她们逃跑吗？”

上官云龙道：“那你说的亲眼看见，究竟是看见了什么？”说话渐渐有点不客气了。

齐燕然道：“丁勃已经重伤倒在地上，她们正在逃走，我救人要紧，顾不得追凶。唉，我若是早知丁勃救不回来，哼，哼……”

上官云龙打断他的话道：“那么你看见的只是她们的背影？”

齐燕然道：“我老眼无花，自信不致认错了人。”

上官云龙道：“我知道你是认识银狐的。但二十年前，你来到此地之时，我的凤儿还在襁褓之中，不知后来，你又在什么地方见过了她？”

齐燕然道：“没有见过。”

上官云龙道：“那你怎能知道另一个人就是我的女儿？”

齐燕然道：“丁勃临死之前，对我说的。”

上官云龙道：“他说了些什么？”

齐燕然道：“他说出害他的人是上官云龙的女儿和银狐，只说得一句话，就断了气！”

齐燕然说出了他的所见所闻，事情似乎没有怀疑的余地了。

山下面上官飞凤与卫天元面面相觑，苦笑说道：“丁勃怎能诬陷我是凶手，难道他也见了鬼了？”

上官云龙却还在继续问下去：“丁勃所受的致命之伤，是剑伤还是毒伤？”

齐燕然道：“他是中毒死的。”

上官云龙道：“他说出凶手的名字，第一个是……”

齐燕然道：“是你的女儿！”

上官云龙道：“这就有点奇怪了，他因中毒身亡，主凶当然是银狐了。即使另一个人果然是我的女儿，也只是帮凶而已，为什么他先说我女儿的名字？”

齐燕然道：“这有什么奇怪，那是因为他知道我认识银狐，但却并不认识你的女儿。”

似乎言之成理，但上官云龙却道：“齐老前辈，这只是你的想当然而已。请你仔细想想，你说的还有什么遗漏的地方吗，我希望知道得更多一些？”

齐燕然怒道：“我认为我说的已经足够证明你的女儿是凶手了！我不能接受你的盘问，你应该去盘问你的女儿！”话是这样说，那日的情景却已自然而然地重新出现在他的脑海，他的确是有一些还未说出来的。

丁勃刚好是从外地回来那天，在齐家的门前遇害的。

那天齐燕然闷坐家中，正自挂念丁勃到扬州去找他孙女的事，忽然就听到丁勃的叫声，撕心裂肺，令人毛骨悚然的呼叫！

他跑出去看时，只见丁勃已是恍如风中之烛，摇摇欲坠了。

银狐一见他出现，立即把手一扬，发出了穆家的一种非常歹毒的独门暗器——毒雾金针烈焰弹。

暗器一发，俨如雷电交加，轰隆一声，烟雾弥漫，登时覆盖了方圆数十丈之地！

以齐燕然的功力之深厚，当然不至于中毒、受伤，但当他以劈空掌力荡开烟雾之时，那两个女子的背影却已看不见了。因此认真说来，他和那两个女子，只不过是打了个照面而已，根本就没有时间看个端详。不过匆匆一瞥之间，他亦已认出了其中一个乃是银狐。

他自信没有认错了人，何况毒雾金针烈焰弹是穆家的独门暗器，那是更不会错的。因此经过的情形他没有细说，也不想细说了（免得上官云龙借口他看不清楚而节外生枝）。

丁勃最后那句话，他也是没有说清楚的。

那句话其实只是说了半句。

当时丁勃已是倒在地上，他把耳朵凑到他的唇边，才听得见那半句说话的。

丁勃说的是："上官云龙的女儿和……""和"字之后还有一个字，发音好像读歪了的"银"字。"银"字应是平声，他那个字的发音听来则是仄声。但由于说到最后一个字，已是极为模糊，他也仅能辨出平仄声而已。他认定是个"银"字，其实也是想当然的。

"凶手"这两个字，丁勃也并没说过，把"这句话"演绎为"丁勃说出凶手的名字"，凶手两字那也是齐燕然加上去的。

他自信过甚，相信自己的推断决不会错，这就弄成了把"推想"当作"事实"，来向上官云龙追讨"命债"了。

上官云龙听罢他说的"真相"，冷然说道："可惜我的女儿还未回来，要问她也无从问起。但知女莫若父，我决不相信她会做银狐的帮凶。即使她有非杀丁勃不可的情由，她也不能去找一个声名狼藉的妖妇做她的帮手!”

齐燕然道:“我不敢说令媛同流合污,但依我看来,她们似乎也有一样相同。”

上官云龙道:“哪样相同?”

齐燕然道:“杀人的目的相同!”

上官云龙道:“哦,你说她们都是要杀丁勃灭口?”

齐燕然道:“至少这是一半原因。”

上官云龙道:“另一半呢?”

齐燕然道:“令媛最希望得到的是什么?这另一半原因,用不着我多说了!”

的确是用不着画蛇添足了,谁都听得懂他的意思,他是说上官飞凤和银狐一样,都是想要嫁入齐家。她们杀害丁勃,乃是为了扫除嫁入齐家的一个障碍。这也间接答复了上官云龙的疑问,疑问他的女儿有何理由要与银狐联手。

上官云龙涵养再好,此时也不禁气得面色发青了。

“不管你是亲眼看见也好,亲耳听见也好,我决不相信凤儿会像你所说的那样坏!”上官云龙忍不住发作了。

齐燕然道:“我也曾相信我的儿子决不会为非作歹,可惜他后来却是令我非常失望!”

上官云龙道:“你一口咬定我的女儿是凶手,那就不必说下去了。嘿嘿,齐老先生,我敬重你是武林前辈,你冤枉我可以,要我的性命也可以;但你想要我女儿的性命,那可是万万不能!”

齐燕然叹口气道:“我也曾溺爱过我的儿子,我想我会懂得你现在的心情。但丁勃是与我相依为命的老朋友,我也不能让他白白死掉。这样吧,我退一步,只要你把女儿交给我处置,我不一定要她性命。”

上官云龙道:“你要怎样处置她?”

齐燕然道:“我要她在丁勃坟前磕头谢罪,那么我可以只废掉她的武功。”

上官云龙一声冷笑,说道:“那你不如废掉我的武功。”

齐燕然道:“废掉你的武功,我做不到。同归于尽,或者还有可能。但不管怎样，即使是我死在你的剑下也好，我也总算是对丁勃尽了心事了。话尽于此，出招吧！”

上官飞凤急急赶来，可惜已是来不及阻止他们的决斗了！

江湖上的比武规矩，辈分高的一方要让对方先行出招。上官云龙按照礼节，举剑平身，说道：“请齐老前辈指教。”剑一出鞘，便觉寒气逼人，连齐燕然那么深厚的功力，也是不由自己地打了一个寒噤。原来他这把宝剑乃是采自星宿海上冰窟之中埋藏了亿万年的寒玉炼成的。

齐燕然赞道：“好剑！”话犹未了，只觉冷电精芒，耀眼生缬，上官云龙已是一口气连出七招。

这七招变幻无方，快如闪电，交叉穿插，剑气纵横，好像每一招都可以在齐燕然的身上刺个透明的窟窿，但总是差了半分，没有刺着。

两条人影，倏地分开，齐燕然喝道：“你敢看不起老夫！”

上官云龙道：“晚辈已经献拙，请前辈赐招！”他说话的神气似笑非笑，对齐燕然的责备却并没加以申辩。齐燕然也不禁觉得有点奇怪。

原来上官云龙刚才那七招奇幻无比的剑法，每一招都是到齐燕然的身前，便即故意刺歪少许的。尽管即使他不失准头，也未必就能在这七招之内伤得了齐燕然，但他的礼让之意，却已是十分明显了。在礼让的另一方面，也表现了他的高傲。虽然他以晚辈自居，却不愿占齐燕然的便宜。

但他说的“已经献拙”，却是另外还有一层意思的。齐燕然是大行家，当然听得出来。他心中一动，抬眼望去，这才恍然大悟。

齐燕然刚才站立之处，背后是一块光滑如镜的冰壁。齐燕然移动身形，靠着冰壁滑过一边。他略显神功，冰壁上印下了他身形的轮廓。此时他抬眼望去，只见冰壁上那个人形，胸口的璇玑穴、神驰穴、云台穴，腹部的气海穴、天阙穴，腰部的笑腰穴、地藏穴，七处穴道的方位，都已开了窟窿。上官云龙的寒玉剑并没刺着冰壁，那是冰尖上的劲力隔空刺破的窟窿！

齐燕然打了个哈哈，说道：“不错，老夫刚才说的那句话是要略加修改了，你的剑好，你的剑法更好！没法子，老夫也只好班门弄斧啦!”

说话之际，他亦已拔剑出鞘，他的剑和上官云龙那把光华夺目的寒玉剑刚好相反，黑黝黝的一点也不起眼，而且是无锋的钝剑。

但上官云龙却也是不禁吃了一惊，赞道：“好剑!”

齐燕然那把钝剑缓缓地朝他劈过来了!

上官云龙挥剑反击，一招“众星拱月”，反手削出。这一招极尽奇幻的能事，剑花朵朵，恍如黑夜繁星，千点万点，洒落人间。

双方剑法，一快一慢，各有千秋。

黑黝黝的钝剑，投入碧绿色的剑光圈中，恍如乌龙翻海，陡然只见剑光流散，“轰隆”一声，一根冰柱给齐燕然的钝剑劈断了。

上官云龙赞道：“好剑！好剑法!”和齐燕然刚才对他的赞语，先后的次序，都是一模一样。

原来齐燕然这把钝剑，乃是渗有“玄铁”的成分炼成的。“玄铁”也是极为难得之物，比同体积的铁要重十倍不止。齐燕然十年之前已经炼成此剑，由于他早已是天下无敌了，故此从未用过。他本来是想传给卫天元的，但因卫天元尚未到使用这把钝剑的火候，未曾给他。想不到此际派上用场。

但更令得上官云龙吃惊的却是他的剑法。心里想道：“原来他在王屋山隐居二十年，乃是精研重拙大的上乘剑法。二十年前，他虽然早已有了武功天下第一的称号，但功夫大概只能算是天下第二，剑法恐怕只能算是天下第三，如今天下第一剑客金逐流已经去世，则不知是他第一还是我第一了。”

上官云龙的好胜之心，实是不在齐燕然之下。初时他以为齐燕然已经年老，本是存心让他一点，此时见他功力更纯，剑法更了得，登时起了争胜之心，不肯让他，也是不敢让他了。

双方尽展所长，上官云龙的剑尖忽而上指，忽而下戳，脚步踉跄，俨如醉汉。剑法看似杂乱无章，其中却包含着极复杂的变化。当真是剑气千幻，奇妙莫名!

齐燕然则又另有一功，任凭上官云龙的剑光在他身前身后身左身右穿来插去，他仍是兀立如山，钝剑缓缓展开，但尽管迟缓，却好像在身边建起了铜墙铁壁。上官云龙那样快如闪电的剑法，竟也攻不进去。

一个越打越快，一个越打越慢，过了一会，齐燕然固然额头见汗，上官云龙亦已呼吸加速了。

齐燕然心里想道："他年纪比我轻，久战下去，我只怕定要吃亏！"上官云龙也在心里想道："他的功力比我厚，我若不求速胜！只怕当真会给他拼个两败俱伤！唉，事到如今，恐怕也不能顾全他了。我不伤他，他要杀我，那还有什么办法可以两全？"

两人都抱着一拼的决心，同时施展杀手。

当的一声，齐燕然的钝剑飞了出去。但他的左掌已是向着上官云龙的天灵盖拍了下来。

他的剑不是给上官云龙打落的，是他自己掷出去的。这是他败中求胜的险招。由于他的真力耗损太甚，而上官云龙的剑势又来得太过奇幻，他自知难以遮拦，这才拼着豁了出去，出此险招的。

他的功力虽然耗损甚多，这一掷的威力，仍是上官云龙不敢硬接的，上官云龙身形飘闪，剑势一偏，剑点落下，迟了半分。

高手之争，只争毫黍。上官云龙本来算准了可以快他半分的，这么一来，变成了剑与掌的速度刚好又是一样了！

上官云龙一见他的掌势，竟是向自己的天灵盖打下来，他的心里虽然本来不想杀他，剑尖也是不能不刺向他的死穴了。

武学中本来有"以毒攻毒，以杀止杀"的打法。在极度危险的关头，双方各出绝招，往往会反而逢凶化吉的。

但这必须有两种情形之一出现，方才可以。一是有一方退让，一是双方势均力敌，在碰击之下，彼此攻击的力道都给解消。

但可惜这两种情形都不可能出现。

不单是因为他们两人都是同样的好胜，更因为在这瞬息之间，谁都来不及退让了。要在瞬息之间闪避，必须极快的身法才行。上官云龙本来是做得到的，但可惜他的真力亦已耗损不少，影响了他的轻功，此时之际，却是做不到了。

双方力道解消也不可能。因为他们不是用同类型的兵器，一个用掌，一个用剑，那是不可能互相碰击而又不受伤的。只有各打各的了。

天下数一数二的高手各出绝招，除了他们自身，还有何人可以化解？

眼看就要同归于尽了，不料竟有极其出乎意外的变化。

剑光掌影之中，突然有两个人插进他们中间。一男一女，男的出掌，女的出剑。

齐燕然的那一掌，那男的接了下来。

上官云龙的那一剑，那女的也接了来。双方都是接得恰到好处，大家都没受伤！

是谁能够这样恰到好处地替他们化解？

齐燕然失声叫道："元儿，是你，你……"

上官云龙失声叫道："凤儿，是你，你……"

不用说，来的这两个人就是卫天元和上官飞凤了。女儿和父亲对剑，徒孙与师祖过招。

上官飞凤道："爹爹，请莫生气。女儿并没有违背你的禁令。"

卫天元道："爷爷，请原谅我。我并没有损及你的英名。"

齐燕然和上官云龙是说好了的，不许别人帮手。

但现在上官飞凤却并不是帮她的父亲，卫天元也并不是帮他的"爷爷"，虽然他们都已"插手"，但严格说来，他们还不能算是违背规矩。

要怪的话，也只能怪他们帮助对方。

齐燕然在最初的一瞬间，的确是有点恼怒的；上官云龙也的确是有点伤心的。一个以为是"女生外向"，一个以为是亲如骨肉的徒孙"胳膊反向外弯"。

但他们毕竟是当今之世数一数二的武学大行家，瞬息之间，亦已明白了他们的亲人的心意了。

上官云龙首先笑了出来，说道："好孩子，我不怪你。天下除了你一人之外，也没有谁能够接下我刚才的一剑了！"

齐燕然则在说道："元儿，你何必拦阻我？我不会白死的。天下除了你一个人外，哼，哼，恐怕也没有谁能够接下我刚才的一掌！"

眼看就要同归于尽，突然有一男一女插入剑光掌影中，男的接了齐燕然那一掌，女的也接了上官云龙那一剑。

原来上官飞凤和卫天元之所以要那样做法，也正是因为除了这个办法之外，就没有别的法子可以化解这两大高手的恶斗。

最熟悉上官云龙幻剑的奇招的，当然是他的女儿。

最熟悉齐燕然的掌法的，当然也只有他亲手调教出来，名分是徒孙，实际是徒弟的卫天元。不过，也幸亏这两大高手都已耗损了十分七八的真力，否则恐怕他们还是不能接下来的。

他们不是偏帮亲人，也不是反助“对方”，他们只是为了要救亲人的性命。

齐燕然忽道：“元儿，你知不知道我是为你的丁大叔报仇，你若是我的好孩子，替我去吧！”

卫天元叫道：“不，不，爷爷，你真的是误会了。杀丁大叔的不是上官姑娘！”

齐燕然道：“误会？我亲眼看见她和银狐联手行凶！”

卫天元道：“是哪一天的事？”

齐燕然道：“九月十三。”

卫天元道：“九月十三那天，我和她尚在华山，有华山五老可以作证。”

齐燕然道：“但凶手的名字，可是你的丁大叔亲口说的！”

卫天元道：“你就只相信丁大叔，不相信我吗？”

齐燕然不作声，丁勃和卫天元，一个是他的老朋友，一个与他亲如祖孙，这两个人他都是相信得过不会欺骗他的。他不觉一片茫然了。

“如果不是她，为什么丁勃在临死之前要告诉我是‘上官云龙的女儿和银狐’呢？他说出这两个人的名字，他的用意难道不是要告诉我凶手是谁么？”

卫天元道：“那另一个人也不是银狐！”

齐燕然道：“银狐我是认识的。”

卫天元道：“人有相似……”

他只说了半句，齐燕然就想了起来，说道：“对了，我听得人说穆家双狐，相貌是一模一样的。丁勃把金狐错认作银狐也有可能。”

卫天元道："我不敢断定那另一个人是否金狐，我只能说凶手一定是白驼山妖人。"

齐燕然道："你怎么知道?"

卫天元不知从何说起，他只能说道："爷爷，请你相信我，银狐穆娟娟不是如你想像那样坏的。现在也还不是查究杀害丁大叔凶手的时候!"

齐燕然沉声道："还有什么事情比给你的丁大叔报仇更加紧要?"

卫天元没有回答，因为上官飞凤已经把另一件更加紧要的事情说出来了。

上官云龙道："凤儿，你为什么不给自己辩白?"

上官飞凤道："我受冤枉是小事，爹爹，你中了奸人之计了!"

上官云龙道："什么奸人之计?"

上官飞凤道："奸人之计就是要你和齐老前辈斗个两败俱伤。外面的奸人是白驼山妖人，内部奸人是谁，我还未知道。"

上官云龙吃了一惊道："还有内奸?"

上官飞凤道："爹爹，你赶快回去查究吧，西域十三家已经来了十二家了。他们好像正在商量什么大事。"

上官云龙道："哦，十三家来了十二家？我还没有召集他们，怎的他们就都来了?"

上官飞凤吃了一惊，说道："爹，你还未知道这件事情？他们说是因为听见风声紧急，故此赶来帮你防备白驼山的偷袭。"

上官云龙道："这两天我是曾经考虑过要不要召集他们，但命令还未发出。"

上官飞凤道："但事实上他们是已经来了，难道你还没有见过他们?"

上官云龙道："一个也没见过!"

这一下上官飞凤的惊愕更加大了。要知像目前这种情形，只能有一种解释，那就是在她的父亲和齐燕然离开冰宫之后，那十二家首领方才来到。

但这十二家首领散处西域各地，又怎可能在差不多同一时间来到冰宫?

上官飞凤本来已经有所怀疑，十二家首领已在冰宫集会，她的父亲怎么还能答应和齐燕然上星宿海比武?此时方始知道，她的父亲是被蒙在鼓里。明白了这一真相之后，再想起盖覆天和她说的那些话，心中的疑惑是更加深了。

“怎么连盖叔叔也骗我呢?”不错，盖覆天并没谈及她的父亲是否知道这件事情，但口气中却是暗示她的父亲已经知道的，甚至暗示是曾经见过面的。他说过一句:“我们拦阻也拦阻不来”的话，这个“我们”，岂非就是故意要引导她认为“我们”一语是包括了他和十二家首领在内的。

想到了这层，上官飞凤不禁心头战栗，只怕事情的真相比她所能想像的更加凶险了。

她想得到的上官云龙当然亦已想到了，他不再说话，站起来便走。

但可惜他只走了两步，便不由自己地停下来了，她吃了一惊，赶忙扶稳父亲。只见卫天元也恰好在这个时候去扶他的爷爷。两大高手都是有如风中之烛，摇摇欲坠。

“爷爷，爹爹，你怎么啦?”他们各自问道。

上官云龙道:“我的功力尚未恢复三成，恐怕此际是不能下山的了。”

齐燕然则打了一个寒噤，苦笑不答。倘若他功力未失，又怎会抵挡不了寒冷?用不着他回答，卫天元已经知道他的功力是比上官云龙耗损更甚了!

卫天元道:“爷爷，我背你下去。”

齐燕然面色沉暗，半晌说道:“枉你在江湖上已经闯荡多年。还是这样不懂事!”

上官飞凤也在劝她父亲:“爹爹，你服两颗阳和丹吧，服下了阳和丹，你有三分功力，就可以施展踏雪无痕的轻功了。”

阳和丹是上官家传秘方制炼的、功能抵御奇寒的药物。在冰宫执役的弟子多备有阳和丹。前两年上官飞凤的内功还未练成，也是需要倚仗阳和丹的帮助才能够上星宿海。她的身上恰巧还藏有三颗阳和丹。

上官云龙苦笑道："你知不知道，倚仗药物之助，总是难免给人看出破绽。我若这样子下去，岂不是叫奸人更可以肆无忌惮。"

卫天元这才恍然大悟："怪不得爷爷不愿我背他下山。他不但是为了自己着想，更是为了替上官云龙着想。"要知上官云龙为了恐防给人看出破绽，他本来可以靠药物之助来施展轻功的，他都不敢施展；齐燕然若然要人背下山去，那岂不是摆明了他们已经斗得两败俱伤。

但卫天元在担忧之中却也稍稍安了点心。他的爷爷目前虽然还是甚为固执，对他的话采取半信半疑的态度，不愿便即与上官云龙和解，但最少他已经是开始替上官云龙设想了。

只见上官云龙已经盘膝坐在地上，对他的女儿说道："我行大周天吐纳法，一个时辰内料可恢复五成功力。有五成功力，勉强也可对付他们了。阳和丹你拿去给、给……他。"

上官飞凤心中气还未消，把阳和丹交给卫天元，低声道："给你爷爷。"

齐燕然哼了一声道："我还未至如此不济，你以为你的爹爹当真胜我许多么？"轻轻一弹，把阳和丹弹回给上官飞凤。

上官飞凤甚是尴尬，心里想道："你不愿领我的情，难道我还要巴结你不成。"不过，她虽然气恼齐燕然的执拗，却也和卫天元一样，放了点心。从齐燕然那一弹指的力道看来，他的功力大概也还保有原来功力的两成，施展轻功不行，但还不致冷坏。

上官云龙缓缓说道："如今只盼在这一个时辰之内能够安然度过了。"

卫天元道："爷爷，你……"

齐燕然盘膝坐在地上，说道："你爷爷虽然年老，谅还不至于冻死在这山上，你要下山，就先走吧。"

卫天元知道爷爷好胜，恐防他在一个时辰之内恢复不了五成功力，那就要输给上官云龙了，心想："好了我得给他挽回这个面子。"当下把手掌贴在齐燕然背心，说道："事情紧急，恐怕必须你和上官山主联手才能对付奸人。爷爷，你的功力越快恢复越好。"

卫天元已经尽得齐燕然所传的内功心法，此时即以他们所传的心法助他凝聚真气，这样，可收事半功倍之效。

哪知欲速则不达，齐燕然体内的真气流窜不定，加上卫天元的助力，竟然还是约束不住。

齐燕然忽地喃喃说道："中了奸人之计，中了奸人之计，……"这句话是上官飞凤对她父亲说的，但齐燕然知道其实是对他说的。

他是在后悔呢，还是仍在半信半疑？

卫天元道："爷爷，你别胡思乱想，恢复功力要紧！"

齐燕然张开眼睛，说道："不行，我非问个明白不可。你，你是怎么知道奸人之计的。"

卫天元知道他的脾气执拗，若是疑团未释，心境难以空明。"让他知道事实，纵然他难免悔恨，但可能比他的心里藏着一个闷葫芦好些。"卫天元心想。

"我们上山的时候，碰上秦岭三英，无意中偷听了他们所说的这个秘密。"

"你为什么不把一个活口带上来？"

卫天元道："那三个自封为秦岭三英的家伙，已经都给人杀了灭口了。"

"杀人灭口的是谁？"

"是一个冒充金狐的妖妇。"

齐燕然越听越奇怪，说道："你怎么知道她是冒充的，焉知不是银狐呢？"

卫天元道："从那妖妇的身法和武功看来，她的年纪要比金狐还老得多。"

"是你自己看出来的么？"

"初时我也看不出来，不过，穆氏双狐的武功深浅，我是知道得相当清楚的，经过上官姑娘的讲解，我相信我们是绝不会看错的了。"

齐燕然道："初时你也看不出来，如此说，她的易容术岂非胜过了老一辈的快活张？"

"是否胜过快活张我不知道，但她的确是扮得维妙维肖。连武功家数，也和穆氏双狐相似。更奇怪的是，她也有穆家的独门喂毒暗器。”卫天元道。

齐燕然没作声，脸色却是忽然苍白了。

“莫非我那日看见的那个银狐也是这个妖妇假扮的，她的易容术如此精妙，帮另一个年纪较轻的女子扮作上官飞凤，料想也骗得过丁勃。”齐燕然这才明白，卫天元为什么敢于说他所见的那两个女人都是假冒的了。

齐燕然叹了口气，忽地说道：“好，你助我用天魔解体大法！”

“天魔解体大法”可以在最短的时间恢复功力，甚至还可以胜过从前，但过后一定元气大伤。

卫天元大吃一惊，说道：“爷爷，你何必如此！就用本门心法，一个时辰之内，你也可以恢复五成功力的。”

齐燕然厉声道：“大错若然由我铸成，就该由我赎罪。事情紧急，这是你自己对我说的。还能再待下去吗？”

上官飞凤的目光向卫天元投来，摇了摇头。

她的父亲则正在行那大周天吐纳之法，行功到了紧要关头。对外间的一切，恍如视而不见，听而不闻。

即使没有上官飞凤的示意，卫天元也是不会帮他的爷爷作法自毙的。他继续把真气输入齐燕然体内，但却不是助他行那“天魔解体大法”。

齐燕然怒道：“怎么你只听她的话就不听我的话了？我若能够自行运功，还求你么？”

上官飞凤道：“齐老前辈，你别着急，我的爹爹就快可以恢复五成功力了。”此时一个时辰已经过了十之七八。

哪知就在这紧要的关头，忽听得有人大叫：“主公，不好，不好了！他们联合起来造反，他们、他们已经追上来了！”

一个人满身鲜血，跑上星宿海来。

“他们要杀我，主人，我死不足惜，但我还有话要告诉你！”

上官飞凤想要阻止他大叫大嚷，但已经来不及了。

上官云龙已经睁开了眼睛。

“阚骅，是你，你过来！”这个阚骅是上官云龙的亲信，曾经与他共过患难，对他十分忠心的下属。

结拜兄弟是内奸

上官飞凤忙道：“有内奸和白驼山妖人勾结，我们已经知道了，你只须说出内奸是谁。”

阚骅受伤甚重，跑上了星宿海，被刺骨的寒风一吹，哪里还禁受得起？“咕咚”一声，阚骅倒了下去，刚好倒在上官云龙的跟前，在生命消逝的那一刹那，他还伸出双臂，抱着上官云龙的脚。

上官云龙将他扶了起来，他的身子已是僵硬如冰！

上官飞凤叫道：“爹爹，他已经死了，你何必还为他消耗功力！”原来上官云龙尚未肯放弃挽救阚骅的生命，正在以本身真力，替阚骅推血过宫。

上官云龙道：“我这是为了报答他对我的忠心！”不错，他也明知是救不活的，但若不一试，他又怎能安心？

大周天吐纳法是必须满了一个时辰才能告一段落的，他突然中断，不但前此的努力化为乌有，连剩下的那三成功力，亦已因强运真气受了影响，此时剩下来的，已是不到一成了。

内奸是谁，阚骅至死都未能说出来。

但也无需他说出来了，谜底已经揭开。

上官云龙刚刚放下阚骅的尸体，山下叱咤追逐的声音业已传入他的耳朵。

“姓敖的，咱们已经说好了服从公议，你如今又要反悔了么？”是十二家首领之一的叔梁纥的喝骂声。

也是十二家首领之一的呼儿盖牧场场主敖错沉声喝道：“别的我可以依，要我反叛上官云龙那可不行！”

一个阴森森的声音只说了三个字：“杀了他！”随即便听得敖错撕心裂肺的惨呼，他是在中了七八种暗器之后跟着被乱刀斩死的。

上官云龙叹道：“敖错本来是个拿不定主意的人，想不到在这紧要关头，他竟有这样大的勇气仍然对我效忠。唉，但更想不到的是内奸竟然是我最信任的人！”

那个上官云龙最信任的人出现在他的面前了，是他的结拜兄弟，也是在星宿海上地位仅次于他的盖覆天。

跟在盖覆天后面的是西域十一个门派的头领。盖覆天眼力何等厉害，一看就知道上官云龙和齐燕然果然是如他所料业已斗得两败俱伤了。

盖覆天惺忪作态，上前行礼，说道："大哥，请恕我违背你的禁令，未经禀报，就来谒见。只因他们有大事相商，我不敢擅自作主，只好、只好……"

上官云龙的一双眼睛盯着他，像是盯着素不相识的陌生人似的。盖覆天在他的目光震慑之下，虽然明知他的功力已失，仍是禁不住心中战栗嗫嗫嚅嚅，不知怎样说下去才好。

上官云龙叹了口气，说道："我知道你们一定要来的，但想不到带头的是你。"

盖覆天道："大哥，你别误会，我们是来向你请示的。"

上官云龙哈哈笑道："请示？太客气了吧？现在，你们还用得着向我请示吗？"

叔梁纥越众而出，大声说道："你知道就好。明人不说暗话，老实告诉你吧，这是我们大伙儿的意思，你不依从也得依从！"

上官云龙冷笑道："既然我反正都得依从，那你干脆下令好了，何必还来问我？"

盖覆天斥道："叔梁纥，不许对老当家无礼！大哥，请你恕他莽撞，他也是为了大家好的，只不过心急了些，你就听他禀告吧。"

上官云龙道："嘴巴长在他的身上，他要说，尽管说。"

叔梁纥道："好，那我就直说。白驼山和我们本是井水不犯河水，你却偏偏要我们和他作对，我问你，这样做对我们有什么好处？"

上官云龙道："是呀，对你来说，的确是一点好处都没有的。相反，你要是投靠白驼山的话，倒是大有好处，说不定可以发一笔大财。"

叔梁纥道："我知道你想说什么，但白驼山卖他们的神仙丸，和我们又有什么相干？姑不论神仙丸是否毒品，但天下的毒品也多着呢，例如鸦片就是。朝廷也禁止不了，有人贩卖，有人喜欢吸服，你去横加干涉，那不是狗拿耗子，多管闲事吗?”

上官云龙冷冷说道:“看来你倒很有资格替白驼山推销神仙丸了!”

叔梁纥老羞成怒，说道:“我不是想发财，我只是不服你的强横态度。哼，哼，什么不奉灵旗，幻剑诛之?你以为你是神灵，抑或以为我们都只配做你的奴仆?”

上官云龙冷冷说道:“是么?如此说来，我是罪有应得的了。但遭我幻剑所诛的人屈指可数，我倒想听听你们的公论，那些人是不是罪有应得?”他的两道目光如寒冰，如利刀，十一家首领，每一个人在他的目光注视之下，都是不由自己地打了一个寒噤。

叔梁纥对上官云龙的指责虽然还是有人附和，但预期的“鼓噪”却是并未发生。

和叔梁纥交情最好的大熊山山主熊抱石说道:“我们可没工夫和你一一细算死人的账。”叔梁纥跟着大声叫道:“是呀，咱们可别中了他的缓兵之计，他故意枝节横生，不过是想拖延时候罢了。”

上官云龙道:“在这星宿海上我还能有什么援兵么?你们既然这样害怕，那就赶快定我的罪吧，要不干脆把我杀了，那更利落!”

此时众人都已看出他和齐燕然确是两败俱伤，心中俱是想道:“即使他想拖延时候，那也不足为惧。”

盖覆天作好作歹，咳了一声，说道:“大哥，你言重了。他们并不是对你叛变，只是想你听听他们的意见。”

上官云龙道:“好，那你说吧。人多嘴杂，我听不了那许多。他们的意见，想必也就是你的意见。你代表他们说。”言语之中，已是隐隐含有对盖覆天的讥诮。

盖覆天苦笑道:“就不知大哥听不听得进去?”

上官云龙冷笑道:“你不说我怎么知道?该说的你就说，该听的我一定听!”

盖覆天道:“大哥，依我之见，他们说的也未尝没有理由。和白驼山作对，只怕难免要弄到两败俱伤，还是化干戈而为玉帛的好。……”

上官云龙道:“说下去呀!你们准备怎么做法?”

盖覆天道："有两桩事情定要大哥裁决。第一桩，咱们和白驼山结盟，盟主轮流来做。他们的使者已经来了。"

白驼山的使者应声而出，共是三人，盖覆天道："这位是白驼山的少山主宇文浩。这两位是他们的护法南宫旭和武鹰扬!"

宇文浩抱拳说道："晚辈奉了家父之命与上官先生修好，不知上官先生意下如何?"

宇文浩抱拳施礼，上官云龙的眼睛里却好像根本没有这个人存在，只是冷冷地对盖覆天问道："第二桩又是什么?"

盖覆天道："齐燕然和白驼山有点过节，宇文山主想请他到白驼山去走一趟。"话说得客气，其实即是要把齐燕然交给白驼山的人，让他们将他押解回山。

上官云龙勃然变色，说道："盖覆天，你跟我三十年，可曾见我做过出卖朋友的事?"

盖覆天道："大哥，齐燕然要来取你性命，即使你不把他当作敌人，似乎也不应该再是朋友了吧?"

上官云龙亢声道："他是误中奸人之计，就算我死在他的手上，他也还是我的朋友。但只要我还未死，就不许谁动他分毫!"

宇文浩早已满腔怒气，忍不住纵声笑道："上官云龙，你已是泥菩萨过江自身难保，你还要保护别人!"

上官云龙突然目露精光，盯着宇文浩冷冷说道："哦，原来我已是自身难保了吗?那你为何不来试试?要是你能够将我一剑杀了，岂不马上就可名扬天下!"

他的声音并不大，但缓缓道来，却是震得宇文浩的耳鼓嗡嗡作响。宇文浩吃了一惊，不觉想道："难道他的身受内伤，竟是假装的么?"

武鹰扬道："此处自有盖先生作主，少山主何必和他一般见识。"

齐燕然在那边也蓦地大笑起来，说道："上官老弟，你也未免太过小看我吧。比武我赢不了你，但别样事情，我也不想输给你。你省掉气力管自己的事吧。对不住，我不领你这个情!"笑声宏亮，和刚才那委顿不堪的样子，突然好像换了个人。连盖覆天都不禁吃了一惊了，“难道他们的两败俱伤，都是假装?”他可不知，齐燕然在大笑过后，偷偷地把一口鲜血吞下去。他是残余的真气又耗了一半，才能发出那慑人心魄的笑声的。

盖覆天道：“大哥，这是齐燕然自己说的，他的事不用你替他操心了。那么，咱们和白驼山订盟一事……”

上官云龙冷冷说道：“灵旗还在我的手中，到你当家作主的时候，你再和他订盟吧!”

盖覆天面色铁青，说道：“大哥如此见疑，小弟倒是不便说了。”

叔梁纥道：“有什么不便说的，常言道得好，天下唯有德者居之，他凭着幻剑灵旗，就想压服众人吗?你不说我说!”

他踏上两步，冲着上官云龙喝道：“我再问你一句，盖大哥说的订盟之事，你到底依是不依?”

上官云龙道：“你待怎样?”

叔梁纥道：“也没什么，你若不依，就请你退位让贤!”

上官云龙道：“很好，贤者是哪一位，请出来待我把灵旗交他执掌!”

叔梁纥想不到他忽然软了下来，大喜说道：“算你识趣。盖大哥，我们都拥护你，你怕什么，过去接他的灵旗。”

盖覆天道：“唉，你们何必一定要我接义兄的位子。我和他几十年交情，这太令我为难了!”

熊抱石粗声粗气说道：“这是他自愿让位的，你怕难为情，我给你拿过来。”

上官云龙道：“对啦，反正我是要退位让贤的了，谁来拿都是一样!”

熊抱石道：“把灵旗交给我！为什么还不拿出来?只说说就算数么?”

上官云龙淡淡说道：“你好像忘记武林的规矩了，我是说可以交出来，但你也得有本领从我手中接过去呀!”

熊抱石面色大变，说道：“你是要我夺旗?”

上官云龙道：“不错，幻剑灵旗是我上官家传之物，要是轻易地就交给你，我也愧对历代祖宗。再说，贤与不贤，那也难定标准。但只要你有本领把我打倒，我不交也得交了，你说是吗?”

熊抱石暗自想道:“看来他是装模作样罢了，我不相信他这样快就能恢复武功。”但毕竟心中虚怯，想了一想，说道:“叔梁兄，咱们一同替盖大哥接他的灵旗。上官云龙，我们这也是依照武林规矩，我们是比你小一辈的，要是和你单打独斗，那倒是不尊重你了!”

上官云龙道:“很好，多谢你尊重我，你们并肩子上吧!”

他从冰台上走下来，伸伸懒腰，只听得他的骨骼似炒豆似的逼卜作响。

叔梁纥、熊抱石和上官飞凤三人，听得这炒豆似的声响，不禁都是大吃一惊。

不过他们吃惊的原因却是各自不同了。

原来上官云龙在这段时间内，已是将真气一点一滴凝聚起来，但凝聚的真气还未够用来行使天魔解体大法。现在他是用逆运真气的霸道方法，以求迅速见效。逆运真气一贯通，天魔解体大法就可以发动了。

这种爆豆似的声响，就是天魔解体大法即将可以发动的先兆。

逆运真气和天魔解体大法乃是上官家的不传之秘，亲近如盖覆天都不知道他这两种奇门内功的秘奥的。叔梁纥和熊抱石当然更是莫名其妙了。

正因为他们莫名其妙，他们只道是上官云龙的内功已经恢复。这刹那间，两人不约而同地退出几步，心中俱是想道:“原来他果然是假装受了内伤的，这回可是上了他的大当了!”

上官飞凤比他们吃惊更甚，心里想道:“可千万不能让爹爹施展天魔解体大法，否则他过后恐怕不死也得大病一场。”

心念电转，迅速行动。上官飞凤飞身掠过，抢在父亲的前头，喝道:“灵旗在我手中，要夺旗得向我夺!”原来这面灵旗，她从江南回来的时候，根本就未曾交还父亲的。

她怕父亲拦阻，左手将灵旗一扬，右手已是使出幻剑绝招，刷刷两剑，分别向叔梁纥与熊抱石刺过去了。

剑势奇幻，快如闪电，这一瞬间，叔梁纥、熊抱石都是感觉一股寒气，那碧莹莹的剑尖好像是在同一时间刺到了他们的眼皮底下。

叔梁讫虚晃一招，侧身闪避，他的武功本来不在上官飞凤之下，此时心慌意乱，虽然闪过这招，但听得"嗤"的一声，衣袖却已是给削去了一截了。

熊抱石身形一矮，脚尖挑起一块磨盘大的冰块，上官飞凤飞身掠起，跳得更高，冰块在她脚下飞过，轰隆一声，落地时碎成片片。熊抱石那脚尖一挑的力道如此之强，令得上官飞凤也是暗暗吃惊。

上官云龙道："凤儿，你何必如此？还是……"

上官飞凤不待他把话说完，已是又把灵旗一扬，说道："爹爹，你也忘了规矩么？灵旗在谁手中，别人就都得听他号令！"言下之意，当然是连父亲也不能例外了。

上官云龙叹道："那就任凭你去胡闹吧！"说罢，走上冰台，又再盘膝坐下。

叔梁讫叫道："上官先生，且慢打坐！"他害怕上官云龙武功已经恢复，是以虽然不再尊称他为"宗主"，却是不敢直呼其名了。

上官云龙道："你们要怎样，是不是非得我出手不可？"

叔梁讫道："不，不是。我只是想问个明白，令千金说的话你认不认账？"

上官云龙道："灵旗在她手中，我尚且要听她的号令！"说罢，闭上眼睛，不再理睬他们。

上官飞凤喝道："不奉灵旗，幻剑诛之！灵旗如今在我手中，你们听不听令？"

叔梁纥哈哈笑道："要是我们把灵旗从你的手中抢过来呢？"

上官飞凤道："那当然我也只能听你的命令了。除非我不想活！"

叔梁纥道："这话的确是说得很清楚了。不过……"

上官飞凤道："还有什么不过？你们并肩子上吧！"

叔梁纥纵声笑道："你手执灵旗，是可以代表令尊说话。但令尊的辈分和武功，那就不是你所能代表的了。还是让我单独领教你的幻剑吧。我可不愿落个以大欺小的臭名。”

上官飞凤哼了一声道：“我的剑上没长眼睛，它是分不出大小的。你们两个齐上，我可以省事一些。但你喜欢独自尝一尝幻剑的滋味，那也由你。”

熊抱石是个莽汉，火气上冲，立即喝道：“割鸡焉用牛刀，叔梁兄，让我来教训这不知死活的丫头！”大吼声中，已是向着上官飞凤扑去。

他力大如牛，手脚起处，全带劲风。上官飞凤展开轻灵的身法，绕着他转，连衣带也没给他沾着。

熊抱石喝道：“为何还不出招？”

上官飞凤笑道：“你打你的，我打我的。我要你教怎样出招么？你懂不懂，幻剑之所以称得上一个幻字，就是要令对手无从捉摸。”

原来上官飞凤深知熊抱石不但蛮力惊人，而且有一身横练功夫，铜皮铁骨，几乎已经可以说得是练到刀枪不入的地步了。故此她必须一击即中，否则反受其害。

熊抱石哼了一声道：“故作神奇，你以为我就怕了你的幻剑么？哼，我倒要看你能够躲到哪里？”说罢，双臂箕张，一步步向上官飞凤逼近。他采取逐渐收紧的打法，把上官飞凤逼到一面峭壁之前，眼看已是没有转身的余地。

上官飞凤忽地喝声：“着！”旁人还未看得清楚，她的剑尖已是刺进了熊抱石的肋骨。

不但上官飞凤满心欢喜，熊抱石这边的西域十个门派首领也都以为他是输定的了，哪知事情竟有出乎众人意料之外的变化。

只听得“咔嚓”一声，上官飞凤的剑已是给熊抱石拗折。原来幻剑之所以可怕，固然是由于它的变化莫测，但更主要的还是一个“快”字，必须快得出奇，才能瞬息百变。如今上官飞凤的剑尖嵌在他的肋骨之中，急切间抽不出来，神奇的幻剑等于变成烂铁，那还有什么作用？熊抱石不过断了一根肋骨而已，他一身横练功夫，断了一条肋骨，并无大碍。他却趁此时机，拗断了上官飞凤的幻剑了。

不过他虽然拗断了上官飞凤的剑，却还是抓不住她。上官飞凤手上一轻，便知不妙，立即从他身旁好像游鱼一般滑过去了。

熊抱石喝道："幻剑已折，你这丫头还不认输？"

上官飞凤冷笑道："剑是幻剑，幻剑非剑！枉你跟我爹爹多年，这道理你都不懂吗？"说罢，索性把那半截断剑抛下，又再扬起灵旗，说道："除非你把我的灵旗夺去，否则你不奉灵旗，我仍然可以用幻剑诛你！"

原来"幻剑"并不是某一把剑的名称，只要使得出那奇幻的剑招，任何一把剑都可以作为"幻剑"，故此说"剑是幻剑"；但使"幻剑"的奇招，却又并非限定必须用剑不可的，刀、笔、铁尺甚至一根树枝都可以当作"幻剑"，故此说"幻剑非剑"。

熊抱石狞笑道："好，那你就再去找一把幻剑来对付我吧！"拳脚展开，把地上的冰块打得满空飞舞，星宿海上有亘古不化的冰块，有的冰块大如鹅卵，给熊抱石的脚尖踢起，功用已是有如暗器一般。这一下比刚才的打法更厉害，上官飞凤眼看又要被他逼进了一条冰胡同。

上官飞凤忽地冷笑道："幻剑何须去找？"

一直在旁凝神观战的叔梁纥叫道："小心！"但已来不及了！

就在这瞬息之间，熊抱石陡觉眼睛一亮，随即什么都看不见了。

上官飞凤已经刺瞎了他的一双眼睛，用的只不过是一支七寸长的冰条。

她是把一个冰块接到手中，捏成略具匕首形状的冰剑的。

叔梁纥这一惊非同小可，赶快跑去救护好友，喝道："待会儿我再找你这丫头算账！"

上官飞凤笑道："何必待一会儿，我早就叫你们并肩子上的了！"

叔梁纥喝道："你……敢……"话犹未了，上官飞凤已是把手一扬，手中的"冰剑"化成珍珠末似的碎片。叔梁纥眼前白濛濛一片，怕受她的暗算，急忙抽剑反击。

他的剑刚刚出鞘，脉门忽地一麻，说时迟，那时快，他的剑已是给上官飞凤夺了过去。

上官飞凤笑道："剑是幻剑，冰剑不如真剑，还是用你这把剑好！"话犹未了，她的剑已是刺穿了叔梁纥的琵琶骨。一剑得手，心里暗暗叫了一声侥幸。其实叔梁纥的武功是还在熊抱石之上的，只因刚才的变化来得太过突兀，上官飞凤才能攻他一个措手不及。

上官飞凤收剑跃开，冷冷说道："看在你对朋友还很不错，废你武功，饶你不死。还有谁要这面灵旗？"

叔梁屹倒了下去，熊抱石瞎了双眼，狂叫向上官飞凤冲来，撞着冰崖，跟着也倒下去了。

叔梁纥和熊抱石是在场的十一家首领中武功最高的两个，旁人见他们伤得这样惨，还有谁敢自告奋勇？大家都把眼睛望着盖覆天。

盖覆天只好撕下虚伪的假面具，走出去道："凤姑娘，你做得太过分了！我和你的爹爹虽然是八拜之交，也不能容你胡为。"

上官飞凤道："好，那你就来夺旗吧。"

在冰台上打坐的上官云龙忽地张开眼睛，说道："凤儿有我管教，用不着你替我操心。凤儿，把灵旗交给我，让我亲手交给我这位好兄弟。"他站了起来，五指插入坚逾钢铁的冰崖，硬生生擘下一块，以掌力削成一支三尺长的冰剑。原来他逆运真气，此时所积聚的真气，即使不是用来发动天魔解体大法，也足够他支持半枝香的时刻了。

他也知道在半个时辰之内，未必能够击败盖覆天，但没有更好的办法，只好如此一试。要是试不成功的话，最后一刻唯有发动天魔解体大法了。

盖覆天不知他这逆运真气的奥妙，见他掌劈冰崖，硬削冰剑，倒是不禁一惊，心里想道："看来他的功力纵然未曾完全恢复，恐怕亦已恢复一半了。"心中患得患失，一时间竟是踌躇莫决，不敢向前。

白驼山的两个护法南宫旭和武魔扬忽地走上前来。

南宫旭说道："盖大哥，咱们两家已经决意结盟，你的事就是我的事。你顾念旧情，不愿和上官云龙动手，让我来吧！"

武鹰扬跟着说道："我们是不用听什么灵旗的号令的，管它是在什么人手中，我们都不能放过上官云龙！"

原来这两个人已经看出破绽。破绽之一：上官云龙的功力倘若真的已经恢复，以他的身份，他用不着劈崖削剑，炫耀功夫。这等于百万富翁，用不着拿出一锭元宝来炫耀自己的财富一样。上官云龙意在"立威"，反而给他们看出是虚张声势了。破绽之二，上官飞凤明知自己不是盖覆天的对手，但却不肯把灵旗交给父亲。可见连她也是不相信她的父亲可以对付得了盖覆天的，否则她何须冒这个险。

白驼山这两个护法，上官云龙虽然没有和他们交过手，对他们的武功深浅，却也素有知闻。若然只论武功，他们尚在白驼山主宇文雷之上，不在盖覆天之下。

上官云龙也知他们看出破绽，心想唯有速战速决了。"否则，若是等到盖覆天也省觉之时，那只有更加糟糕。"于是沉声喝道："凤儿，退过一边！"

南宫旭、武鹰扬同声笑道："对啦，上官先生，还是你自己来吧，棋逢敌手，那才有意思！"

忽听得有人喝道："凭你们也配和上官云龙做对手！"

发话的是齐燕然。

武鹰扬侧目斜睨，说道："齐燕然，你是不是要把事情揽到自己身上？"

齐燕然道："你们不是要把我拿回白驼山的吗？你们和我先了结这段梁子再说！"

南宫旭听出他中气不足，不觉心里犯疑，暗自想道："兵法有云，虚者实之，实者虚之。齐老头儿武功未必胜得过上官云龙，但临敌的经验却丰富得多。像他这样的老狐狸，岂能轻易露出破绽？他明知一开口就会给我们看出破绽，还是要向我们挑战，莫非故意示人以弱？"

思疑不定，他只好硬着头皮说道："不错，反正我们这一战是免不了的，你替上官云龙出手也好，为自己出手也好，我们奉陪就是！"

陡听得有人喝道：“凭你们也配！”

说话的口气和齐燕然刚才对他们的斥责一模一样。

但这回发话的却不是齐燕然本人，而是卫天元了。

卫天元身形疾起，俨如鹰隼穿林，话声未了，他已是和上官飞凤并肩而立了。

“普天之下，只有上官先生才配得上和我爷爷交手。你们算是什么东西，我出手教训你们，已经是抬举你们了！”

武鹰扬脾气暴躁，大怒喝道：“狂妄小子，且看是谁教训谁？”

上官飞凤更加心急，她生怕父亲出战，不待武鹰扬把话说完，她已是抢先发动了。

她找上了的对手是南宫旭。刷的一剑刺出，方始喝道：“给我滚下山去，否则你也同样难逃幻剑之诛！”

南宫旭倒是甚为沉着，哈哈一笑，说道：“你吹牛的本领也是你爹教给你的么？”

说话声中，只听得铮铮声响，两人的兵器已是碰击了十七八下。

南宫旭用的是一对判官笔，出手虽然不及上官飞凤迅捷，却也防御得风雪不透。

上官飞凤攻不进去，虎口反而隐隐感到酸麻。立即又再采用绕身游斗的打法。幻剑瞬息百变，稍合即分，一沾即退。以轻灵的身法补功力之不足，全副精神，注视对方的笔尖，蓄劲以待，等待对方露出破绽。

另一边，卫天元与武鹰扬也是棋逢对手，但只不过斗了三招。

第一招双方同时抓向对方。武鹰扬用的是大力鹰爪功，卫天元用的则是“擒龙爪”。

武鹰扬的大力鹰爪功有三十年以上的苦功，不但足以称霸西域，即使放在中原，他的鹰爪功也称得上是武林一绝的。这一抓抓下，劲风疾射。五根指头胜过五把匕首。

这一抓劲风呼呼，相形之下，卫天元的“擒龙手”无声无息，似乎是逊色多了。

只听得“嗤”的一声，卫天元的衣袖被撕去半边，武鹰扬则只不过在冰原上滑开两步。

但上官云龙却高声叫起“好”来，他当然不会是为武鹰扬喝彩的。

原来齐家的“擒龙手”另有一功，擒拿撕抓的手法本该是以刚劲凌厉见长的，但擒龙手的手法则甚为含蓄，它是以柔辅刚，正好可以克制武鹰扬的大力鹰爪功。是以武鹰扬虽然撕破了卫天元的袖子，但他所发的那股刚劲力道却已给卫天元卸开，身形也给带动，失了重心了。

撕破对手的袖子不过是表面的优势，身体失掉重心，却是实际的劣势！

武鹰扬连忙使出重身法，拿桩坐马。说时迟，那时快，卫天元已是一声大喝“看掌”！呼的一掌向他背心猛击过来了。

高手相搏，只争毫黍。卫天元跟踪急击，当然是为了不让对手有喘息的余地，但因武鹰扬尚未转过身来，他不愿意给人说他是从背后偷袭，故此发招之际，先喝一声。

武鹰扬没有转身，头也不回，便是反手一掌。

双掌相交，声如郁雷，武鹰扬接连退了三步，卫天元只是晃了两晃。

但这次上官云龙却没有喝彩了。

原来这一次在掌力上的较量，却是卫天元输了半分。要知武鹰扬是吃亏在先，身体失了重心，脚步也还未曾十分站稳的情形之下，硬接卫天元掌力的。倘若双方的掌力是一样的话，他就要摔倒当场，而不仅只是退后三步了。

卫天元三度扑上，这一次打法又变，骈指如戟，点向武鹰扬的眉心。他是以指代剑，使出齐家独门的刺穴手法。

武鹰扬这次竟然不退不闪，五指如钩来拗卫天元的手指，卫天元迅速移转方向，点他肩井穴，武鹰扬转动小臂，在极小的圈子里防御，动作虽不及卫天元之快，却也足够阻遏卫天元的攻势。他用的是小擒拿手法，利于近身缠斗，而且可以随时变为分筋错骨的功夫。对手只要给他沾上，不是指头拗折，便是关节错开，伤残必定难免了。

双方在瞬息之间，互为攻守，过了十多招，彼此都没碰上。

这十数招近身缠斗，双方都不肯退让半步，当真是惊险绝伦！

星宿海是古冰川遗址，地面就是坚冰。齐燕然坐在冰坡上，看得紧张，屁股忽然一滑，滑下数尺。幸亏没有滑倒，但也不禁大吃一惊了。

卫武二人不敢让这样的局面僵持下去，不约而同出掌相抵，“蓬”的一声，双掌相交，各自退了三步。齐燕然放下心上的石头，此时方始能够坐稳。

双方接连用了三种功夫比试，在擒拿手法上是卫天元稍占上风，掌力的较量则是武鹰扬较有优势，但在点穴与分筋错骨的近身缠斗中却又打成平手，总的说来，还是未见输赢。

另一边，南宫旭和上官飞凤也是打得难解难分。南宫旭见她采取绕身游斗的打法，生怕稍有疏失，便要给她乘虚而入，当下也只好改变打法，与她对攻。南宫旭的一对判官笔使得出神入化，比起上官飞凤的“幻剑”也差不了多少，但他的功力则是胜过上官飞凤不只一筹，双方对攻，上官飞凤仍是无法占到上风。

南宫旭哼了一声，说道：“到了此际，你也应该知道打不过我了吧？对你这小丫头我是胜之不武，换你爹爹来吧！”

以上官飞凤的轻功，远较对方高明，若要全身而退，决非难事。但她要保护父亲，岂能罢休！冷笑说道：“什么胜之不武，我看你不过胜在脸皮够厚罢了。待我戳破你的脸皮，看你还夸不夸嘴！”

南宫旭给她气得七窍生烟，喝道：“臭丫头，不知死活！”双方不肯罢休，斗得更加激烈。

卫天元也不肯罢休，和武鹰扬第四度交手。双方都是不敢再有轻敌之念，斗得反而没有初上来时候的激烈了。不过表面看来虽然似乎较为平淡，但却像暗流汹涌，暗地里藏着杀机。

奇怪的是，站在旁边观战的盖覆天与宇文浩此时却是不约而同地都把注意力转移，他们不再注意面前的恶斗，却转过头去，把目光投在齐燕然身上。

半晌，宇文浩回过头来，望向盖覆天，目光中带着疑问的神气；盖覆天点了点头，宇文浩面露喜色，跟着也点了点头。

他们在打什么哑谜？原来他们都已看出了齐燕然的破绽了。

齐燕然刚才在冰坡上滑下数尺，已经露了底了！

层冰覆盖的山坡光滑如镜，武功稍弱的人都会滑倒，坐不稳就更不稀奇了。但齐燕然是几乎被公认为天下第一的高手，他滑下数尺，可就大不寻常了。若非武功尽失，亦已是元气大伤。正是：

岁月销磨嗟老朽，冰崖搏斗已神疲。

欲知后事如何？请听下回分解。

第十回　力歼奸徒　冰台决斗
惊闻叛乱　大漠驰援

赶来救父

宇文浩和盖覆天交换了一下眼色，盖覆天随即点了头。这是表示“英雄所见略同”的意思。宇文浩得到他的鼓励，胆子更加大了，昂然就走过去。

“齐老头，咱们两家的仇冤如何了断？”宇文浩喝道。

齐燕然眼睛里好像根本没有他这个人，完全不予理睬。

宇文浩冷笑道：“到了这个时候，你还敢倚老卖老？哼，你以为倚靠徒孙的保护，就可以做缩头乌龟了吗？我告诉你，我是奉了父亲之命来处置你的，你要躲也躲不掉！”

齐燕然双目圆睁眸子精光电射。宇文浩吃了一惊，不知不觉退了两步。随即心想：“他若是恢复了一分功力，也不会让我这样辱骂他的。看来，他受的伤恐怕是比我的估计还更重了。”

“我看还是由我们赶快了结吧，免得阻碍人家的大事。我不想给人说是欺负糟老头儿，你站起来，我让你三招！”

齐燕然仍然盘膝坐在地上，而且索性闭上眼睛了。

宇文浩狞笑道：“你不敢和我动手吗？也罢，念在你年纪老迈，我可以给你另外划一个道儿。常言道得好，杀人不过头点地。你给我磕三个头，我可以当作是替我的爹爹受你的礼。这样，我也就可以替爹爹作主放过你了！”

齐燕然宛若视而不见，听而不闻。但尚在和武鹰扬恶斗的卫天元却是忍不住了，大怒喝道："放屁，放屁，好臭的屁！那边放屁，臭到这里来了！"

高手搏斗，岂可分心，武鹰扬趁机急攻，登时夺了先手。卫天元连连后退，给他打得只有招架之功。武鹰扬冷笑道："看你还敢放屁！"卫天元骂道："你才是放屁，你们白驼山的人就只会放屁！"他一轮反攻，阵脚稍定。但却是摆脱不了武鹰扬的缠斗。

宇文浩恐防失了时机，不理那边吵闹，喝道："齐老头儿，你听着，我数到三字，你若不磕头赔罪，可休怪我下手不留情！"

"一、二……"

忽地听得有人喝道："宇文浩，给我跪下！一、二、三！"

未见其人，先闻其声！

声音远远传来，已是震得宇文浩的耳鼓嗡嗡作响，他窒了一窒，那个人已是抢在他的前头，数到"三"字了！

宇文浩大吃一惊："是谁有这样功力？"

谜底立即揭开，那人已是声到人到。

宇文浩好像是碰见了勾魂使者，这一惊当真是非同小可！

来的不是别人，是齐燕然的儿子齐勒铭！

跟在齐勒铭后面的还有一个女子，是银狐穆娟娟。

宇文浩吓得直打哆嗦，双膝就要弯下去了。

齐勒铭喝道："好小子，我数到三字，你还不跪下来给我爹爹赔罪。如今你要下跪，已经迟了！"

宇文浩叫道："姨妈，救我！"

穆娟娟淡淡说道："你若不是死到临头，恐怕也不会认我这个姨妈吧？"

宇文浩寒透心头，蓦地想起："妈妈说过，齐勒铭曾经服下她的一年之内有效的酥骨散，而且后来他的琵琶骨亦已给他这姘头捏碎了的。即使酥骨散有解药，但琵琶骨碎了是难补好的，琵琶骨一碎，气力就使不出来，我怕他作甚？"

这么一想，他刚才被齐勒铭用狮子吼功吓破的胆子又大起来了。他自作聪明地猜想：琵琶骨碎了，内功还可以练，但出手无力，多好的内功也不能发挥。而齐勒铭之所以迟迟尚不出手，目的恐怕就是要用狮子吼功来吓走他。

生死关头，与其束手待毙，何如冒险一搏？更何况他以为齐勒铭是真的已经被废了武功？

“饶命！”他口中大叫，突然在装作下跪之际，一剑向齐勒铭小腹刺去。

只听得一声惨叫，齐勒铭手中无剑，但中剑倒下去的却是宇文浩。

齐勒铭只是使了一招借力打力的巧招，把他的剑反拨回去，让他用自己的剑穿了自己的琵琶骨。

“看在你姨妈的份上，饶你不死。但你若想恢复武功，那就得要看你以后怎样做人了。你若肯洗心革面，重新做人。说不定过了三十年，我会教你怎样在琵琶骨碎了之后重新练功的法子。”

齐勒铭一面说一面向那座冰台走去。冰台下面，上官飞凤和卫天元还在和对手激战之中。

南宫旭和武鹰扬看见齐勒铭来到，不是心里不慌，但一来是欲罢不能，旗鼓相当的高手搏斗，除非双方同时停止，否则谁先罢手就只有谁先吃亏；二来他们料想齐勒铭也不会不顾身份，在一对一的单打独斗中插上一脚。

谁知齐勒铭不但是插进一只脚，而且是整个身子都“插进”去了。

武鹰扬和卫天元是正在比拼掌力的，要分开他们实在不是一件容易的事，齐勒铭却背负着双手，硬生生就插进他们中间，把他们分开了。

只听得“蓬、蓬”两声，武、卫二人都是双掌打在他的身上，也同时给他反震出三丈开外。卫天元靠着一条冰柱，武鹰扬背后是空地，直打了三个盘旋，方始稳住身形。

齐勒铭神色自如，说道：“我是一视同仁，我既然来到，我的事就用不着别人代劳，谁都不许再打下去。”

他的确是并没有偏帮哪一方，只是以他自己的身体硬接了武、卫两人的掌力。

说话之间，他又已来到了上官飞凤的身边。上官飞凤的一把长剑和南宫旭的一对判官笔也正在打得难解难分。

齐勒铭眉头一皱，说道："我给你们定出输赢吧！"突然衣袖一挥，南宫旭的判官笔被卷了过来，飞上半空；上官飞凤倒跃出去，长剑居然并未脱手。

齐勒铭一看袖子，说道："我这一卷的力道对双方都是一样的，上官姑娘的剑没有给我卷去，但南宫香主的判官笔却刺破了我的衣袖。依我看是都没输赢。你们服不服气？"原来上官飞凤胜在乖巧，她虽然来不及收剑，但一觉袖风拂面，剑锋便即闪电般的贴着袖子"滑"过去，而她的身子也像游鱼般的滑开了。不过，南宫旭的判官笔能够刺破齐勒铭的衣袖，功力却是胜她一筹。

上官飞凤道："齐叔叔，你的剑法我一向是心眼口服的，有你来到，自是无须我献拙了。"其实齐勒铭刚才显露的并非剑法，她故意这样说，乃是来个"伏笔"，要看"下文"的意思。

南宫旭则没说话。

齐勒铭果然哈哈一笑，说道："你们不服也得服，因为是我自己要打下去的，你们不罢手，我就找不着对手了。"

齐勒铭喝道："齐家和白驼山的梁子由我和你们作个了断，两位大香主，你们已经打了一场，我不想占你们的便宜，你们并肩子上吧！"

南宫旭与武鹰扬面面相觑，南宫旭连跌落的判官笔都不敢去拾，哪里还敢上前？武鹰扬更如斗败的公鸡似的，垂头丧气。

齐勒铭冷笑道："你们的气焰哪里去了？刚才还那么嚣张，向我的爹爹挑战，如今我替爹爹应战，你们因何还不出手？难道你认为我不配做你们的对手吗？"

南宫旭道："齐大侠，我不是你的敌手。你若要替令尊出气，剐剐随你的便！"说得似乎颇有"气概"，其实是存着侥幸的心理，博一博齐勒铭或许不会杀他。因为他业已放弃抵抗，连兵刃也任凭它委弃于地，江湖上不成文的规矩，对方若然讲究"好汉行径"的话，是不杀手无寸铁之人的。

齐勒铭却仍然冷笑道："你们不敢和我动手，却有胆欺负我的爹爹！是谁给你们这个胆子的？”

南宫旭道：“我们是奉了山主之命，身不由己！”

齐勒铭道：“只是奉了山主之命，谅你们也还没有这个胆子吧？不过，现在我也不想追究这么多了，看在你们求饶的份上，你们各自把一条手臂斩下来，我就让你们保留吃饭的家伙！”

武鹰扬练的是“鹰爪功”，斩下一条手臂，那就等于是自废武功了。因此他比南宫旭更加着急，连忙叫道：“实不相瞒，但这个胆子是盖覆天给我们的。盖覆天说他已经安排了巧计，可以令到令尊和上官云龙斗个两败俱伤。他要我们帮他的忙杀掉上官云龙，他也帮我们的忙，杀掉令尊。他说这叫做互相帮忙，一举两得。但主谋的是他！”

盖覆天铁青了脸，喝道：“这计划是你们山主夫妻安排好的，如今都推给我吗？”

齐燕然道：“这两个人既是奉命而为，他们也值不得我拿来当作对手，已经招供，就任凭他们走吧。”

齐勒铭应了个：“是”字，喝道：“你们听见了没有，还不给我快滚！”

南宫旭、武鹰扬喜出望外，如奉纶音，扶起宇文浩便走。

齐勒铭回过身来，眼睛盯着盖覆天。

盖覆天自知不能幸免，喝道：“大伙儿上呀！喂，你们听见没有？大伙儿上呀！这个时候，难道还要和他讲什么江湖规矩吗？”

跟他来的一共有十一家首领，除了熊抱石和叔梁纥已经被废了武功之外，也还有九个帮派的首领。假如他们都和盖覆天联手的话，齐勒铭加上了卫天元和上官飞凤也未必能够打胜他们。但他们给齐勒铭吓破了胆，却是没有谁愿意替盖覆天卖命了。

盖覆天喊破喉咙，他们只当听不见。

盖覆天大急，顿足叫道：“我们说过的，有福同享，有祸同当，你们怎能这样不讲义气？”

上官飞凤冷笑道：“我爹把你当作心腹，和你结为八拜之交，你却要害他性命。亏你还敢讲‘义气’二字，知不知羞？”

上官云龙忽地叹了口气，说道：“也不能都怪他，我亦有过错。”

上官飞凤道：“爹，你有什么过错？”

上官云龙道：“第一，我有眼无珠，任用非人。我和他结拜，事无大小，都信任他，这就是我的过错。第二，我御下太严，欠缺宽厚。其实要他们遵奉灵旗是不能只凭幻剑诛之的。”

那九家首领一听见他自责的话，不由得都是大喜过望，黑石山的首领石龙首先跪下，说道：“我被盖覆天的花言巧语所骗，上了他的大当。但说老实话，我虽然害怕和白驼山作对，也只是想宗主改变主意而已，并不是想要害死宗主的。请宗主从轻发落。”

有人带头，其他八个也跟着都跪下了。纷纷诉说，他们是受了盖覆天的威胁利诱，事先并未知道盖覆天有害死上官云龙的阴谋。

盖覆天嘿嘿冷笑，说道：“好吧，你们把过错都推给我吧。不过，上官大哥，我即使罪该万死，似乎也不该死在外人之手。”他自知和众人辩也无益，只能抬出武林规矩，宁愿让上官云龙处置他了。

上官云龙点了点头，说道：“这也说得是。凤儿，把灵旗给我。”有齐勒铭在场，这次上官飞凤是不怕将灵旗交回父亲了。

上官云龙接过灵旗，说道：“不错，好歹你也是我的结拜兄弟，清理门户之事，是应该我自己做的。你上来夺旗吧！还是我刚才说过的那句话，要是你能够夺了这面旗子，我可以任凭你的处置！”

上官飞凤叫道：“爹爹！”

上官云龙道：“灵旗在我手中，你给我站过一边！”

齐勒铭却上前说道：“上官先生，我蒙你再造之恩，无以为报，这点小事，请你让我代劳吧。”

上官云龙森然道：“清理门户，可不能说是小事！”

齐勒铭笑道：“大事也好，小事也好，我只是想请你给我一个报答你的机会。”

上官云龙道：“我给你一种练功的秘诀，换取你给我女儿的帮忙，这是公平交易，谁也不欠谁的人情，更谈不上什么报答！”

众人这才知道，原来齐勒铭在残废之后，还能够恢复武功，乃是得自上官云龙所授的练功秘诀。但齐勒铭帮了上官云龙什么忙，可就没有谁知道了。

齐勒铭已经走上冰台，说道："清理门户，一定要你自己出手吗?"

上官云龙叹道："我没调教出好弟子，只有一个女儿，女儿可还不能替我。"

齐勒铭忽道："好，那么请你收我做你的关门弟子!"

上官云龙大吃一惊，说道："这怎么可以!"

齐勒铭笑道："你不是嫌我够不上做你的弟子吧？但不管怎样，我也是要拜你为师的了!"不由分说，竟然就跪下去。

上官云龙连忙托着他的双臂，说道："你我份属平辈，你的武功在我之上，若要拜师，应该是我拜你为师!"他也跪下去了。

齐勒铭握着他的双手，结果是两人都跪不下去。

盖覆天当然懂得齐勒铭想要拜师的道理，见上官云龙不肯答允，心上的一块石头方始放了下来，冷冷说道："闹剧演完了没有?"

不错，这桩事情看起来的确像是闹剧，但站在父亲身边的上官飞凤却已注意到，父亲脸上那一层阴暗的脸色忽地不见了，突然间好像换了一个人似的，神采奕奕，目光流露出又喜又惊的神气。上官飞凤明白了几分，她心上的一块大石头也放下来了。

齐勒铭装模作样，苦笑说道："我诚心拜师，别人却说我胡闹。没办法，我只好自叹没有福气得列门墙了。"说罢走下冰台，对盖覆天喝道："你上去吧，可不许不守规矩！否则我以证人的身份，还是非得管你一管不可!"

武林中不同门派的决斗，惯例必有证人，这个证人是由双方同意邀请的。现在的上官云龙与盖覆天之战，不管算作是"清理门户"也好，算作是"权位之争"也好，总之是"家务事"，根本无须邀请证人。而且齐勒铭的这个"证人"也只是自封的。

但盖覆天却是不敢反对，也不想反对。

不敢反对，当然是因为他害怕齐勒铭的缘故，目前，最能令他忌惮的人已是无过于齐勒铭了。(上官云龙的武功最多不过恢复几分，他是早就已经看出来了的。)

不想反对，那是因为他经过细心一想之后，觉得此举不但对他无害，而且有利。“他是证人，只要我能够击败上官云龙，他就要执行证人的任务，按照双方说好了的，承认我有权继承上官云龙的位子了。古往今来，绝没有证人再和当事者比武的道理。他最大的希望也只是希望可以避开和齐勒铭交手而已。

“不知齐先生要我遵守什么规矩？”盖覆天问道。

齐勒铭道：“你们这次交手，和寻常比武不同。你是以下犯上，他怎样划出道儿，你就应该怎样接。”

盖覆天应了一个“是”字，心里则在想：“他已经划出道儿了，只是要我夺旗，并没附加条件。这话众人都已听见，难道你齐勒铭还能节外生枝？”

齐勒铭道：“好，那么他叫你上去夺旗，你为什么还不上去？难道要他贬低身份，下来向你讨教么？”

盖覆天这才懂得他的意思，原来齐勒铭是要他走上冰台去和上官云龙比武。

比武地点的选择是相当重要的，盖覆天的轻功不大高明，但自忖在冰台比武，也还可以应付，于是索性大方一些，毫无异议，便即走上冰台。心里想道：“上官云龙不敢下来，显然是因为武功尚未恢复，在平地过招，更难取巧的缘故。”虽然在冰台交手，于他不利，但如此一想，却又觉得胜利的把握多了几分。

齐勒铭继续说道：“这不是寻常比武，他要你夺旗，你就必须夺得灵旗才能下来。否则，你若因为自知打不过，中途就要逃跑的话，你一下来，我守在台下，立即斩断你的双腿！”

比武有两种，一是“点到即止”，一是“至死方休”，齐勒铭要他遵守的这个规矩，无异是逼他必须和上官云龙一决生死。

盖覆天自信有取胜把握，却装作苦笑说道：“不是你死，便是我亡，这、这未免……”

冰台决斗

上官云龙冷冷说道：“什么未免不未免的，我死你话，不正合了你的心意?”

盖覆天叫道:“大哥!”

上官云龙喝道:“谁是你的大哥，别假惺惺了，进招吧!”

盖覆天装模作样，叹口气道:“我也想不到会弄成今天的局面的，但好歹咱们也曾有过八拜之交，大哥，你就不认小弟了么?”

上官云龙道:“我认得你，我的剑认不得你! 废话少说，动手吧!”其实上官云龙的手中并没有剑，有的只是捏成剑形的一段坚冰而已。

盖覆天看了他的那支“冰剑”一眼，取胜的信心又增了几分，但仍是装出逼于无奈的样子说道:“大哥，你不肯原谅小弟，那我唯有等候你的处置了，请大哥赐招!”

上官云龙冷冷说道:“你不值得我站起来和你动手，有本领你杀了我，我死在你的手下，死而无怨。”

这一下倒是大出盖覆天意料之外，要知上官云龙是业已元气大伤了的，即使站起来也未必打得过盖覆天，何况是坐着接招。

“难道他另有所恃?”盖覆天倒是不禁有点思疑了。

齐勒铭喝道:“你忘了我和你说过的规矩么，上官先生划出的道儿，你非得接下不可!”

上官云龙道:“放大胆子来吧，你若逼得我站起身，也就算你赢了，我甘愿把灵旗奉送给你。”

盖覆天一想，这样的打法，自己已是立于不败之地，还怕他作甚?当下阴恻恻地一声冷笑，说道:“大哥，你定要伸量小弟，我只好领教大哥的高招了!”

他用的是一柄厚背斫山刀，刀重力沉，呼的一刀劈过去，恍如雷轰电闪!

上官云龙坐在台上，冰剑轻轻伸出，点了两点，不知怎的。盖覆天这一刀竟然劈不下去，反而倒转回来，轰隆一声，劈碎一块岩石，溅起点点火花。

原来上官云龙那一招乃是后发先至，又准又快，刚好克制了他，他若不赶快收刀后跃，虎口就要给剑尖刺着。上官云龙纵然只剩下三分功力，一刺着他的虎口，也就可以把他手上的少阳经脉挑断了。他收刀太急，险些劈伤自己，幸亏有冰崖挡住。

卫天元拍掌赞道："说得不错，高招，确是高招！咦，凤妹，你怎么不为你的爹爹喝彩？"

上官飞凤看得出了神，半晌叹道："剑是幻剑，幻剑非剑，我不知什么时候，才能练到爹爹这般境界！"

冰台不比平地，如果上官云龙是坐在地上，盖覆天打不过他的时候，有足够的地方可以避开，冰台却是没有多少回旋的余地的，盖覆天不论如何闪躲，几乎都是在上官云龙冰剑所能及的范围之内。加以冰台光滑无比，稍一不慎，就有跌下去的危险。盖覆天一面打一面暗暗叫苦，这才知道在冰台作战的不利，实是比他原来估计更甚。

他吃一次亏，已是不敢近身逼攻，当下把一柄厚背砍山刀舞得风雨不透，心里想道："只要你的冰剑给我的钢刀碰上，冰剑一断，你的幻剑绝招就使不出来了。"

上官云龙似乎知道他的心思，上身微向前倾，手臂放长，冰剑竟然使了一招"白虹贯日"，从他的刀圈中刺进去。

盖覆天心中怒骂："你也未免欺我太甚了！"钢刀一翻，猛砸冰剑。这次刀剑碰上了！

但奇怪的是冰剑并没断折，反而是盖覆天在这一瞬间，陡然觉得一股冷气从他的掌心透入，不由自己地打了一个寒噤。说时迟，那时快，冰剑剑尖已是指到他腹部的"气俞穴"。盖覆天大骇，百忙中一个倒翻筋斗，险些从冰台上滚下来。

他倒翻筋斗之时，脑袋夹在双腿之间，眼睛倒看出去，看见齐勒铭拿着一柄长剑守在台下，忙把钢刀插入坚冰，这才能够定着身形，又再爬上。

他死里逃生，虽是在冰台之上，也吓出了一身冷汗。

但上官云龙的冰剑也短了几寸，而且有一颗颗的水珠滴下来。

原来他虽然能够以轻灵的剑法，冰剑只是和钢刀轻轻一擦，便即滑过。但盖覆天那一刀也是用足力道的，摩擦生热，纵是坚冰，也不能不溶化少许了。

盖覆天看出他内力难以为继的缺点，他的冰剑短了几寸，盖覆

上官云龙虽只坐着，只见他的冰剑轻轻一点，便点中盖覆天的脉门。

天就刚好可以站在他的剑尖所能及的范围之外了。他打定了消耗上官云龙内力的主意，舞刀防身，只守不攻。不过相差仅只数寸，有时刀剑还是不免碰上，每次碰上，盖覆天都感到冷气直透心头。

不仅如此，再过片刻，他的钢刀也好像变成冰块了，冷得他几乎掌握不牢。而且冰台的冷气也从他的脚心传上来，上下夹攻，令他如坠冰窟，饶是他咬紧牙关，也禁不住连打冷战！

要知这座冰台乃是一块硕大无朋的冰块，中心部分更是亘古不化的万载玄冰，比寻常冰雪冷了不知多少倍，盖覆天在消耗对方内力的同时，也消耗了自己的内力，他是禁受不起这种彻骨的奇寒了。

但上官云龙的上乘内功，却正是在这座冰台上练成功的，纵然只剩三分功力，亦可禁受得起，不但禁受得起，他还可以运用“隔物传功”的手段，将万载玄冰的奇寒之气，透过冰剑与钢刀的接触，传给对方。

再打一会，盖覆天双足已是麻木不灵，只觉冰剑好像在他眼前晃来晃去，要躲也躲不开。他颤声叫道：“大哥，我，我知错了，你，你……”一张开口，冷风吹进口腔，舌头都冷僵了。上官云龙的冰剑轻轻一点，点中他的脉门。盖覆天的厚背斫山刀脱手飞出，他的身子也滚碌碌地从冰台上滚下去了。

上官云龙站了起来，说道：“知错就好，齐大侠，让他去吧！”

上官飞凤道：“爹，他背叛你，你还饶他？”

上官云龙道：“他现在背叛我，但当初结拜的时候，他是确实把我当作兄长。”

齐勒铭道：“上官先生，可惜你虽然肯放他走，他却是只能走进鬼门关里去了！”

原来盖覆天残存的功力，已是不足抵御奇寒，何况他在冰台滚下之际，早已吓得魂飞魄散，又哪里还能运功御寒？他是给冻死的。

与盖覆天同来的九个西域门派首领见盖覆天业已伏诛，吓得都跪下来，恳求宗主从轻发落。

上官云龙把冰剑捏成一团，在掌心一搓，张手抛出，冰剑溶化，只剩下少许冰屑，给他一抛，冰屑亦已随风而逝。

上官云龙叹了口气，说道：“幻剑已幻灭，从今之后，有形的幻剑是没有了，幻剑只能存在心中。你们即使不奉灵旗，我也不会勉强你们了。你们都起来吧。”

九个门派的首领齐声说道：“多谢宗主仁慈，悬在我们头上的有形幻剑纵然没有了，我们心中还是有着幻剑的。我们愿意像从前一样遵奉灵旗。”

上官云龙道：“说得好，你们知道用心中的幻剑监督自己，那是胜于有形的幻剑多了。你们可以走了！”

他遣散九个门派首领，但他自己却已是不能从冰台上走下来了。

齐燕然坐在地上，连站也站不起来，说道：“上官老弟，我错怪了你，请你接受我的道歉。”声音低沉，似乎有气没力。

上官云龙道：“不必！”声音嘶哑，比齐燕然的声音还更难听。

齐勒铭吃了一惊，心里想道：“他们都是伤得不轻，爹爹年迈，更加可虑。不过上官云龙是在冰台之上，我应该先把他扶下来。”

不料他刚走上冰台，上官云龙忽地团了一个小小的雪球，双指一弹，居然还是弹指神通的功夫，雪球挟着风声，倏地就弹到齐勒铭面前。

“你我是公平交易，你没欠我的恩，我也不想欠你的情！”上官云龙在弹出雪球之时，冷冷说道。齐勒铭心念一动，接下雪球，便即回到父亲身边。

上官云龙弹出雪球，已是恍若风中之烛，摇摇欲坠。原来他因急于见效，逆运真气，但逆运真气，见效虽快，消失也快，此刻已支持不住了。还幸齐勒铭刚才和他握手的时候，助了他一臂之力，助他把部分逆运的真气纳入正轨，否则早已是元气大伤。

上官飞凤连忙和卫天元上来扶他，上官云龙靠着女儿，却把卫天元向他伸来的手推开，沉声喝道：“走开！”

上官飞凤叫道：“爹爹！”

上官云龙森然说道：“你若是要和这小子在一起，你也给我滚！”

齐燕然叫道："云龙，你生我的气不打紧，但这可和卫天元无关。"他想站起来，但力不从心，又再颓然坐下。

上官云龙没有回答，也不知他是因气还未消，还是已经没有气力说话。

卫天元大为尴尬，上官飞凤向他使了一个眼色，示意叫他等待她的父亲气平之后再说。卫天元也只好回到齐燕然的身边了。此时齐勒铭正在救治父亲。

齐勒铭握着父亲的手，只觉父亲的手其冷如冰。原来他的伤虽然不比上官云龙更重，但因年老气衰，却是不能抵御严寒了。他不懂逆运真气，即使有外力相助，也难以很快凝聚真气。齐勒铭给父亲把了脉，不禁暗暗吃惊。

上官云龙弹给他的那个雪球，此时已在他的掌心融化，雪球内原来藏有一颗药丸。齐勒铭转惊为喜，方始懂得上官云龙所谓"公平交易"的意思。

齐燕然道："我大概是不行了，遗憾的是天元……"一股冷风吹来，齐燕然的神智已是逐渐模糊，话也只能说到一半了。

不过他的昏迷也只是片刻间事，迷糊中忽觉好像咽下什么东西，丹田如有暖气，很快就清醒过来。醒过来后那股奇异的药香还留在嘴里。

齐燕然皱了眉头，说道："我平生从不受人恩惠，你未得我的允许，怎么可以替我要人家赠药？"

齐勒铭道："禀爹爹，这药丸不是讨来的。"

齐燕然道："分明是上官家的阳和丸，难道你有这种药丸不成？"

齐勒铭道："这药丸是我和人家交换得来的。"

齐燕然霍然一省，说道："对啦，上官云龙说是和你做了一宗公平的交易，究竟是怎么回事？"

齐勒铭道："这宗交易，其实是娟娟和他做成功的。不过，娟娟和我已经结成……"

齐燕然道："你和穆姑娘的事，以后再说，现在，我只想知道事情的真相。"他已经知道儿子想说什么，他可不愿即承认穆娟娟做媳妇。

齐勒铭道："他帮我恢复武功，娟娟帮他的女儿一个忙。"

齐燕然道："她帮了上官姑娘什么大忙，居然可以交换他帮你恢复武功？"

齐勒铭道："娟娟，你说给爹爹听。"

穆娟娟道："我可不敢居功。"

卫天元早已来到，说道："婶婶，你不说，我替你说。

"爷爷，这宗交易其实都是为了我的缘故。华山派前掌门天权道长被害一案，师叔和我都受嫌疑，上官姑娘为了替我洗脱嫌疑，只好去求师婶帮忙。"

齐燕然道："何以要她帮忙？"

卫天元道："凶手其实是白驼山的妖人，这妖人隐姓埋名，装疯扮呆，混进华山派做个服侍天权道长的下人，伺机害死天权道长的。华山有个内奸和他串通了的。

"爷爷，我不说你也知道，师婶和白驼山主的妻子是同胞姐妹，师婶为了我的缘故，不惜用一种她姐姐都不能解的毒药，下在姨甥身上。用解药来交换白驼山主和华山派一个内奸的密件！"

齐勒铭道："爹爹，她为了我的缘故，不惜和姐姐翻脸，你可以原谅她吗？"

齐燕然注视银狐，忽地说道："果然不是你，是我错怪你了。"

穆娟娟莫名其妙，说道："老爷，我知道我不配做齐家的媳妇……"

齐燕然截断她的话道："我不管你做过什么，就是铭儿说你做过的这件事，我两个最亲的亲人已经是受了你的大恩了，我怎能不要你做齐家的媳妇呢？"

穆娟娟道："爹爹言重了，我和勒铭是夫妻，夫妻理该祸福与共，何况他的武功是因我而废。至于天元，帮他的忙的可是那位上官姑娘。"

此时上官飞凤已经把她父亲扶下冰台，上官云龙在调匀气息之后，亦已可以走路了。

齐燕然道："天元，你过去替我赔礼。"

上官云龙喝道："卫天元，你给我走开！从今天起，不许你来纠缠我的女儿。"

上官飞凤叫道："爹爹，他又没得罪你！"

上官云龙道："你是我的女儿，就该听我的话。我刚才说过的话，你就忘记了？从今天起，不准你再见卫天元！"

齐燕然道："这又何苦，他们既是情投意合，就让……"

上官云龙一声冷笑，打断他的话，说道："你们父子仍然是我的客人。但你的徒孙，恕我不能招待他了。免得人家说我千方百计要把女儿嫁给他！"

上官飞凤听得父亲这么一说，亦是不好意思叫卫天元过来，只好赶快陪父亲下山。

齐燕然叹道："都怪我说错了话，但也想不到上官云龙竟然这样固执。"

穆娟娟道："爹爹放心，我看他也不过一时气愤而已。据我所知，他的确是想把女儿嫁给天元的。过几天待他的气消了一些，我有办法替你化解的。"

齐燕然闭了眼睛不说话。原来他因年纪老迈，元气大伤，虽然在服了阳和丸后，可以抵御严寒，但精神还是未能恢复。

齐勒铭背父亲下山，卫天元和穆娟娟跟在后面。

穆娟娟道："天元，你别着急。我只想问你，你是不是真正喜欢上官姑娘，别害臊，回答我！"

卫天元默不作声，点了点头。

穆娟娟道："不论她做过什么事情，你对她都是始终不渝？"

卫天元心中一动，想道："飞凤从前也曾这样问我，难道她果真曾瞒住我做过什么错事？"

穆娟娟似乎看破他的心思，说道："你别胡猜，我只是来个假设，假设她做过对不住你的事，那你怎样？"

卫天元道："她曾经两次救过我的性命，即使她有行差踏错，我也不能对不住她。"

穆娟娟道："那我就放心了。"

卫天元有点奇怪，说道："什么缘故，令你为她担忧？"

穆娟娟道："没什么特别缘故。只不过我和她气味相投，希望她不致遭遇和我同样的命运。不错，我现在是你的师婶了，但想你也会知道我是经过了许多波折，这个名分可是得来不易啊！"

卫天元懂得她的意思，她是被人骂作"妖妇"的，而上官飞凤也曾被人当作"妖女"。但心里却不以为然，觉得"妖女""妖妇"不能相提并论。因为穆娟娟的确曾经做过一些坏事，以前人家骂她"妖妇"不算太过冤枉她。而上官飞凤的这个"妖女"骂名，却是她父亲的仇家，诬蔑她的。

这些话他当然不会在穆娟娟的面前说出来，只是笑道："武功我学不到师叔半成，但有一样我相信可以和他作比。"

穆娟娟道："是哪一样？"

卫天元道："他不论经过多少波折，都没有离开你。我对飞凤也是这样。"

穆娟娟笑靥如花，说道："你倒很会哄我欢喜，但我却不愿你好像我们一样经过许多波折。"心里则在想道："你哪知道你的师叔是曾经想过要抛弃我的呢。但愿你对姜雪君的怀念不像他对前妻的怀念那样深。嗯，姜雪君这件事情，还是暂且不要告诉他吧。"原来上官飞凤是曾托过穆娟娟，托她在适当的时候，把姜雪君之死的真相告诉卫天元的。刚才她几乎就想说了。

卫天元道："师婶，你在想什么？"

穆娟娟道："没什么，我已经放心了，你也可以放心了。"

卫天元道："我放心什么？"

穆娟娟道："上官姑娘的心事我是知道的，关键只在你的身上。只要你自问是真的喜欢她，那你就可以放心，她决不会离开你了。"

卫天元道："但她的爹爹……"

穆娟娟道："只要你们真心相爱，谁也不能分开你们。何况她的爹爹也不是要把你们分开。"

卫天元道："但他的气却不知几时才能平息？"

穆娟娟道："那就要看你怎样做了。"

卫天元道："我应该怎样做？"

穆娟娟道："做一件目前他最需要别人替他做的事。"

卫天元瞿然一省，说道："哦，我懂了。目前他最需要的是有人帮他抵御白驼山主。"

穆娟娟道："对了。目前他正是元气大伤，要想恢复如初，最少恐怕也得一两个月。他是不愿意接受我们夫妇的帮忙的。我们即使要帮他的忙，也只能暗中帮忙，不能露面。所以这件事情唯有你去做了。但不能只是单纯防御。"

卫天元道："你是说，我可以去除掉白驼山主？"

穆娟娟道："对了，你敢不敢去？"

卫天元慨然道："实不相瞒，白驼山主也是姜雪君的杀父仇人，姜雪君死了，我曾发过誓要替她报仇的。只因时机未到，隐忍至今。唉，我本来打算和上官一家联手的，但现在……"

穆娟娟道："现在上官姑娘或许是不能和你联手了，但现在也正是一个有利的时机。白驼山主已经派了他的儿子和两名最得力的手下来昆仑山，他以为有盖覆天里应外合，必定成功。你正可以趁他那两个人未回去之前，便即赶到白驼山下手。"

卫天元道："我不怕和白驼山主拼命，只怕爷爷的伤……"

穆娟娟道："你放心，爷爷的伤，有你师叔照料。"接着说道："本来最好是你的师叔暗中帮你的忙的，但可惜他分身乏术，只能你自己去了。你怕不怕孤掌难鸣？"

卫天元道："我做事从来只问应不应当。好，我现在就去。"

穆娟娟笑道："那也不必急在一时，明天才走，也未为晚。"

卫天元道："对，先安顿了爷爷再说。"

齐燕然已是伏在儿子的背上睡着了。是齐勒铭恐防老父的病情有变化，特地用独门点穴手法，点了他的睡穴的。一般而言，点穴会对身体造成损害，只有他这种点睡穴的功夫，可令受者有益无损。他知父亲的心情未能宁静，故此唯有用这个方法，使到父亲得到充分的休息。

齐勒铭道："天元，爷爷有我照料，你可以放心。不过，你也还是明天下山较好。今晚待我找个机会和你约会上官姑娘。"

穆娟娟忽地想起一事，问卫天元道："爹爹刚才一见我，就说果然不是你，这句话是什么意思？"

卫天元道："他在今次见你之前，以为你是杀害丁大叔的凶手。"

穆娟娟道："我也听说丁勃是已经给人害死的，但何以爹爹疑心是我呢？那凶手很像我吗？"

卫天元道："不错。爷爷曾目击两个女子行凶，其中一个扮作上官姑娘的模样，听说是扮得不大像的，不过爷爷没有见过她，当时也难分真假。至于冒充你的那个女人，却是扮得惟妙惟肖，几乎一样了。"

穆娟娟道："然则爹爹何以一见我，又知道错了？"

卫天元道："这次你是和他面对着面的。那个冒充你的人，年纪比你老得多。"

穆娟娟疑心顿起，说道："年纪比我老得多的人，要冒充我，可是很不容易啊！面貌还可以化装，我的轻功和武功家数她怎冒充得来？"

卫天元道："是呀，前两天我和飞凤上山的时候，也曾碰上那个冒充你的妖妇，当时我也看不出来呢。不过，我当然不致怀疑到你的身上，只是奇怪而已。我以为是令姐，但飞凤说她的年纪是比令姐还要老的。幸亏她看得出来。"

穆娟娟听罢他细说详情，如有所思，蓦地叫道："不好！"

卫天元道："什么不好？"

穆娟娟道："我想起一个人来了。"

卫天元道："什么人？"

穆娟娟道："我还未敢断定。现在我就去找她，回来再说给你听！"

卫天元心想，昆仑山这么大，怎能说找就可以找到？而且那个妖妇的本领恐怕是还在穆娟娟之上的。

齐勒铭好像亦已知道那个人是谁，说道："娟娟，我不怕你找不到她，就只怕……"

穆娟娟道："就只怕我打不过她，是吗？不用担心，我想她是不会伤害我的。"

齐勒铭道："但这件事情，却是很难做得恰到好处。"

穆娟娟道："你放心，我也不会做得太过分的。"

齐勒铭如有所思，半晌说道："好，那你去吧。弄个水落石出也好。"

穆娟娟走了。卫天元却是听得莫名其妙，不知道他们说的是谁，也不知道他们说的是怎样一回事情。

不要探听别人私事，这是江湖禁忌之一。即使师叔侄之亲，也是不宜破这禁忌的。穆娟娟已经说过，回来再说给他听，卫天元此刻自是不便多问师叔了。

他只能问道："师叔，你怎么知道师婶一定能够找到那个人?"

齐勒铭道："如果我猜得不错的话，白驼山那两个护法，都是要接受那个人指挥的，只不过她不露面罢了。"

卫天元不知道他说的是女姓的"她"，不觉暗自猜疑："难道是白驼山主?不对，要是白驼山主的话，穆娟娟怎有把握白驼山主不会伤她?但若不是白驼山主，又有谁能够指挥那两个护法?"

不过，他虽然不知道那个人是谁，却已懂得穆娟娟何以一定能够找到那个人的原因了。

白驼山的两个护法南宫旭和武鹰扬是要护送少山主宇文浩回山的，宇文浩已经给齐勒铭废了武功，走得当然不快，穆娟娟迟早会追上他们。追上了他们，就可以在他们的身上，找到那个人的着落。

齐勒铭道："天元，你在想什么?"

卫天元道："没什么。我只盼爷爷能够早日痊愈。"

齐勒铭叹口气道："你没想什么，我却是想起我的女儿来了。天元，我想问你一件事情。"

卫天元心头一跳，不知师叔要问何事，但料是有关他和师妹的了。

齐勒铭果然问道："你在扬州可曾见过你的师妹?"

卫天元道："见过了。"

齐勒铭道："你离开扬州之后，是否一直和上官姑娘一起?"

卫天元道："是的。"

齐勒铭道："我听到一个消息，不知真假。依我想，恐怕还是假的居多。不过还是想问一问你，以释心中疑虑。”

卫天元有点奇怪：“师叔怎的说话吞吞吐吐，这可不像他的为人。难道他是要责备我对不起他的女儿？”

“师叔，请说。”卫天元道。

齐勒铭道：“听说上官飞凤伤了我的玉儿，有这事么？”

卫天元跳了起来说道：“哪有此事，是谁说的？”

齐勒铭道：“是申公豹说的。”

卫天元道：“申公豹的话也能相信？他最喜欢在江湖上兴风作浪，挑拨是非，师叔难道还不知道他的为人？”

齐勒铭道：“我本来是不相信他的，但心中还是有点疑团。”

卫天元道：“师叔，你想想看，我是一直和飞凤在一起的，假如当真发生了这样的事情，我还能够袖手旁观，不加拦阻，让她去伤害我的师妹吗？”

齐勒铭道：“我当然不至于怀疑你会纵容上官飞凤伤害你的师妹。”

卫天元道：“所以你要问清楚我是否在场。这么说，师叔，你敢情还是怀疑上官姑娘？她有什么理由伤害玉妹？”

齐勒铭道：“你别多心，现在我只是复述申公豹的讲法。复述他的讲法，并不是表示我就相信了他的说法。”

卫天元道：“好，师叔，那你说吧。我倒想听听申公豹说的理由。”

齐勒铭道：“申公豹说，上官姑娘为了要得到你，因此，要除掉她心目中的情敌。宁可误杀，也不放过。第一个给她害死的是姜雪君，第二个就轮到我的女儿了。”

卫天元气得骂道：“申公豹真是胡说八道，上官飞凤决不是这样的人。

“姜雪君死的时候，我虽然没有在场，但许多在场的人都可以作证，姜雪君是在杀了徐中岳之后自尽的，怎能说上官姑娘将她害死？至于说到师妹被她打伤，那更是乱造谣言了，我已说过，自始至终，我都是在场的人。”

齐勒铭道：“贤侄，你莫生气，我也知道他是捕风捉影，信口开河。我现在就是要查明真相。”

“捕风捉影”和“乱造谣言”虽然都是贬词，但轻重不同，还是有差别的。卫天元不觉怔了一怔，说道：“捕风捉影，总得有个‘影儿’，请问他的‘影儿’是什么？”

齐勒铭道：“申公豹言之凿凿，说是上官姑娘用喂毒暗器伤了你的师妹。幸遇华山派的瑶光散人路过，赶走了她，救了你的师妹。在申公豹对我说了这件事之后，我也曾向别人打听，确是有人见过瑶光散人和一个年轻女子到一间客店投宿，她们是坐马车来的，瑶光扶那女子下车，那女子面上毫无血色，一看就知不是中毒，就是受伤。当然那人并不认识瑶光散人和我的女儿，但他说的那个中年道姑和那个年轻女子，年纪相貌却都相符。”

卫天元道：“地点是……”

齐勒铭道：“风陵渡南面的一个小镇。”

卫天元道：“飞凤是从来不用暗器的，更不要说喂毒的暗器了。但若那人说的是实，则恐怕师妹是给不知哪一派的妖人所伤了。不过，风陵渡的南面正是前往华山的方向，瑶光散人料想是护送师妹回华山调治的。华山派的琼花玉露丸祛毒的功效不在天山派的碧灵丹之下，瑶光散人又正是擅治毒伤的能手，师叔可以放心。待此处事情了结，咱们到华山去一见瑶光散人，真相就可大白。”

齐勒铭点了点头，跟着却叹口气道：“我对玉儿从来没有尽过为父的责任，说来真是惭愧。唉，我不是害怕瑶光散人医不好她，但我害怕她未必肯认我这个父亲。”

卫天元道：“感情的事是很微妙的，我想师妹现在亦已是明白的了。她会原谅你的。”

齐勒铭当然懂得他的弦外之音是说什么，半晌问道：“她的母亲在楚家好么？”

卫天元道：“好。楚伯伯对师妹也很好。有一件喜事我正想告诉你。”

齐勒铭道：“你想说的是玉儿和楚天舒的事吧？我已经知道了。”

卫天元道：“你不会反对吧？”

齐勒铭道："我和楚劲松结的梁子也不必瞒你，对楚劲松我本来还是有点芥蒂的，但这头婚事是你的师婶极力主张的，我觉得她说的也有道理，结成亲家，芥蒂自然就消除了。我想通了，就任凭她和上官姑娘合力去促成这头婚事啦。"

卫天元不觉有点诧异："我只道是师妹和楚天舒相处久了，自然而然地爱上了他，却原来是外力'促成'的么？飞凤也插了一手？她又怎的从来没和我提及此事呢？"

齐勒铭道："我倒是担心爹爹可能反对。"

卫天元道："爷爷对楚劲松一向甚为推重，对楚天舒也是甚爱护的。有一次楚天舒中了金狐的毒针，还是爷爷给他医好的呢。"

齐勒铭道："那是两码事。据我所知，爹爹是想把玉儿许给你的。不过，你现在已经有了上官姑娘，爹爹亦已知道，或许是不会反对的了。就只怕他心里还是有点不大乐意。"

卫天元道："楚天舒文武全才，比我强得多。师妹选中他，是师妹的福气。相信芥蒂很快就可消除，爷爷一定会满意这个孙女婿的。"

齐勒铭道："但愿如此。"说话之际，跃过一个冰裂缝，他是背着父亲的，恐防父亲受到震荡，双手把牢，跟着又替父亲把了次脉。忽地低头如有所思。

卫天元吃一惊道："爷爷的病情有变化吗？"

齐勒铭道："不是。他的脉搏很正常，不过……"

卫天元连忙问道："不过什么？"

齐勒铭道："他毕竟是上了年纪的人了，痊愈的时间恐怕要比我原来估计的时间长一些。"

卫天元道："爷爷已经得到上官家的阳和丸，要是能够再得一种灵丹……"说至此处，忽地似是猛然一省，叫道："我想起来了！"

齐勒铭道："想起什么？"

卫天元道："扬州楚家的葆真再造丸，功能固本培元，不在少林派的小还丹之下。"

齐勒铭苦笑道："从扬州到这里，少说也要走一个月呢。"

卫天元道："楚家父子已经离开扬州了。"齐勒铭道："他们是上哪儿？"

卫天元道："他们是弃家避难的；当时只是急于离开扬州，还没计划好逃到什么地方。听他们的口气，似乎是要暂且离开中原一个时候。"

齐勒铭道："玉儿也是和他们一起逃难么？"

卫天元道："我想是的。"

齐勒铭如有所思，半晌叹口气道："他们离开中原，但也不会这样巧就是来这里的。"他是在想，女儿会不会和楚天舒回家一趟呢？要是她曾经回到家里，那也就很有可能偕同楚天舒跑来这里寻找爷爷了。

卫天元知道师叔的心事，师叔固然想要得到楚家的灵丹，同时也在盼望早日见到女儿的。

他不觉也在心里叹口气了。但他可不敢把丁勃曾经找齐漱玉回家，而齐漱玉却已决定了要迟至明年才能和母亲一起回家的事情告诉师叔。

卫天元以为楚天舒和齐漱玉是一定不会来到这里。因为他们没有回过齐家，当然也就不会知道齐家发生的事。不知道齐家发生的事，又怎会跑来这里寻找爷爷。

他猜错了！

楚天舒不但曾经跟随齐漱玉到过齐家一趟，而且他现在正在昆仑山上。

此际，他也正在想念着卫天元。

"卫天元曾经对我有过误会，但他现在已经有了上官姑娘，对我的芥蒂想必也该消除了吧？不管怎样，上官姑娘是对我有过恩惠的，这件事情，和卫天元也有关系。我欠了他们的情，就该向他们道谢。"

当然他也并不是单纯为了来向上官飞凤道谢，才上昆仑的。

那日他在齐家，中了早已埋伏在齐家的白驼山妖人下的毒。

在昏迷之前，他只记得是玉虚子和鲍令晖将他抬上一辆马车的。

后来他方始知道，那天恰巧碰上瑶光散人和瑶光散人那个已经还俗的女弟子青鸾。是靠了他们救治，他和师妹的性命方始得保的。

但因他们中毒甚深，需要较长时间治疗，瑶光散人已经带了他的师妹回华山去了。但却把他交给她的徒弟青鸾照料。

玉虚子在齐家发现齐燕然的留字，那张字条本是留给卫天元的，说得比较简略，只是告诉卫天元，他的离家是要为丁勃报仇。

丁勃是给白驼山的妖人害死的，玉虚子师徒和青鸾等人都以为齐燕然既然是要替丁勃报仇，那就一定是到白驼山去了。

青鸾是要找丁勃打听她家人的消息的，丁勃已死，她只有去问齐燕然。玉虚子也想在楚天舒的伤好了之后，可以和他一起去做齐燕然的帮手，于是一行四众（包括玉虚子的徒弟鲍令晖在内），同乘一辆马车，出了玉门关向北走。

玉虚子不是不知，瑶光散人把楚天舒给她的徒弟照料，乃是另有用心的。但他自己也另有打算，乐意接受这个安排。

瑶光散人的用心，楚天舒在清醒之后，亦已是猜到了的。他则是颇为尴尬了。

青鸾一路细心照料，不过六七天，他的伤就好了。但奇怪的是，青鸾对他反而是冷若冰霜了。一路上她沉默寡言，和鲍令晖说话还多一些，对楚天舒简直是不理不睬。楚天舒心里明白，她是为了避嫌，才故意和鲍令晖接近，冷淡他的。这种尴尬的处境，令他感到不安。

第八天，他们碰上了一个熟人。

这个人是上官云龙的手下，名唤申洪。他奉主人之命，来扬州寻找小姐。楚家出事那晚，他也是曾经到过楚家的。

楚天舒有点奇怪，问他："你不是和上官姑娘一起离开扬州的吗？你家小姐呢？"

申洪道："小姐已经和卫天元先回去了。"

原来申洪是在下了华山之后，就和他们分道扬镳的。分道的原因，倒不是为了"知情识趣"，而是为了主人的大事。

他要为主人担任联络西域十三家首领的任务。而在执行这个任务的过程中，他也开始发现盖覆天的阴谋了。

十三家首领中，早已有十一家首领奉了盖覆天之召，到昆仑山去了。

另外两个不肯奉召的首领，则把他们对盖覆天的怀疑告诉了申洪。盖覆天要集十三家首领之力，压迫上官云龙向白驼山求和！这两个人还未知道盖覆天的全部阴谋，但只就这点来说，他们已经知道盖覆天是决心背叛宗主了的。

申洪就是在这种情况之下，急忙赶回昆仑山的。

玉虚子和申洪也是相识，那天，他们是在沙漠之中，黄昏的时候碰上的。故友相逢，玉虚子留他夜话，同度一宵。

不过，他们并不是一直留在帐篷里谈天，晚饭过后，他们借口要勘察地形，以便明天赶路，就走出帐篷了。

楚天舒此际，正在想起了那天晚上，他在无意之中，听见了他们的谈话。他是因为睡不着觉，出去散步的。玉虚子和申洪在沙丘的另一面谈话，没发觉他。

他们刚好在说到他。

玉虚子道:“不错，瑶光散人正是要为他们制造机会，希望楚天舒娶她的徒弟。不过我却希望青鸾嫁给我的徒弟。”

楚天舒一听，就知道他们在前面说过的是些什么话了。不过，玉虚子的心意他却是现在方始知道。

申洪哈哈笑道:“原来瑶光散人使的也是这一招!”

玉虚子道:“哦，还有什么人使过这一招?”

申洪道:“我家小姐早已用过这个手段替别人撮合了。瑶光散人这一招可没我家小姐用得高明。”

玉虚子道:“她是替谁撮合?”

申洪道:“你还不知道吗，猜也猜得到的，当然是替楚天舒和齐漱玉撮合啦。”

玉虚子大感兴趣，说道:“愿闻其详。”

申洪道:“楚天舒在北京的时候，曾受白驼山少山主宇文浩暗算，中了他的喂毒暗器。地点就是在我家小姐在京城的寓所。无巧不巧，他中毒针的时候，刚好我家小姐回来。我家小姐本来可以救他性命，但她却把这份人情送给了齐漱玉。”

玉虚子道：“齐漱玉也在场？”

申洪道：“不错。不过她是在楚天舒中毒之前就昏迷了的。我家小姐将他们搬到一个荒山的古庙里，给他们留下解药。楚天舒中毒较轻，他好了之后，当然就只能由他来照料齐漱玉了。”

楚天舒心中苦笑：“我真是糊涂蛋，原来上官飞凤才是我的救命恩人。”随着想道：“不过，即使没有她的撮合，我也会喜欢玉妹的。”

申洪跟着说道：“小姐和卫天元现在恐怕是已经回到昆仑山了，你要不要我替你传话，叫卫天元赶往白驼山会他爷爷。”

玉虚子道：“不必了，有我和齐燕然联手，相信对付得了白驼山主的。白驼山之事一了，我们会到星宿海拜访你家主人的。”

不想给他知道的秘密

申洪道：“好的。不过有个消息，不知道兄已否知闻？”

玉虚子道：“什么消息？”

申洪道：“听说齐勤铭已经恢复武功了。”

玉虚子道：“那又怎样？”

申洪道：“齐勤铭恢复了武功，当然是要去帮他的父亲的。说不定他此时已经到了白驼山了。”

玉虚子道：“那不是更好吗？齐勤铭的武功比他父亲还更厉害，有他在场，对付白驼山主，是可以稳操胜算了。”

申洪道：“儿子恢复武功，对齐燕然来说，当然是好到无以复加的好消息。但对你们来说，恐怕就不一样了。”

玉虚子笑道：“你是恐怕齐勤铭还在对我记仇？不错，当年我们武当派是曾和他斗得两败俱伤，但这梁子早已解了。”

申洪道：“不是对你记恨，我是怕他未必喜欢见到楚天舒。”

玉虚子道：“他不喜欢楚天舒做他的女婿？”

申洪道：“我不敢说。”

玉虚子道："不会的吧？我听到的消息倒是刚好相反，听说他已经听了妻子的劝告，我说的是他现在的妻子银狐，已经同意和楚家相联姻了。"

申洪道："事情往往是有意想不到的变化的。但却不一定是齐勒铭不喜欢楚天舒做他的女婿，而是楚天舒到了白驼山，就不想做齐勒铭的女婿了。"

楚天舒听到这里，心中暗暗好笑："哪有这个道理，难道你比我更清楚我自己？"

玉虚子呆然问道："你的说法太奇怪了，为什么？"

申洪道："因为白驼山上藏有一个秘密，这个秘密，假如给楚天舒知道，说不定他就会变心的。所以齐勒铭就未必喜欢在白驼山上见到楚天舒了。"

玉虚子道："什么秘密，可以告诉我吗？"

申洪道："我已经说得太多了。反正你是要到白驼山的，到时你可以亲自去问齐勒铭夫妻。齐勒铭不肯说，他的妻子也会告诉你的。但最好不让楚天舒在场。"

玉虚子道："我不勉强你说，但我觉得你可真是越说越奇怪了。齐勒铭不肯告诉我，他的妻子反而肯告诉我？"

申洪忽道："道兄，我知道你的围棋下得很好。"

玉虚子一怔道："这和下围棋有什么关系？"

申洪道："下围棋往往会出现缠扭不清的盘面，而围棋又是很难下成和局的，对吗？"

玉虚子道："不错，下一百盘围棋，也很难有一盘刚好下成和局。但，这……"

申洪道："俗语说，当局者迷，旁观者清。当出现这样复杂难解的盘面时，倘若有高手旁边观战，他就可以为双方指点迷津。"

玉虚子如有所悟，说道："齐夫人是想这盘棋下成和局？"

申洪道："不错，这盘棋目前正在下到十分难解的局面，齐夫人把秘密告诉你，就等于让你纵观全局，希望倚靠你的指点，令双方可以下成和局。"

玉虚子道："但下棋的人是最不喜欢旁观者多嘴的，说不定下棋的双方，非但不肯听他的指点，还要把他赶走呢。”

申洪道：“这就要看旁观的是什么人了。”

玉虚子道：“你以为我最适合充当这个角色？”

申洪道：“我想是的。第一，你不是局中人，第二，但你和局中人又有渊源。”

玉虚子心中一动，问道：“你为什么不用对局双方的字眼，是不是因为‘局中人’可能不仅是包括对局双方？”

申洪道：“你猜对了。寻常的对局只有两方，但这局棋却可能是有三方的。因此我说的局中人也不仅只限于正在下棋的人。”

楚天舒听到这样，心里想道：“他越说我可越糊涂了，哪有这样复杂的棋局？”

但玉虚子却已明白几分了，说道：“我和局中人都有渊源？那么他们都是我的朋友了？”

申洪道：“不错，甚至其中还有你最要好的朋友。”

这个提示可明显了，玉虚子道：“我想对局的不会是出家人，我的俗家朋友最要好的是扬州大侠楚劲松，还有，嗯，死了的算不算？”

申洪道：“也算。”

玉虚子道：“楚大侠的师弟，生前也是我十分要好的朋友。但还有一方，你说是可能有三方面的人的。”

申洪只是微笑对他，没有回答。

玉虚子见他笑得古怪，忽地省起，说道：“不打不成相识，这第三方面，假如和我也有关系的话，莫非就是齐家的人？”

申洪微笑道：“道长不妨这样猜，但真假虚实，我这个局外人也是未明底蕴的，要答也无从答起。对不住，我只能说到这个地方了，再说下去，就要违反小姐的禁令了。”

他虽然不敢作答，但揣摩他的语气，则似乎玉虚子已是猜对了。

楚天舒在无意之中，偷听了他们的谈话，不由得满腹疑团，回到了帐篷睡觉，也还是辗转反侧，不能入寐。

他理好思路，把已知的材料归纳如下：

一、这个秘密和三方面的人有关。二、玉虚子和三方面的人都有关系。三、玉虚子的两个好朋友是他的父亲和他的师叔，而从申洪的话语中，亦已可以确定是和秘密有关的两方了。他的父亲和师叔当然不是对局的人，那么可以被当作“局中人”的就只能是属于楚家和姜家（他的师叔是姜志奇）的人了。四、齐家也可能有关，但未经申洪证实，暂且可以搁在一边。

“楚家的人，若把他的父亲撇开，就只有我和妹妹了。从他们的口气判断，最有可能被他们当作局中人的可正是我啊！奇怪，白驼山上藏有什么秘密，竟然与我有关？”楚天舒心想。

而更令他奇怪的还不是因为这个秘密涉及他自己，而是：“楚家的人，倘若是指我的话，姜家的人又是指谁？”

他的师叔姜志奇早已死了，他的师妹姜雪君亦已死了。虽然申洪说过一句“死人也算”的话，但这句话显然是和他另外的话有矛盾的，因为“死人”又怎能是“局中人”？

他可真是百思莫得其解了。

还有一点，从申洪的口气看来，上官飞凤似乎是最清楚这个秘密的人，否则申洪不会说出那句“再说下去，就要违反小姐的禁令了。”的话语。

他一来是疑团难释；二来是想避开与青鸾相处的尴尬处境；三来是要向上官飞凤道谢救命之恩；四来也是想要去会一会卫天元。因此第二天一早，他就向玉虚子提出，不跟他们去白驼山，改为跟申洪上星宿海。玉虚子见他业已痊愈，当然也就乐得答应了。两人一路同行，相处颇为融洽。不过楚天舒也知江湖避忌，申洪对玉虚子也不愿吐露的秘密，他自是不便向他打听了。

这日他们已经踏上了昆仑山，忽见有两个人抬着担架，从冰坡上走下来。一步一步，走得甚为安稳。走得似乎不快，但也不过片刻，距离就拉近了许多。从初时所见的一团影子而变得轮廓豁然了。

楚天舒吃了一惊，说道：“这两人武功不弱！”要知在冰坡行走，稍一不慎，就会滑倒，轻功好的，顺势滑行，还比较容易，但若要在冰坡上如履平地，迈出的脚步差不多都是同等距离，以保持担架的稳定，这就必须兼有上乘内功的造诣，要比只能施展轻功，难得多了。楚申二人都是识货的行家，故此一见之下，均感惊诧。

那两人抬着担架，来得更近了。

申洪忽地“咦”了一声，说道：“不是我们的人！”

那两个人亦已发觉他们，同样也是不约而同地“咦”了一声，便即把担架放了下来。

担架上躺着的那个少年也坐起来了。

这一下可真是仇人见面，分外眼明，那少年冷笑道：“姓楚的，你侥幸未死，还敢跑到这里来么？”

楚天舒也在大骂：“你想不到在这里碰上我吧，你有多少毒针，尽管发出来吧。我正要找你们这些人算账！”

原来担架上这个少年，正是白驼山的少山主宇文浩。

抬担架的那两个汉子是南宫旭和武鹰扬。

宇文浩已经给齐勒铭废了武功，在雪地上行走还可以，交手当然是不行了，他不想给楚天舒看破，哼了一声，说道：“收拾你这小子，也用得着我亲自出手么。两位香主，这是你们立功的机会，还不快上！”

南宫旭与武鹰扬铩羽而归，他们自己吃了亏也还罢了，少山主给人废了武功，事情可就大了，他们正愁回到白驼山要给山主降罪，于是一声“遵命”，立即向前。

南宫旭与申洪相识，申洪抢上前喝道：“你们为何跑到我们的昆仑山来？”南宫旭哈哈一笑，说道：“你回去问盖覆天就会明白了。这件事情，我劝你还是不要插手为妙，否则我们的少山主固然不肯放过你。你的新主人盖覆天也不肯放过你的！”他故意把已经死了的盖覆天说成好像是已经取代了上官云龙位子的新宗主，目的当然是要挫折申洪的斗志。

哪知申洪虽然大吃一惊，却越发愤怒，他呆了一呆，陡地喝道：“我与你拼了！”声如霹雳，掌似奔雷，果然真的是形同拼命！

武鹰扬飞身扑上，说道：“南宫兄，让我来领教申先生的大摔碑手。”南宫旭侧身避过申洪的攻击，说道：“好，我也想见识见识扬州楚家名闻天下的点穴功夫，咱们这就换个对手吧。”

楚天舒和他用的都是判官笔，楚天舒的判官笔只有三尺二寸长，他的判官笔更短，只有二尺八寸。武学有云：“一寸长，一寸强；一寸短，一寸险。”同样用的是判官笔，笔法却是大为不同。

南宫旭双笔交叉穿插，一出手就是欺身进击的险招，左笔点对方的阴矫、阳维两处经脉的穴道，右笔点任脉、督脉两处经脉的穴道，楚天舒喝道：“好个双笔点四脉的功夫，可惜你练得还未到家！”四笔相交，叮叮之声不绝于耳，南宫旭冷冷说道：“哪点没到家，倒要请教！”

楚天舒道：“据我所知，连家笔法的最高境界乃是四笔点八脉！”原来山西连家乃是世传的点穴名家，南宫旭的师父就是“连家笔”的掌门人连城虎，在同门中功夫最好，可说已是尽得连家的衣钵真传。他听了楚天舒的话，冷笑说道：“四笔点八脉的功夫是要两个人合使的，你懂……”话犹未了，只见楚天舒摇了摇头，一副似笑非笑的神气。

南宫旭蓦地想起一个和师门有关的故事，三十年前，他的师父连城虎和他的师叔连城璧联手合斗当时的天下第一高手金世遗，金世遗一个人就能施展四笔点八脉的功夫，把他的师父师叔打败。据说金世遗是双手各执一支判官笔，口里咬着一支判官笔，脚指也挟着一支判官笔的。这个故事，是他出师之后，别的武林前辈告诉他的。他兀是半信半疑。

他本来想说“你懂不懂”的，想起这个故事，不敢说下去了，却道：“难道你会使四支判官笔吗？”

楚天舒道：“我不会使，但我楚家的笔法却不是以多为胜的。我还未练得到家，要是练得到家，一支判官笔已经足够！”说话之间，笔法已是倏然一变，虽然只是两支判官笔，却幻出了千重笔影，笔法之奇诡，即使是南宫旭也感到难以捉摸。

南宫旭赞道：“惊神笔法果然天下无双，不过你也未必就能胜得了我！”

这话倒也不是虚言，论笔法他的双笔点四脉虽然比不上楚天舒的惊神笔法，但临敌的经验却老练得多，功力也要比楚天舒略胜一筹。楚天舒的判官笔比对方长了四寸，本来可以发挥“一寸长，一寸强”的优点的，但因内力不及对方，优点却被抵销了。反而是南宫旭那对二尺八寸长的判官笔，充分发挥了“一寸短，一寸险”的优点。一个奇诡莫测，一个阴狠异常，四支判官笔打得难分难解。

另一对申洪和武鹰扬也是打得难解难分，申洪练的是大摔碑手，武鹰扬练的是鹰爪功，双方用的都是刚猛力道，硬碰硬接。

过了半柱香时刻，楚天舒和南宫旭这对仍是互为攻守，大家和初上场时一样的身手矫捷，未露疲态。申洪和武鹰扬这对，却是额头见汗，双方都已气喘可闻了。申洪喝道：“我和你拼了！”“蓬”的一声，四掌相交，大家都不收掌，掌心相抵，变成了角力的局面。这样的局面，必定是力强者胜，力弱者败的。偏巧双方又都是气力相当，彼此都不肯退让半步。

宇文浩一看机会来到，悄悄取出毒针，轻轻弹出，三枚毒针射向楚天舒，三枚毒针射向申洪。他被齐勒铭废了武功，内力是完全失了，但发暗器的气力还是有的，准头也还是和从前一样。

楚天舒和南宫旭正在斗到紧处，南宫旭步步进逼，楚天舒双笔盘旋，势若游龙。射向楚天舒的三支毒针究嫌劲力不足，被笔风一荡，迅即被他盘旋飞舞的双笔绞成粉碎。

射向申洪的那三枝毒针，却因申洪的全身气力都已放在掌心，双脚又似打桩一样钉在地上的，三支毒针，只能勉强避开一支，另外二支，都射到他的身上。

申洪大吼一声，双掌松开，登、登、登倒退三步，喝道：“龟儿子，我先毙了你！”武鹰扬如影随形，跟踪急上，申洪腾不出手来去打宇文浩，只好咬实牙根，和武鹰扬恶战。武鹰扬知道他是想在毒发之前和自己拼个两败俱伤，他倒不忙于求取速胜了，只是紧紧地缠着申洪，不让他有脱身的机会。

但申洪那声大喝却提醒了楚天舒，他和南宫旭是半斤八两，要摆脱南宫旭的缠斗，在他来说还是做得到的。他一招“星汉浮槎”，笔花错落，趁着南宫旭应接不暇之际，一个转身，就向宇文浩扑去。

宇文浩功力已失，要想躲避，哪还能够？楚天舒还没抓着他，他已是吓得双腿一软，站立不稳了。

就在此时，忽地有一片黄砂向着楚天舒吹来，楚天舒见并未起风，却有黄砂吹来，立知不妙，赶忙以劈空掌打出，但已吸进一点毒雾，脑袋晕眩了。

楚天舒抱着同归于尽的决心，飞身扑向宇文浩，咕咚一声，宇文浩早已倒了下去。说时迟，那时快，南宫旭的双笔亦已指到了楚天舒的后心。

突然有一个人挡在他们中间。

穆娟娟来得正是时候。她衣袖一挥，挡着楚天舒双笔，楚天舒认得是她，当然只好止步了。

南宫旭吃一惊道："老夫人，你、你怎么……"话犹未了，只觉异香扑鼻，登时全身麻软，再也发不出力道了。他这才看得清楚，叹口气道："原来我是认错人了！"

这变化突如其来，正在和申洪交手的武鹰扬也不禁大吃一惊。申洪是拼命进击的，一掌将他打翻。但在击倒对手之后，申洪亦已是精疲力竭，再也支持不住了。他和武鹰扬几乎是同时晕倒的。

宇文浩死里逃生，只道穆娟娟是来帮他，大喜说道："多谢姨娘，请你把这小子……"

楚天舒也是又喜又惊，同时说道："齐夫人，你因何不让我……"

两人的话都只是说到一半，穆娟娟便即笑道："天舒，你怎能还叫我做齐夫人？漱玉虽然不是我的亲生，你似乎也应该叫我一声岳母呀！"接着对宇文浩道："他不是什么小子，他是我的女婿，你知道么？"

宇文浩大惊之下，晕过去了。

楚天舒吸进了一点毒雾，昏眩之感，越来越甚，神智渐渐也模糊了。他听到穆娟娟最后的一句话是："姨甥虽然没有女婿亲，但他是被废了武功的，所以即使不讲亲情，我也不能让你杀他。"

四个人晕倒三个，唯一没有晕倒的只是内功造诣最高的南宫旭，虽然他的内力亦已使不出来了。

“你刚才叫我什么?”穆娟娟问他。

忽听得有个声音道:“娟娟，你应该知道他是在叫谁。不错，我就是在他们背后指使他们的人。你要难为他们，先得过我这关!”正是:

真假银狐同出现，是非恩怨共纠缠。

欲知后事如何?请听下回分解。

第十一回　劫后重逢　现身幽谷
　　　　　孽由自作　曳尾泥涂

飞凤已经飞走了

穆娟娟悚然一惊，失声叫道："你莫非就是我那未见过面的……"

那妇人以尖锐急促的声音，像利刀一样切断她的话："你不管我是谁，你说出来我也不会认你！"

穆娟娟道："原来你老人家还在人间，可否现身让我拜见？"

那妇人冷冷说道："我又老又丑，只怕吓坏了你。你把我当作死了好了。"

穆娟娟这才想起，这个人是最不喜欢别人说她老的，忙道："晚辈不是这个意思，你如果不喜欢我叫你老人家……"

那妇人说道："你怎样叫我，我都不在乎。"

穆娟娟道："那么你，你，你是否可以让我一见？"

那妇人道："你想和我交手吗？"

穆娟娟道："晚辈不敢。"

那妇人道："既然不敢，那就不必相见了。我让你把楚天舒带走，宇文浩你给我留下！"

南宫旭吃一惊道："你老人家把这小子放走，我们如何向山主交代？"

那妇人哼了一声，说道："你们这两个多嘴的家伙，坏了我的事情，还想活着回去吗？"

只见一片黄砂罩下，转瞬之间，南宫旭和武鹰扬都化成了一摊血水。

穆娟娟的使毒本领，未必比不上这妇人，但这等狠毒的手段，却是令得她也不禁毛骨耸然。慌忙左手提起申洪，右手提起楚天舒，赶快离开。

天已黑了，卫天元守在爷爷的病榻旁边，等候师婶回来。

师婶还未回来，师叔先回来了。

齐勒铭是帮他去找上官飞凤的。他和卫天元住在宾馆，前往上官云龙父女所住的冰宫，不过一里多路。但师叔回来，还是比卫天元估计快了许多。他是吃过晚饭才去的，来回还不到半个时辰。

齐勒铭没说话，只交给他一张字条。

是上官飞凤的笔迹，写道："世事如棋，棋局解开，结也就解了。"

卫天元心里想道："她说的结，想必是指她的父亲和我的爷爷所结的梁子。"他自以为懂得"结"的意思，但整句话他好像还是在似懂非懂之间。

"她有没有说话？"卫天元问道。

齐勒铭道："她什么也没有说，不过，我想你是应该懂得她的意思的。她是要等到你从白驼山回来之后才肯见你。假如那时你对她还没变心，当然是什么结也解开了。"对这张字条的理解，两人似乎是大同小异，但这点"小异"，却是令得卫天元不能不感觉有点奇怪了。"为什么飞凤老是怀疑我会变心呢？"

心念未已，脚步声已经传来，是两个人的脚步声。

只听得穆娟姐笑道："你们一定猜想不到，你们猜我是把谁带回来了？"

齐勒铭的确猜想不到，他方自一怔："难道她的姑姑竟肯跟她回来？"谜底立即揭开，跟在穆娟娟背后的是楚天舒。

楚天舒吸进的毒雾，穆娟娟早已替他解了。但由于齐楚两家的关系甚为复杂，他站在齐勒铭的前面，却是不禁有点尴尬。

穆娟娟笑道："害什么臊，你还不上前叩见……"

她要说的是“岳父”两字，按说齐勒铭和楚天舒都是应该知道的，但齐勒铭却不等待她把这两个字说出口来，就截断她的话了。

他说的是：“原来是楚贤侄，不必多礼。你不知道，我可正在需要你的帮忙呢。”

齐燕然受了伤，需要楚家那功能培元固本的灵丹，楚天舒是早就从穆娟娟口中知道的。他奇怪的是，齐勒铭对他的态度虽然好像是已经把他当作自己人，但似乎还不想将他当作女婿。

“齐老前辈所遭的意外，伯母已经告诉我了。”楚天舒说道：“这三颗药丸请伯父赏面收下。可惜我带的不多，不知够不够用？”

齐勒铭笑道：“齐家的大补丸功效不在少林寺的小还丹之下，有两粒已经够了。不过，这样珍贵的药物……”

楚天舒忙道：“齐老前辈曾经救过我一条性命，这几颗药丸算得了什么？”

穆娟娟忍耐不住，说道：“什么伯父、伯母、贤侄、老前辈的，他和玉儿彼此相爱，我亦已替你作主，同意他们的婚事了，你们翁婿二人怎么还是这样称呼？”

齐勒铭道：“楚贤侄，你是不是真的喜欢我的玉儿？”

楚天舒低下了头，说道：“我本来不敢高攀，要是伯父不嫌弃的话……”

齐勒铭道：“你要娶的又不是我，我也没有问你是否认为自己配不上我的玉儿，说什么高攀不高攀的干嘛？我只问你是不是喜欢我的玉儿！”

穆娟娟笑道：“你这人怎的这样死心眼儿，他是在求你许婚呀！他要是不喜欢咱们的玉儿，还会求你吗？”

齐勒铭道：“我还是要他亲口说出来才算。”

楚天舒只好红着脸答了一个“是”字。

齐勒铭道：“漱玉的爷爷这次上了白驼山妖人的当，目前我还没有工夫去找白驼山主算账，你愿不愿陪卫天元去走一趟？”

楚天舒只道这是许婚的条件，对白驼山那个“秘密”，他也还存着好奇之心，想去探个究竟，便道：“我也曾经几次受过白驼山妖人的伤害，纵许我帮不上卫大哥什么忙，我也希望能够和他一起去的。”

齐勒铭道：“好，那么待你从白驼山回来的时候，假如你对玉儿还未变心的话，那时咱们再以翁婿相称。”

他这回答，不但楚天舒觉得奇怪：“为什么他思疑我到了白驼山就会变心呢？”卫天元更加觉得奇怪，这和上官飞凤写的那张字条，用的字眼都是一模一样。

楚天舒道：“什么时候去？”

齐勒铭道：“明天一早就去。”

楚天舒虽然没有说话，脸上的神色却已给穆娟娟看了出来，问他道：“你还有什么事吗？”

楚天舒道：“我在京城的时候，曾蒙上官姑娘救过我的性命，我想向她道谢一声才走。但现在已经夜深，不知她睡了没有，卫大哥，你可不可以替我前去通报？”

卫天元自己也正是想要求见上官飞凤而不可得的，唯有苦笑了。

楚天舒道：“卫大哥，你不方便随我去么？”

卫天元道：“你请我的师婶陪你去吧。”

齐勒铭忽道：“不必去了。天元，有件事，刚才我还未曾告诉你，上官姑娘把那张字条交了给我之后，她就下山去了。”

卫天元一怔道：“下山去了，去哪儿？”

齐勒铭道：“她急于为父报仇，已经先走一步，往白驼山去了。”

卫天元听到这个消息，大出意料之外，他呆了一呆，失声叫道：“她一个人跑去白驼山？”

齐勒铭微笑道：“你们早点睡吧，明天一早动身，或许还可以追得上她。”

卫天元恨不得马上动身，但楚天舒必须好好睡一觉才能恢复疲劳，他也只好多等几个时辰了。可怜他心乱如麻，这几个时辰，他虽然是睡在床上，却是睁着眼睛，等待天亮的。

卫楚二人离开之后，穆娟娟望着丈夫，低声问道："这是怎么回事？"

"你说的是哪一件事？"

"勒铭，请你别在我的面前装糊涂了。你应该明白我说的是什么。"

齐勒铭如有所思，许久都不作声，忽地说道："娟娟，咱们现在总算是名正言顺的夫妻了，想起以前的事情，我真是对不住你。"

穆娟娟道："以前的事还提它干嘛？"

齐勒铭道："不，前事不忘，后事之师。咱们过去所受的教训，提一提还是有好处的。"

他不理会穆娟娟的反对，继续说下去道："其实从我们初相识那天开始，我就觉得，我和你乃是臭味相投的。"

穆娟娟心里甜丝丝的，佯嗔道："别说得这样难听好不好？"

齐勒铭的表情却是甚为严肃，说道："我心里本来是喜欢你，但我不敢和爹爹说。"

穆娟娟道："我明白，你当时是有难处。"

齐勒铭道："你还未知道我要说的是什么呢。别打岔，听我说完了你再说好不好？"

穆娟娟心中一动，忽地省悟，知道他之所以要重提旧事，不仅是向自己表示歉意那样简单了。

她抑制心头的激动，默不作声。齐勒铭继续说道："后来爹爹和我提亲，庄家和齐家门当户对，庄英男的人品面貌以及武功，也都是女子之中罕有的，（说至此处，他顿了一顿，见穆娟娟并无不悦神色，还点了点头。他才放心说下去。）我不敢反对严父之命，也提不出反对的理由，说老实话，当时我还多少怀有一点幻想的，自己也不知道自己真正喜欢的是谁，于是也就无可无不可地答应了这头亲事了。"

穆娟娟道："勒铭，我并没怪你。"

齐勒铭道："我知道。谁也没有错，只是错配了姻缘。如果当初庄英男嫁的是楚劲松，我娶的是你，大家都可以少受许多苦痛！"

穆娟娟道："现在改正也还不迟。"

齐勒铭道："但我可不愿玉儿重蹈咱们的覆辙。"

穆娟娟道："所以你要试一试楚天舒是不是真心喜欢玉儿。"

齐勒铭道："不错。因为他现在是被蒙在鼓里，如果在他知道一切真相之后，他还是一样喜欢玉儿，我才能够放心。"

穆娟娟道："你怀疑他心里爱的还是姜雪君？"

齐勒铭道："卫天元和楚天舒都曾经爱过姜雪君，或许卫天元爱得更深。但感情的深浅，如人饮水，冷暖自知，外人是很难猜测的。"

穆娟娟道："感情也是会变的！"

齐勒铭道："不错，但若不试它一试，又焉能得知？"

穆娟娟道："如此说来，我热心撮合他们这两对姻缘，可能是做错了？"

齐勒铭道："目前是尚未能下断语的。但不管结果如何，我都不会怪你。我知道你的苦心，你是想消解齐楚两家的怨恨。而玉儿配给天舒，这段婚姻，也的确是门当户对。"

穆娟娟道："就像你当初娶庄英男一样。"

齐勒铭道："的确是有许多相似的地方。但表面的相似也未必就是真的一样。"

穆娟娟道："但你要天元和天舒到白驼山去，不怕所担的风险太大吗？撇开白驼山主这个强敌不谈，那一局残棋，又如何收拾？"

齐勒铭笑道："解铃还需系铃人，你我二人，恐怕也是要到白驼山一趟的。不过，咱们当然不是和他们同行，事先也不必让他们知道。"

穆娟娟喃喃自语："解铃还需系铃人？"苦笑道："我在白驼山的安排，你，你敢情是早已知道了？"

齐勒铭笑道："知妻莫若夫，你虽然不说，却又怎能瞒得过我？"

穆娟娟道："我不是想要瞒你，只是……"

齐勒铭道："用不着和我解释了，我已说过，不论你做的什么事情，我都不会怪你。"

穆娟娟低声道："我心中却有不安。"

齐勒铭道：“你觉得对姜雪君不住？”

穆娟娟叹道：“她的遭遇也实在是太惨了。秘魔崖那出戏虽然不是由我编排，多少我也有点责任。”

齐勒铭道：“所以我虽然希望天舒与玉儿能偕连理，但若是不给他一个选择的机会，对姜雪君也是有欠公平的。”

穆娟娟道：“你打算几时动身？”

齐勒铭道：“他们一走，咱们跟着就去。”

穆娟娟道：“爹爹的病，谁人料理？”

齐勒铭道：“这你倒可以放心，上官云龙和爹爹不过是争一时之气，刚才当着他女儿的面，他早已答应替我照料爹爹了。”

穆娟娟道：“他是要你帮他女儿？”

齐勒铭道：“不尽如此。爹爹和他其实也都是彼此佩服对方，惺惺相惜的。不过他们的脾气也都很硬，要是有第三者在旁，不管这第三者是谁，他们心里的话就不肯说出来了。所以我敢担保，咱们一走，他们两位老人家就会和好如初。”

穆娟娟忽地叹道：“我们曾受过上官云龙的恩惠，我和飞凤又特别投契。说老实话，我倒是有点为她担忧呢。”

齐勒铭道：“因为天元比天舒更易变心吗？”

穆娟娟道：“楚天舒不过对姜雪君曾经动过追求之念而已，怎能和他们的青梅竹马之交相提并论？”

齐勒铭道：“不错，卫天元可能是爱姜雪君爱得更深。”

穆娟娟道：“但据我所知，上官飞凤爱他，绝对不在姜雪君爱他之下。如果给天元知道她用的手段……”

齐勒铭笑道：“那也只是因为她要获得她心爱的人罢了。我倒觉得她用的那些手段不算过分。”

穆娟娟叹道：“不错，当初我也曾经不择手段，只为要获得你，你也原谅了我。但只怕卫天元未必也能和你一样。”

卫天元可不知道有人为他担忧，他现在最着急的事情就是要赶快追上上官飞凤。

可惜他一直没有上官飞凤的踪迹，现在已经是他和楚天舒同行的第五天了。

两人之间的芥蒂早已消除，一路同行，有说有笑，倒是不觉寂寞。楚天舒把自己在北京那段遭遇，也和卫天元说了。

最令得卫天元大惑不解的是：“原来飞凤曾经救过楚天舒的性命，这件事情，为什么她从来没有和我说过呢？”不错，在北京那段日子，发生的事情太多，但这件事情可不是一件小事，按说上官飞凤是不该忘记对他说的。

蓦地他想起上官云龙禁止女儿和他来往之时，说过一句气愤的话：“莫让人以为你是千方百计想要他！”上官飞凤救了楚天舒，自己却不露面，却故布疑阵，借此制造机会，让楚天舒与齐漱玉作伴，让他们从共同患难之中增进感情，这是不是也属于“千方百计”之一呢？

想至此处，卫天元不觉心中暗自笑道：“不管飞凤做这件事情是何用意，即使她是怕师妹缠住我不放才用这移花接木之计，那也不能说是损人利己的诡计。若是对大家都有好处的‘诡计’，我们宁愿她多有几条这样的‘诡计’。唔，她不把这件事情告诉我，莫非就是怕我取笑她千方百计想要嫁给我吧？”

他自作聪明，又再想道：“怪不得她屡次问我：‘假如你知道我做了什么对不住你的事情，你也肯原谅我吗？’敢情她所指的就是这一件事？”

不知怎的，他忽地又想起姜雪君来，爷爷曾误信谣言，以为姜雪君是给上官飞凤害死的，好在他知道这件事情的真相，已经在爷爷面前替她辩解了。

“好在我知道雪君之死与她无关，否则我恐怕也会像别人那样误会她的。但假如雪君还没有死的话，她是不是也会使用诡计，令我和雪君分开呢？就像她曾经做过的那件事一样，令我和师妹分开？”

他打了一个寒噤，但最后还是这样想道：“我怎能这样怀疑飞凤的品格，我和雪君的感情和我对师妹的感情大不相同，这是飞凤早就知道了的，她怎会这样做？”

他的心事不敢和楚天舒说，楚天舒心里藏着的那个秘密也没有和他说。

两人一路同行，不知不觉，这一天已经来到了白驼山了。不过从开始登山到攀上主峰，以他们的轻功，恐怕最少也得攀登两天。

白驼山的主峰就叫骆驼峰，山上冰雪覆盖，远远望去，当真是活像一头大骆驼，头东尾西，铺着满身白色的绒毛。这天他们拂晓登山，傍晚时分，方始走到骆驼峰的腰部。饶是他们功力深湛，亦已不禁有点劳累的感觉了。他们在树林里找了一个比较平坦的地方搭好帐幕，准备早点睡觉，明天继续登山。

山上气候奇寒，他们携带的干粮都变得好像冰块一般的又冷又硬了。

卫天元道："这几天嘴里真是淡出鸟来，待我去猎两只雪鸡回来开开斋吧。"

楚天舒道："天色已晚，还能找到雪鸡么？"

卫天元道："正是要趁天色入黑这段时间，雪鸡回巢，才容易找。打猎我比你有经验，生火烧水的事情就麻烦你啦。"楚天舒情知他是要把比较容易的工作留给自己做，但打猎的经验他也自知是的确不及卫天元，只好答应这样分工。

卫天元的运气倒是不坏，走了没有多久，便发现一头雪鸡。但那头雪鸡也发现了他，迅速跑入冰塔群中。

雪山上有许多亘古不化的冰雪，日积月累，越堆越高，如柱如塔。现在出现在卫天元面前的冰塔群约有十几个之多，排列得好像阵图一样。

卫天元被雪鸡引入冰塔群中，忽地听得好像有人轻轻叹了口气。

卫天元心头一震："莫非又是飞凤假扮雪君来吓我么？"他想起那一次在回到保定老家的晚上，也曾发生同类的情形，当时他在听到女子的叹息之后，立即追觅，还依稀看见一个好像姜雪君的影子。但可惜还未追上，就遭遇敌人的伏击，后来幸得上官飞凤出现，与他联手，击败敌人。他也才知道，原来他所见的那个女子，其实就是上官飞凤，她是故意模仿姜雪君的装扮跟踪他的。不过，尽管他已经知道不是姜雪君，但每想起那天晚上的情形，还是有点疑真疑幻。不是他不相信上官飞凤的说话，而是他太过思念姜雪君的缘故。心底里还在希望姜雪君仍然活着，甚至，即使只是姜雪君的幽灵出现，他的心里也感到安慰。

现在又发生同样的情形，“好，不管你是人是鬼，我非捉住你不可!”一回头，只见在一个冰塔下面，站着一个女子，女子面上蒙着黑纱。

“雪……”“君”字还未叫出来，他就呆住了。这女子穿的是姜雪君的一件衣裳，他见过这件衣裳的。但这个女子却不是姜雪君。假如是姜雪君的话，即使是披着面纱，他也认得出来的。

蒙面少女藏身冰塔群中，若隐若现。但还是给卫天元追上了。

不是姜雪君，也不是上官飞凤。

唯一可以肯定的是：她是人，不是幽灵。因为冰壁上有她的影子。根据古老的传说，鬼魂是不会有影子的。

“你是谁?”卫天元的声音都不觉有点颤抖了。

“你为什么要知道我是谁?”这女子的音调平平淡淡，一点吃惊的表现都没有。好像她“忽然”碰上卫天元这件事，本来就是在她意料之中的。

卫天元呆了一呆，一时间不知怎样回答才好。只能想到什么就说什么。

“你这件衣裳……”怎样才能把事情说清楚呢?

“我这件衣裳有什么不对吗?”

“你这件衣裳好像、好像……”

“好像怎样?”

“好像和我一位朋友的一件衣裳一模一样。”

“你以为我是偷她的?”

“不是……”卫天元已经看得清楚，只是相似而已，并非姜雪君原来那件衣裳。那件衣裳是染有血渍的。

“既然不是还有什么好问?”

“就只是有点奇怪、奇怪……”卫天元不知怎样说下去才好。心里在想：“这神秘女子一定是和姜雪君相识的，见过她的这件衣裳。”

他还未想好怎样用说话试探，那女子忽地把手掌摊开。

她的手心有一块心形的小石头。

卫天元好似着了邪法似的，忽地跳起来，向那女子扑去。

那女子一闪身退到冰岩后面，淡淡说道："这也是你的朋友之物么？就算是，你也不能抢我的呀！"

原来这块石头正是卫天元小时候和姜雪君拾取的。本来有两块的，形状都差不多的相同两块。更巧的是，两块石头上的花纹都像一只鸟儿，卫天元把它们戏称为"鸳鸯石"，自己收藏一块，把另一块"鸯石"送给姜雪君。

天色虽然将近入黑，但冰壁的反光已是足够他连石头上的纹理都看得清楚了。他不相信天地间还有这样相似的一块石头，一定是姜雪君那块原石无疑。

"这，这块石头，你怎样得来的？"

那女子不答，跑出冰塔群。

轻功倒是不弱。

花自飘零水自流

卫天元急步追赶，叫道："你一定知道她的消息，她究竟是死是活，请你告诉我……"

那女子既不停步，也不回头，但却轻轻叹了口气，说道：

"花自飘零水自流，你何苦还是如此执着。"

"花自飘零水自流！"卫天元不由得陡地心头一震了！细味语意，"莫非雪君、她、她还在人间？"

"她在哪里？她在哪里？"卫天元大叫。

那女子只是平平淡淡说了四个字，"你随我来！"卫天元问的其他问题，她都不回答了。

卫天元亦步亦趋地跟着那个女子，深入林海雪原，那些不知名的树木又高又大，在别的地方，七八丈高的树木已算罕见的大树，在这里却属寻常。卫天元只凭目测，高达十几丈的大树也很不少。千奇百怪的石头和冰岩更如星罗棋布，触目皆是。但卫天元哪里还有心情欣赏林海雪原的奇景，他的眼睛里只有那个女子。

忽地眼前出现一片黑压压的危崖，那女子停下脚步。

卫天元一愕道："这里鬼影也没一个，你和我到这里来做什么？"

那女子道："你自己爬上去一看！"

卫天元这才发现在这座悬崖峭壁的上方，有一道形状狭长好像用利剑劈开的缺口。当下施展轻功，攀到那个弯月形的缺口朝下一望。这一望登时止步了。

他刚从不见天日的林海中出来，此时只觉眼前一亮，原来下面是个在山峰围绕下的小山谷，地势比较开阔。对面的山峰上有股清泉，注入一个方圆数十丈的小湖中。清泉后面有一丛野花，湖中有闪光的浮冰和零落的花瓣。此时月亮已是高挂天空，山谷四周又都是冰壁，月光、雪光、湖光，交相辉映，卫天元的目力本来异乎常人，下面的景物看得清清楚楚。

令他发呆的不是景物，是人！

一个白衣少女，坐在湖边，正自把那些落花拾起来，一片片地抛落湖中。

"花自飘零水自流！"莫非除了原来的涵义之外，还是指眼前这幅"图画"的？那个神秘的蒙面女子有心指引他来看这幅"图画"？

因为把花瓣抛落湖中的白衣少女不是别人，正是他曾为之神魂颠倒的姜雪君！

他呆了片刻，忍不住大叫："雪君，雪君！原来你还活在人间，我在这里，你看得见我么？看得见我么？"

姜雪君站起身来，娇躯好像花枝乱颤，手中的花朵尽都落在湖中。

她抬起头来，一脸茫然的神态。

卫天元贴着石壁，上半身都已露出缺口外面了。他不知姜雪君看见他没有，但从她的动作看来，最少可以断定，她已是听见他的声音了。

"雪君，雪君，我找你找得好苦，你听见没有？你应我呀！你应我啦!”

姜雪君还是没有应声。

莫非她是因为惊喜交集，说不出话来了?

但她也不过呆了片刻，忽然就像受惊的小鹿一样，躲进野花丛中。

只是花枝摇动，但却已看不见她了。

那个冰湖的后面，是云封雾锁的幽谷。显然她已跑进幽谷去了。

峭壁百丈，多好的轻功也是无法从这铺满冰雪的峭壁爬下去的。

卫天元回过头来，叫道:“你带我到这里来，你总有办法帮我和雪君见上一面吧?”

他想求助于那个神秘女子，不料仔细看时，那女子已不知到哪里去了。

姜雪君不见了，唯一可以帮助他的人也不见了。

难道就此罢休?不，不，他怎也不甘心就此罢休的!

在峭壁的上方，正是靠近缺口之处，有一株横伸出来的古松，松树上倒挂着无数枝藤，卫天元把一枝蟠绕的枝藤拉开来，越拉越长。他站立的地方无法退后，因而也就无法把这一枝藤条尽数拉开，但估计最少也当有七八丈长。

谷下面有一棵云杉，这棵云杉笔直高耸，估量也有十来丈高。

卫天元人急计生，蓦地得了一个主意。要是抓牢这枝藤条，好像荡秋千一样荡过去，把距离拉近，再跳下去，就可以攀着云杉了。雪山上的野藤韧性甚强，就是用刀来割，也不容易将它割断的。一个人的重量，料想这枝野藤当承受得起。

用这个法子下去，当然还是要冒一些风险的，但此时此际的卫天元，即使要他去闯鬼门关他也愿意，何况冒此区区风险?

他几乎想也不想，马上就握着藤条的一端，用力一拉，向前荡去!

卫天元身子悬空，忽地只觉得身子一轻，那条韧力特强的野藤竟然断了!卫天元登时就像断了线的风筝，一个倒栽葱，跌下那深不可测的幽谷！

那蒙着面纱的女子发出冷笑，说道："卫天元，你变了鬼去会姜雪君吧。但你可以放心，我答应你的事情，一定能够做到。我要好好给你安排这一场幽冥会。让你不但可以在鬼门关上见到姜雪君，而且你还可以见到你的好朋友又兼情敌的楚天舒。"

她嘴里发出冷笑，手中则是拿着一把锋利的匕首，那条野藤就是给她这把匕首割断的。

在冰峰上生火可不是易事，把坚冰凿开，烧成开水，更花时间。楚天舒东寻西觅，捡了一堆枯枝，用一块石头猛力敲击，发出火星，好不容易才把枯枝点燃。他随身携有水壶，把凿下来的冰块放入水壶，待到冰块烧成开水，月亮早已升起来了。

左等右等，卫天元还未回来。

楚天舒禁不住心中苦笑了。"也不知他猎到雪鸡没有？就只怕烤雪鸡还未吃到口，这壶开水又要变成雪水了。大冷天时喝雪水可不是滋味！"

左等右等，不见卫天元回来，肚子已是饿得咕咕作响，只好把开水送炒米饼，先吃个半饱。只觉这几块炒米饼滋味无穷，心中暗暗好笑："看来我大概是只有吃干粮的福分了。"

他吃了半饱，坐在火堆旁边，暖洋洋的好不舒服，不知不觉，睡意袭来，眼皮已经合上。忽听得有脚步声走来，他没好气地说道："天元，你怎么这个时候才回来，雪鸡你自己吃吧，我要睡了。"

奇怪，脚步声似乎已经走到自己的身边，但却听不见卫天元说话。

他睁开眼睛，只见一个蒙面人站在他的面前。卫天元是没有道理蒙着面回来的！

莫非是在梦中？他赶忙揉揉睡眼，看清楚了，果然不是卫天元，从体态上可看得出来，是个女子！

这一下登时把他的睡意吓跑了，他站了起来，问道："你是谁？"

那个女子不说话，却把手掌摊开，掌心有一片碎布。他认得是和卫天元那件衣服同一样的布料！

楚天舒这一惊非同小可，叫道："是不是卫天元出了事了？"

那女子道："我不知道你说的那个人是谁，我只看见一个人追赶雪鸡，从悬崖上跌下去了。"

楚天舒大惊道："他怎么样了？"

那女子道："那个地方，我爬不下去，不知他生死如何。但我想，攀登雪山，多半是结伴同行的，所以我就朝着火光走来。他是你的同伴吧？"

楚天舒道："不错，他在哪里，请……"

那女子不待他说出请求，便道："你随我来！"

救人如救火，楚天舒无暇考虑，只能立即跟她走了。

走了一程，楚天舒发觉这女子的轻功相当不错，此时他亦已稍微冷静下来，不觉对这女子起了疑心。

她的轻功好还不出奇，她能够在这样高的雪山上居住，当然不是普通的女子。

最令他感觉奇怪的是，这个女子虽然是蒙着面，但他也有似曾相识的感觉。还有一点，她的声音也很特别，一听就知是捏着嗓子说话。

"莫非她是和我相识的人，不愿意给我看出她的本来面目？"

他忍不住发问："姑娘，你好像是中原人氏吧，你的家就是住在这里吗？"

那女子道："你是不是要问清楚我的来历，才敢放心去救你的朋友？"

楚天舒想不到她的反问如此锋利，只好说道："姑娘，我不是疑心你，只是有点好奇。"

那女子冷冷说道："我是来帮忙你救朋友的，不是来满足你的好奇心的。你知不知道我们这里的规矩，要不是因为人命关天，我根本就不会来见一个陌生的男子！"

少数民族有许多奇风异俗，妇女出门要蒙着面纱，非必要不能见陌生的男子等等，已经算是比较普通的风俗了。

楚天舒暗自想道："即使她是白驼山的妖人，这个险我也还是非冒不可的。否则，倘若卫天元真是出了事，我不去救他，谁去救他？"

这晚月色明朗，他跟那个女子走到那面峭壁之下，只见荆棘丛中，隐约还可以见到几点血迹。卫天元的衣裳就是被荆棘勾破的。不用这女子对他说，他也想得到了。

"我那朋友呢？"他的心不禁怦然剧跳了。

"今晚的月色很是不错，……"那女子好像自言自语，抬起头来，却不看他。

楚天舒道："喂，我在和你说话，你没听见吗？我的朋友在哪里？"

那女子也不知听见没有，她抬头望了一望，继续说下去道："今晚的月色很是不错，我想你会看得见他的。"

楚天舒跟着她目光注视的方向，这才发现悬岩上方有一个眉月形的缺口。

"你说从这个洞口望出去，可以看得见他？"楚天舒问道。

那女子道："已经隔了一个时辰，我不知道他是否还躺在那里。不过，你看一看不就知道了，何必问我？"

楚天舒心里起疑："他追赶雪鸡，怎会从这个缺口跌下去？"但既然来了，又怎能不看一个究竟？他的轻功不及卫天元，恐防有失，就把判官笔拿在手中，万一失足的话，把判官笔插在峭壁上，也可定住身形。另一方面，他拿出武器，当然也有提防那个女子的用意。

那蒙面女识破他的心思，心里冷笑："只要你朝外一看，担保你非惊喜交集不可。好，我且欲擒先纵，等待最适当的时机方始下手。"

"这峭壁我没气力爬上去，我到那边歇歇，下来你再叫我。"她走到峭壁的一边有石头挡风的地方坐下来，楚天舒在峭壁上看下来，已经看不见她了。

楚天舒放开一重顾虑，暗笑自己的多疑。爬到那个缺口旁边。

缺口是勉强可以容得一个人爬出去的，楚天舒的头还没有完全伸出去，已经可以看得见谷底中心部分的情景了。

他看见一个白衣女子跪在地上，动作甚为古怪，好像在埋什么东西。

第一眼还看得不怎样清楚，只觉这个女子好像是和他熟识的人。

再看一眼，他的一颗心就几乎要从口腔里跳出来了！

她、她不是姜雪君吗？

他张大了口，还未曾叫得出来，忽然嗅到一股脂粉的香气。

就在他的鼻子底下，他发现了石壁上有四个字。这四个字是："当心暗算！"

"当心暗算！"这四个字是用剑尖在石壁上刻出来的。大概是因为要引起他的注意，刻的字上涂了厚厚的一层胭脂，这种胭脂有强烈的香气。

他本该早就发现的，只因刚来到缺口之时，他的全副心思都放在探索卫天元的这件事情上，纵然是近在鼻子下面的事物，他也无暇注意了。

但当他一发现这四个字时，这可是生死攸关的事情，此时虽然有姜雪君在他眼前出现，他也只能把注意力转移了。

幸亏他转移得快，就在此时，忽地有一根木棒在他背后猛力一撞！

他给撞得整个身子都出了缺口，但他小臂一弯，也挟着那根木棒。

用木棒猛撞他背部的人，不问可知，当然就是那个蒙面女子了。

原来这女子熟悉地形，她是从峭壁另一边爬过来的。那一边的石壁没有这一边陡峭，更容易爬。她借物障形，趁着楚天舒心神不定之际，悄无声息地就爬到他的背后。

幸亏那四个字提醒了他，虽然还是迟了一些，但还是刚好来得及挽救他的性命。

他左手的判官笔用力一插，插入石壁，定住了他的身形。

那个女子的木棒被他挟在胁下，上半身也给他拖出了缺口。

登时展开了一场惊险绝伦的悬崖搏斗！

但这是一场强弱悬殊的悬崖搏斗。楚天舒的气力或许还是比那女子大一些，但强者却不是他，是那个女子！

因为形势对他太不利了！

他是用一支判官笔定住身形的，脚尖撑住石壁，只能用另外一支判官笔抵抗那个女子的攻击。

那个女子只是上半身露出缺口，她的双脚还是踏着实地的。不比楚天舒几乎是整个身子悬空。

那女子早已抽出木棒，居高临下地猛打他的头部。楚天舒的一支判官笔难以遮拦，他还要用大半的气力抓牢那支插在石壁上的判官笔，要插得深些、更深一些才能支持他的体重。

眼看就要支持不住了，楚天舒心里叹了口气："想不到我莫名其妙地命丧荒谷，暗算我的人是谁都不知道！"他一发狠，判官笔脱手向那女子飞去，只盼能够与她拼个同归于尽！

楚天舒这一掷用了全身气力，锐不可当。蒙面女子举棒一挡，虎口也给震裂。"当"的一声，她的木棒脱手飞出，跌下谷底。楚天舒那支判官笔却是余势未衰，几乎是贴着她的肩头飞过，刺破她的衣裳，笔尖在她的肩头划开了一道长长的伤口。这才"噗"的一声，插入了石壁。

蒙面女子又惊又怒，把上半身缩回去，骂道："好小子，想要与我同归于尽吗！可惜你没有第三支判官笔了。哼，暂且让你苟活片刻，待会儿再取你的性命！"

楚天舒只剩下一支判官笔，这支判官笔是要用来支持他的体重的，已经深深插入石壁，一拔出来，他非跌下去不可。所以，那个女子倘若再来攻击他的话，他是根本没有武器抵抗的了。

但在山上，有的却是树木。蒙面女子给自己敷上金创药，喘息过后，用她那把锋利的匕首，削下一根粗如儿臂的树枝，不消多时，又已削成一根木棒。

楚天舒"挂"在峭壁上，气力渐渐衰弱，身形恍似风中之烛摇摇欲坠。即使那女子不来杀他，一阵狂风吹来，只怕也会把他吹跌。

蒙面女子好似“狸猫戏鼠”把木棒掂了一掂，朝他比划比划，冷笑说道：“把你一棒打死，倒是便宜了你，非得让你多吃一点苦头不可？”用匕首将那根木棒慢慢削尖，看情形，她是要把楚天舒戳得遍体鳞伤，这才将他打落谷底。

楚天舒不甘受她磨折，正想松开手自己跳下去，忽听得那女子“咦”了一声，一件奇怪的事情发生了。

她的上半身本来又已伸出了那缺口的，此时忽然第二次缩了回去。

楚天舒莫名其妙，她在搞什么鬼？一阵风吹过来，风中传来一阵奇特的音响。

好像是女性的阴恻恻的笑声，笑得令人毛骨悚然。笑声有如游丝袅空，若断若续，忽东忽西，慑人心魄！

楚天舒虽然吓得毛骨悚然，但也恍然大悟。那蒙面女子是怕螳螂捕蝉，黄雀在后。假如那真的是一个人的笑声，那人对她自是不怀好意的了。她要把上身伸出缺口，才能用木棒刺戳楚天舒，但这样岂不也正是给别人在她背后攻击的好机会？

她游目四顾，看不见有人，但那笑声，却是不停地传入她的耳朵。

蒙面女子给那笑声，吓得越来越是害怕，喝道：“你究竟是人是鬼，我不怕你，你给我现出形来！”

令她思疑不定的那个“女鬼”没有现形，她口里说不怕，心里其实是怕得要命，终于给那女鬼吓跑了。

楚天舒牢牢抓着插在石壁的那支笔杆，静观其变。笑声听不见了，那蒙面女子也没有露面了。

但他还是没有办法爬上去。峭壁结满冰，滑不留手，判官笔一拔出来，他就非得跌下去不可。

忽然有一条野藤随风飘来，反正是就快支持不住了，不如冒个险吧。他大着胆子，用空着的右手抓着野藤，野藤是从悬崖上吊下来的，他就沿着野藤爬上去。

这短短的片刻，对他来说，用“度日如年”来形容他的感觉都嫌不够，他的生命，可说是分分秒秒都在受着死亡的威胁。

假如那个蒙面女子还没有走，守在缺口的旁边，只要她用那把锋利的匕首一割，割断野藤，楚天舒是势必粉身碎骨的了！

终于爬到了那眉月形的缺口了，他钻了进去，直到脚踏实地，方始松了口气，好像从鬼门关上逃了回来。

“是谁救了我的性命，可否容我拜见？”

空山寂寂，听到的只有风声。

他是曾经攀登过昆仑山的，高山上的风声，常常杂有怪声，他也不禁思疑不定了。

“莫非那只是风中的怪声，那恶毒的女子和我一样，都是疑鬼了？”

他歇了一会，气力稍稍恢复。重新爬到那眉月形的缺口，首先把插在缺口旁那支判官笔拔出来，再利用长藤，卷着插在下面那支判官笔的半截笔杆，用力将它拔出、收回。

月亮已在天中，月色更加明朗。

他死里逃生，此时才有闲心重新观察谷底事物。

姜雪君也不见了！

难道刚才所见的那个白衣少女，那个酷似姜雪君的白衣少女，也只是他的幻觉么？

但那“当心暗算”四个字又是谁写的？

卫天元呢？卫天元的遇险是否也是那个蒙面女子诱他上当的谎言呢？

他怀着满腹疑团爬下峭壁，正想走回原来的营地。忽地听得有人走来。

是那个恶毒的蒙面女子又再回来害他们？他握着双笔迎上去，冷笑说道：“我侥幸没有给你害死！我不会再上你的当了！”

话犹未了，那个白衣女子已经站在他的面前。嫣然一笑，说道：“你以为我是谁？”

楚天舒几乎不敢相信自己的眼睛！

白衣女子并没蒙面，是姜雪君！

楚天舒又惊又喜，说道：“哦，原来是你吓走那个妖妇的！”

姜雪君一怔道：“你说什么？”

楚天舒道:“那妖妇正想害我，却被一个女子的笑声吓走，不，不是你么?”

姜雪君道:“不是我!”

楚天舒道:“那就怪了，不是你是谁?”

姜雪君道:“那个蒙面妖妇，我倒是看见她逃跑的，但并没见着第三个人。或者是你听错了吧，说不定是风声。风穿过石壁的孔穴，常会发出怪声的。有时还像哭声呢。”

楚天舒思疑不定，心道:“莫非当真是我听错了?”

姜雪君道:“许久不见了，你好吗? 听说你和齐漱玉订了婚了，恭喜你们。”

楚天舒面上一红，说道:“雪君，想不到你还活着，这真是太好了。秘魔崖之战，你是怎样死里逃生的? 又怎的会躲在这里?”他提出一串问题，心里且还有着一个疑问来曾说出，姜雪君藏在这雪山幽谷，对外界的消息又何以这样灵通。

不过他对这次的意外相逢，虽然是大为惊喜，但却没有第一次知道她是和卫天元相爱时候那样的心情激动了。因此他也就坦然地接受了姜雪君的贺喜。

姜雪君道:“我知道你心里藏着许多疑团，但我却不想说了。过去种种比如昨日死，还提它干嘛?”

楚天舒不禁又是一呆，心里想道:“不错，天元和飞凤也订了婚了，还何必撩她重提旧事?”说道:“过去的事不提，现在的事呢? 你想不想知道，我是怎样被那妖妇骗来的?”

姜雪君道:“我已经知道了。那妖妇也不是完全骗你。”

楚天舒吃惊道:“难道卫大哥，他、他真的……”

姜雪君道:“不错，他真的是从悬崖上跌下来了。就是从你刚才爬出来的那个缺口跌下来的。”

楚天舒道:“他一定也是上了那个妖妇的当的。他，他现在怎样?”

姜雪君道:“你放心，他还活着。我正需要你的帮忙，请跟我来。”

楚天舒苦笑道:“峭壁千仞，我没有那么好的轻功，怎能跟你下去?”

姜雪君道:“谁说我们要从峭壁下去?”

楚天舒瞿然一省，说道:“莫非另有途径?”

姜雪君道:“对啦，否则以我这样平庸的轻功，又怎能上来?”

“平庸”当然是自谦之辞，不过，她的轻功并不比楚天舒高明多少，倒是实话。楚天舒更加相信刚才听到的“笑声”只是风声了。因为在他认识的女子当中，除了姜雪君之外，还有谁人肯来冒险救他?但即使是姜雪君，也没有这样高明的轻功的。

他跟着姜雪君攀野藤，脚踏危石，绕过峭壁的另一边，发现一个山洞。洞口乱草丛生，藤葛纠缠，要不是有姜雪君的带引，即使他从洞口经过，只怕也不会发现。

姜雪君道:“好在那个妖妇不知还有这个山洞，否则她早就来找我的麻烦了。”

楚天舒道:“你已经知道了那妖妇是谁吗?”

姜雪君道:“我并没受到她的伤害，天元虽然遭她毒手，也没给她害死，我也懒得去猜她是谁了。”看来她已经知道那妖妇是谁，只是不愿意说出来而已。楚天舒懂得劫后的心情，不再问她。

山洞狭长，形如漏斗，越走地势越陡峭，不过总比笔直的峭壁好走，而且山洞里有许多钟乳石凸出来，形成石笋，这些石笋可以作为扶手，楚天舒的疲劳虽然还未完全恢复，倒也不觉怎样吃力。

走了约莫半个时辰，眼前豁然开朗，走出这个山洞了。出口处已是在距离谷底没有多高的山腰。

楚天舒脚踏实地，只觉有软绵绵的感觉。泥土与别处不同，深黑中泛着赭色，散发的香味也很古怪，似臭非臭，似香非香。泥土好像水分甚多，有湿润之感。

经过姜雪君的解释，楚天舒方始明白来由。原来这谷底堆满落叶、落花，千万年来，日积月累，混和冰屑，形成了这种特别的泥土。谷中地气比较温暖，因此也不会结成坚冰。

只见卫天元躺在地上，旁边有一段粗如儿臂的树桠，他的手中还握着一把出鞘的剑，一半已插进泥土。

姜雪君道:“也是他命不该绝，在离地面约十数丈处，他斩断了这棵大云杉斜伸出来的树桠，缓和了下坠之势，落地之时，又是剑先插地，那股冲力更减弱了。否则从高空落下，焉能还有命在？”

楚天舒给他把脉：见他脉息虽然微弱，却无凌乱迹象，方始稍稍放心。

姜雪君道：“他从高处跌下来，内脏虽没受伤，但身体受到震荡的影响，还是免不了的。”

楚天舒问道：“他昏迷了许久吧？”

姜雪君道：“大约一个多时辰了。”

楚天舒道：“怎的还未醒来？”

姜雪君道：“你放心，我已经给他服下了琼花玉露丸，药性是可以令他熟睡的。睡眠充足，体力才能恢复得快。明天一早醒来，他就好了。天舒，麻烦你替我照料他，最好不要让他知道是我救他。”

楚天舒吃一惊道：“你们好不容易才碰上了，怎能不等他醒来就走？”

姜雪君苦笑道：“花自飘零水自流，何必如此执着？”

楚天舒道：“雪君，你们是患难之交，我知道他对你是真情真意的，只不过他以为你已经死了，这才，这才……”

姜雪君道：“我早已和你说过，旧事请莫再提。我走啦。”

楚天舒道：“你去哪里？”

姜雪君道：“我也不知道。但总会有一个去处的。”

楚天舒暗暗叹了口气，只好让她走了。

卫天元一觉醒来，叫道：“雪君，雪君！咦，怎么是你？天舒？”

楚天舒道：“你是发梦吧，哪里有姜雪君？”

卫天元道：“我明明已经看见她的！天舒，我是不是你的好朋友？”

楚天舒道：“当然是！”

卫天元道：“好，那你就必须和我说实话，否则，纵然是你救了我，我也非得和你绝交不可！”

楚天舒无可奈何，只好说道：“她已经走了。”

卫天元呆若木鸡，半晌说道：“走了？唉，雪君，你怎能这样忍心，不肯让我见上一面？”

楚天舒叹道：“见了又怎么样？你不是已经有了上官姑娘吗？天元，请你也老实回答，你到底喜欢谁多一些。”

这句话要是在三个月之前问他，他可以毫不踌躇地回答是姜雪君，但现在要他立刻答复，他可是答不出来了。他想了一想，说道：“感情一定得有个比较的吗？她们两个对我都是一样的好，我怎能说喜欢谁多些？”

楚天舒道：“你总不能两个都娶？”

卫天元道：“那我就谁也不娶，去做和尚。”

楚天舒道：“孩子气的话！唉，不过假如换了我，我也会感到取舍为难的。我看，还是不如听其自然吧。”

卫天元默无一语，过了一会说道：“你是怎样找到这里的？”

楚天舒道：“和你一样，给那个蒙着脸孔的神秘女子骗来的。”当下把经过和卫天元说了。

卫天元听得很仔细，听罢，忽地问道：“你说，你觉得那女子似曾相识，是吗？”

楚天舒道：“是呀。好像是和我见过一两次面的人，但却不是常常见面的，否则我不会想不起她是谁。”

卫天元忽地想起，楚天舒和上官飞凤岂非只是见过一面的？

扬州那晚，在他家里厮杀了一场。因此虽然只是一面，相信楚天舒已是对她留有颇深的印象了。

不错，卫天元是对上官飞凤非常熟悉的，假如真是上官飞凤，她烧成了灰，他也认得。此际他的脑海里浮现出上官飞凤的影子，也浮现出那个神秘女子的影子，他得出的结论，还是和他第一眼看见那个蒙面女子的感觉一样：“决不会是上官飞凤！”

但由于楚天舒那么说法，他的信心却是不免有点动摇：“万一是呢？”他不敢想下去，也不敢再问楚天舒了。

“你说在那峭壁上的缺口处，有人留下提防暗算四个字？那笔迹……”

楚天舒道："不像熟人笔迹，我也想不出是什么人会来救我。"

卫天元好像抓到了一根救生草，忙道："带我上去看！"

楚天舒道："你走得动吗？"

卫天元道："要我从峭壁爬上去当然做不到，但你说有个山洞可以上去的。从这里走到山坡上那山洞的入口处，我相信是不会有困难的了。"

楚天舒也想早点出去，说道："好，那就走吧。"

上到山上，卫天元盘膝坐了一会，调匀气息，说道："行了！"当下与楚天舒互相照顾，再次爬到峭壁上那个缺口旁边。

他看见那四个字了，不仅是抓着了救生草，是吞下了定心丸了！

卫天元喘过口气，说道："是她，是她的字迹！"

楚天舒道："她是谁？"

卫天元道："上官飞凤！"

"提防上当"这四个字是上官飞凤所写，当然她就不会是那个蒙面女子了。天下决没有人在准备暗算别人的时候，却预先留字，叫那个人提防上当的道理。

楚天舒道："上官姑娘的轻功比你如何？"

卫天元道："比我高明得多。"他懂得楚天舒说这个话的意思，接着叹口气道："你听到的笑声，可能不是风声。但即使是飞凤装神弄鬼来吓跑那个妖女，她不来见我，我也没有办法找她。"想起姜雪君躲避他，上官飞凤也躲避他，心中闷闷不乐。

楚天舒道："她们都已来到了白驼山，咱们总会见着她们的。你饿不饿，折腾了一晚，我已是有点饿了。"

卫天元道："雪君给我服的那颗药丸，用的不知是什么药，我倒不觉得饿。"接着苦笑道："我答应给你捉两头雪鸡的，现在是没法交差了。"

楚天舒道："我还有半袋干粮，不过并没随身携带，留在原来的地方。吃不到雪鸡，咱们就回去吃干粮算了。"卫天元也还有一个背囊留在那个地方的。

他们走进树林，还没回到原来的地方，忽然听见风声中似乎夹有惨厉的叫声。

楚天舒吃了一惊，说道："天元，你听！这回不是我听错了吧?"

两人朝着声音来处跑去，听得更清楚了。果然是个女子的叫声。

"救命！救命！"听得令人毛骨悚然。

"你害了我，我的师父决不会饶你！"那女子大概是因为见无人来救，转而恐吓那个"害"她的人。楚天舒一听，这个声音也似曾相识。卫天元正在说道："好像就是那个蒙面女子！"不过，因为她已不是捏着嗓子说话，和蒙面女子昨晚的口音不大相同，所以楚卫二人还不敢十分肯定。

很快他们就发现了那个女子，果然就是昨晚蒙着脸孔的那个神秘女子。

她的蒙面巾还没除下，不过这蒙面巾是给楚天舒的判官笔划破了一条裂缝的，血虽然止了，还可以看见血痕。

这蒙面女子是给人用一条野藤倒吊在树上的。楚天舒骂道："你害得我好惨！"上前就把她的蒙面巾撕下。

假飞凤　假银狐

蒙面巾撕开，楚天舒如遇鬼魅，只见他张开嘴巴，却叫不出来，竟是呆了。

这个女子并不丑，甚至还可以说是个美人。他为什么好像见着鬼怪那样吓得呆了?

因为这个女子竟然是上官飞凤，太过出乎他的意料之外了！

卫天元忽地叫道："不对！"他拾起一块冰块，在那个女子的脸上用力摩擦。

那女子的一张粉脸给冰块擦得鲜血淋漓，但待至冰块尽都成了水的时候，她的庐山真貌也就显现出来了！

不是上官飞凤，是徐中岳前妻赵红眉的姐姐赵青眉。

赵青眉的丈夫死得早，妹妹出嫁之后的第二年，她的丈夫就死了，并没给她留下子女。丈夫一死，她就以大姨身份，搬到妹夫家里。后来她的妹妹又死了，她这个大姨也就“更上一层楼”，俨然以徐府的女主人自居了。

楚天舒此际惊魂方定，骂道：“原来是你这个妖妇，你为什么要假扮上官姑娘？”

倘若赵青眉只是戴上蒙面巾，或者只是扮作上官飞凤，他还可以理解，那是因为怕给他认出来的缘故。

甚至他也曾想到，赵青眉在假扮上官飞凤之后，还是害怕瞒不过他们的眼睛，这才蒙上脸孔。

但既然有此顾虑，又何必多此一举，假扮上官飞凤呢？

他实在想不通，故此虽然有许多疑问是要审问赵青眉，他还是首先提出这个问题。

赵青眉料想难获饶恕，冷冷说道：“我杀不了你，你杀我好了，多问什么！”

楚天舒怒道：“我与你何冤何仇，为什么你要害我？”

赵青眉闭嘴不答，卫天元道：“你要求死，我偏偏不让你死。天舒，用你的判官笔挑断她的筋脉，将她重新吊起来，咱们走吧。”

赵青眉大骇，厉声叫道：“卫天元，你这样折磨我，你不是人！”

卫天元笑道：“这不过是跟你学的，比起你的那些阴狠毒辣手段，我还自愧不如呢！”

楚天舒举起判官笔，喝道：“你到底说是不说？”

赵青眉叫道：“好，我说，我说！”她好像要把满腔怨愤之气都发泄出来，叫道：“凡是和姜雪君有关系的我都要杀！”

卫天元怒道：“雪君犯了你什么，你这样恨她？”

赵青眉道：“徐中岳本来答应娶我的，要不是有姜雪君这小妖精出现，令他变了心肠，我早已是坐在金谷园中，安安稳稳地做洛阳首富、中州大侠的夫人了，那是何等美事！哼，倘若她肯安分守己做徐夫人那也罢了，她一进徐门就把灾祸带了进来。她害得徐中岳家破人亡，害得我无依无靠，我为什么不能恨她！”原来赵青眉是早已和妹夫有了私情的，她的妹妹也是给她瞒着徐中岳毒死的，她一心一意想嫁给徐中岳，却想不到自以为到了口的馒头，却给姜雪君“夺”去。

卫天元怒道：“徐中岳害死她的父母，又逼她成婚，他本就该死！”

楚天舒倒是觉得她有点可怜，说道：“徐中岳该死，但她……”

卫天元道：“你以为她只是想害我们吗？有一个人已经给她害死了！”

楚天舒瞿然一省，问道：“你说的是丁勃吗？”

卫天元道：“不错，丁勃是给两个妖妇害死的。一个扮作银狐穆娟娟的模样，一个扮作飞凤的模样。那个假飞凤，一定就是现在的这个假飞凤！”

赵青眉没说话，显然已是默认。

楚天舒恍然大悟，说道：“我明白了。自从她那次假扮上官姑娘之后，想必是因为短期间难以恢复本来面目，所以就一直充下去，直到如今。”改容易貌之术，有一种是用人工加上一层面皮的，不到相当时日，硬要揭开来的话，必定疼痛难当。这就是为什么赵青眉明知骗不过卫天元的眼睛，却还要保留上官飞凤的外貌之故。

卫天元沉声喝问：“丁勃和雪君毫无关系，为什么你也要害他？”

赵青眉怕受折磨，只好招供：“因为我怕杀不了你们！”

楚天舒说道：“你杀了丁勃，就能杀得了我们么？”

赵青眉道：“我杀不了你们！白驼山主是杀得了你们的。他答应帮我报仇，我当然也得答应帮他的忙。”

楚天舒已经从卫天元的口中知道齐燕然和上官云龙发生误会的经过，对她本来有几分可怜的，此时也变为愤恨了。说道：“好阴毒的手段，当世两大高手都几乎受了你的愚弄。卫大哥，你看应该怎样处置她？”

卫天元道：“还有一件事情，我得问个明白。”

他从赵青眉身上搜出那块鸳鸯石，问道：“这块石头你是怎样得来的？”

赵青眉道：“当然是从姜雪君手上得来的。”

卫天元道：“她怎会给你，你是抢来的吧？”他奇怪的是，倘若赵青眉曾经从姜雪君手上抢了她的“随身之宝”，为什么当时赵青眉又不害死姜雪君？他希望能够多知道一些有关姜雪君的事。

赵青眉道：“你猜得不错，姜雪君是曾经落在我的手上，只恨那老尼姑——”

说到这里，突然停止。卫天元正想问她那老尼姑是谁，赵青眉忽地叫道：“师父，快来！”

卫天元吃了一惊，他也听见树林里好像是有什么声音了。

赵青眉一出声，果然便立即听得有人喝道：“谁敢欺侮我的徒儿！”

这人来得好快，声音初起之时，好像还在密林之中，转瞬间她那阴恻恻的声音，已经是震得楚卫二人的耳鼓，显然已是来到近处。听那声音，似乎是个上了年纪的妇人。

人还未到，暗器先发。一片黄砂向楚卫二人当头罩下。

卫天元上昆仑山的时候，是曾经受过这个妇人的暗算的，知道她发的暗器是毒砂。不敢怠慢，立即发出劈空掌。

他和楚天舒的掌力加在一起，虽然是因为功力尚未完全恢复，稍逊平时，但亦已足以把这一片毒砂扫荡开了。

他们立即迎上前去，看见的果然是个年约五十多岁的妇人。

而且是个面貌和银狐甚为相似的妇人。

卫天元喝道：“原来害死丁勃的主凶是你！”

那妇人道：“是我又怎样？”手中的龙头拐杖一挥，荡开了楚天舒的判官笔，击向卫天元。

卫天元怒从心起，左拳右掌，同时击出。他本是腹中饥饿，气力应该不及平时的，一怒之下，气力反而胜似平时了。

拳掌兼施，俨如铁斧开山，巨锤凿石。那妇人想不到他如此勇猛，也是不禁有点吃惊。

不过，这妇人身法轻灵，功力也在卫天元之上，卫天元加上了楚天舒，也不过仅能和她打个平手，但那妇人想要腾出来偷发暗器，却也不能。

再过片刻，卫天元忽地有点头晕目眩的感觉。原来这妇人虽然腾不出手来偷发暗器，但她的拐杖却是在一种药水中浸过的。这种药水的主要成分，就是可以用来提炼迷香的香料。拐杖盘旋飞舞，这种可令人昏迷的香气也就随风扩散了。不过，气味甚淡，在剧斗中的卫天元初时还未能觉察出来。

若在平时，以卫天元的功力，即使是点燃的迷香，他吸进去也不怕晕倒，但此际他的功力已经打了折扣，虽然也还不至于晕倒，却难免多少受点影响。

楚天舒的功力逊卫天元一筹，所受的影响更大。笔杖相交，当的一声，楚天舒的一支判官笔给她的拐杖打得从手中飞出。

卫天元抢上去接应，以龙爪手抓她杖头，左掌则是使出大摔碑手的功夫。这两种功夫，都是齐家的绝技。但卫天元此际已是强弩之末，强力施为？自己也没有把握是否抵挡得住那妇人龙头拐杖的一击。

忽然从风中传来一个柔和悦耳的声音，有人轻宣佛号，念道："阿弥陀佛！"

声音虽然柔和，那妇人却是不由得心头一震了。卫天元抓住她的杖头，大摔碑手当中一击，咔嚓一声，那根龙头拐杖断为两段。那妇人抛开手中的半截拐杖，一个细胸巧翻云，倒翻出数丈开外，退入林中，转瞬不见。

卫天元一击得手，气力也差不多用尽了，此时连手脚都似乎不听使唤了，哪里还能去追。

卫天元喘息稍定，叫道："多蒙前辈相助，可否容我们拜见？"

荒林寂寂，没有回答。

楚天舒好像自言自语，说道："一定是那个老尼姑。"卫天元道："哪个老尼姑？"楚天舒道："就是赵青眉这妖妇说的那个老尼姑。"

此时他们方始有空回过身来，只见赵青眉躺在雪地上，动也不动，卫天元用半截拐杖拨一拔她，发觉她的身体僵硬，毫无反应，这才知道她是早已死了。

楚天舒道："自作孽，不可活！"用积雪掩盖了她的尸骸。

卫天元恢复了冷静，说道："不错，听赵青眉刚才还未说完的那半句话，那次姜雪君落在她的手中，一定也是给这老尼姑救走的。"

老尼姑不肯现身，上官飞凤也不见踪迹，他们只好回到原来地方。

又一件令得他们惊喜的事情出现了。

他们一回到原来的地方就闻到一股肉香。

只见那堆火还未熄灭，不过火堆旁边却有人搬来了两块笔塔形的石头，两块石头差不多有普通人的高度；一支削尖的树枝，串着两只肥大的雪鸡，就用这两块石头作为架梁，树枝搁在石上，雪鸡吊在火堆的上方，正在烤得油香四溢。

楚天舒跳起来道："这可真是随心所欲了，你捉不到雪鸡，谁知却有人把现成的烤雪鸡给咱们弄好了。"

卫天元道："一定是飞凤弄的。"眼睛望向远方呆呆出神。

楚天舒道："不管是谁弄的，吃饱了肚子再说。"取了一只雪鸡，把另一只抛给卫天元，笑道："别胡思乱想了，吃吧。"

卫天元咬了一口，不觉皱起眉头，说道："雪鸡烤焦了，有点苦味。"

楚天舒笑道："我倒不觉得。俗语说饥不择食，你怎的还嫌七嫌八，何况这还是你心上人烤的呢！"

卫天元道："我不是嫌它不好吃。"

楚天舒道："那你为何皱眉？"

卫天元道："我觉得似乎有点不对。"

楚天舒道："什么不对？"

卫天元道："飞凤是很细心的，她的轻功又比你我都高。"

楚天舒莫名其妙，说道："你到底想说什么？"

卫天元道："凭她的轻功，要是她不想见我们的话，大可以等到听见我们的脚步声才走。现在你明白了我的意思了吧？"

楚天舒道："哦，你是说这两只雪鸡没有烤得这么焦的道理。"

卫天元道："对了，要是在我们回来之前，雪鸡早已烤熟的话，她会把雪鸡拿下来，放在石头上的。要是在我们回来的时候，雪鸡还未烤熟的话，她应该是听到了我们的脚步声才走的，雪鸡也不至于烤得这么焦。”

楚天舒道：“你怀疑她是碰到什么突然发生的事件，匆匆忙忙走的？”

卫天元道：“恐怕只能这样解释了。”

楚天舒道：“但也未必就是对她不利的意外事件，再说，赵青眉的师父也已给老尼姑吓走，还有谁人能够加害于她？我看，你还是先吃饱了再去研究吧。反正她有心躲你，你也找不到她。”

吃饱肚子，精神恢复，楚天舒拆下帐篷，准备继续登山。卫天元道：“请等我一会。”楚天舒见他在林边的雪地上走来走去，好像在寻找什么，不禁心里暗暗叹息，只道他是还想找寻上官飞凤的踪迹。

卫天元忽道：“你过来瞧瞧！”楚天舒走过去看，见地上有比别处较多的落叶，卫天元正在轻轻地把树叶拨过一边，树叶拨开，雪地上现出凌乱的足印，一大一小。

楚天舒道：“小的那个足印想必是上官姑娘的了，那个足印大的却不知是谁？咦，足印虽然凌乱，但却似乎有步法可寻。”

卫天元道：“你也看出来了。我猜不出另一个人是谁，不过我却可以知道，那人是个剑术高手，轻功也不在飞凤之下。不久之前，他们曾在这里斗剑。”

楚天舒道：“你怎么知道？”

卫天元道：“他的足印比飞凤的足印还浅一些，如果他们不是正在激斗的话，雪地上也不会留下他们的足迹。”要知上官飞凤的轻功是业已达到踏雪无痕的境界的，卫天元勉强做得到，楚天舒则是未能。

卫天元道：“从步法揣测剑法，那人的剑法似乎也是属于轻灵飘忽一路，和飞凤的幻剑路数颇有相同之处。奇怪，西域还有哪一派的剑术足与幻剑抗衡？咱们跟着足迹追去！”

足迹时隐时现，他们跟着足迹，绕了一个大弯，忽然发现已是回到了他们昨晚遇险的地方，不过是峭壁的另一面而已。

足印却再也找不到了。

楚天舒道："莫非他们是从那个山洞走进了下面的山谷？"

卫天元道："飞凤不会这样笨的，她跑不过那个人，在平地还可仗着身法较为轻灵，边打边逃，一到了狭窄的山洞里面，身法施展不开，岂不是只有束手就擒的份儿？"

飞凤找不见，她的强敌是谁，卫天元也猜不出来，不禁着急得好像有如热锅上的蚂蚁了。

那个人是谁，不但卫天元猜不出来，连上官飞凤也是做梦都想不到的。

她正在烤雪鸡，忽然看见对面的冰崖上现出一个淡淡的人影。

她是知道山谷里有个本领非凡的老尼姑隐居的，初时还以为是那老尼姑，但定睛一看，影子是个男的！

她这才吓得跳了起来，回头一看，你道是谁？

竟然是御林军统领穆志遥！他已经站在上官飞凤的面前了！

穆志遥也是同样感到惊奇，他是看见这边的火光走来的，只道在这山上的自必是白驼山主的门下，不料却是上官飞凤。

他愕了一愕，便即纵声大笑道："上官小姐，你大概想不到会在这里碰上我吧？"

上官飞凤也笑道："穆大统领，那日在秘魔崖上，你大概也想不到会碰上我吧？"

那日的秘魔崖之战，穆志遥本是以徐中岳为饵，要钓卫天元这条大鱼的，想不到上官飞凤一来，灵旗轻轻一展，就把他预先布置好的周密计划破坏无遗！

上官飞凤重提旧事，等于揭了穆志遥的疮疤。穆志遥气在心头，沉声喝道："卫天元呢？"

上官飞凤道："我劝你不要找他了。"

穆志遥道："哦，你不是和他一起来的么？"

上官飞凤道："我一个人，你恐怕已经对付不了，你还要找卫天元，那不是找死？"穆志遥这才明白她的"劝告"原来是这个意思。

穆志遥不怒反笑，说道："上官小姐，这里不是秘魔崖，也不是星宿海，你的灵旗在这里是毫无作用，还是让我看看你的幻剑吧。”

上官飞凤道：“要看幻剑，还不容易，幻剑来了！”

穆志遥道：“剑呢？”突然间只见寒光一闪，上官飞凤已经把石崖凸出来的一截有棱角的冰条折下，向他的咽喉刺过来了。

上官飞凤的腰间本是悬有佩剑的，穆志遥不知“剑是幻剑，幻剑非剑”的道理，只道她要使出幻剑绝招，当然首先就得拔剑，哪知刺来的却是一截坚冰。

高手比拼，对敌方的估计，稍有错误，往往就会造成致命之伤，饶是穆志遥本领高强，也给她逼得手忙脚乱。

上官飞凤闪电出招，一口气刺出六六三十六剑，没刺着穆志遥，心里也不禁有点佩服，想道：“听说他家传的蹑云剑法，最精妙的地方，就是和步法配合得宜。他尚未亮剑，我都胜他不了，今日怕要糟。”

穆志遥的剑已经拔出来了，只见他剑尖颤动，嗤嗤作响，劲道之强，可以想见。他把内力贯注剑尖，剑法依然一样轻灵。在剑气纵横之下，上官飞凤虽然也没给他刺中，那支冰剑已是迅速溶化了。

上官飞凤一个细胸巧翻云，半空中拔出佩剑，脚未沾地，凌空就刺下来，穆志遥喝道：“来得好！”横剑截击，上官飞凤的剑尖在他的剑脊上轻轻一点，脚落实地，他这一招也给避开了。

穆志遥趁她立足未稳，一招“玉带围腰”，剑光匹练般横过去。哪知上官飞凤脚步踉跄，剑法却是古怪之极，身形一飘一闪，突然从他意想不到的方位刺来。穆志遥仗着蹑云步法，堪堪避开，上官飞凤滑似游鱼，已是从他的剑光圈中，“滑”出去了。

穆志遥一直以为她一定是和卫天元在一起的，看见这里搭有帐幕，更加相信自己所料不差，暗自想道：“这妖女的剑法不在我下，要是等到卫天元回来，我恐怕不是他们二人之敌。”于是立即猛下杀手，一口气攻她十七八招。

两人的剑法在伯仲之间，功力则是穆志遥较高，上官飞凤应付他的攻势，颇为吃力，不过，也还勉强可以应付。

本来他们若要分出胜负，最少也得百招开外的。但穆志遥固然害怕卫天元回来，上官飞凤也是害怕卫天元回来。她是知道卫天元已经跌伤的，也知道姜雪君会替他医治，但却不知他已经恢复几分，要是他尚未恢复三成，此际回来，岂非送死？而且，她目前也还不愿意就见到卫天元。

穆志遥攻势告一段落，上官飞凤倏地转守为攻，反击三招，把穆志遥逼退两步，转身就逃。

穆志遥哼了一声："想逃跑么，在白驼山上你能够逃往哪儿？"

上官飞凤笑道："有胆的你追来，咱们再比比轻功！"

穆志遥怒道："你逃往天边，我也要捉到你！"他也曾会想到，上官飞凤是要将他引到卫天元那里，但在这白驼山上，碰上白驼山主门下的机会可要比碰上卫天元的机会大得多。何况即使是对方二人联手，他自信也还可以抵敌一二百招。打不过也还可以仗着蹑云步法逃走。故此依然紧追不舍。

上官飞凤边打边逃，不知不觉已是逃到昨晚楚天舒被骗失足那个地方了。她蓦地想起："要是卫天元的伤超过我的估计的话，此际他还是会在姜雪君的身边的，我怎么可以在这个时候，逃到她那里去？何况又要经过那个山洞，也是危险得很。"她本来想把穆志遥引入那个山谷的，那个地方有个老尼姑隐居，要是这老尼站肯出手的话，两个穆志遥也打不过她。

正自踌躇，忽听得有人在峭壁的另一边说话，上官飞凤跑在前面，先听见了。

"一路上都打听不到齐老前辈的消息，也不知他来了没有？即使他是来了，又怎样才能找到他呢？"是个少女的声音。

上官飞凤心道："原来是瑶光散人那个徒弟青鸾，她所说的齐老前辈想必就是天元的师祖齐燕然，奇怪，她找齐燕然做什么呢？哦，我明白了！……"

心念未已，只听得另一个人已在说道："你放心，师父一定有办法打听的。"说话的似乎是个少年。

接着就听见他的师父说话了："玉清神尼隐居之所离此不远，只要见着她，相信她会知道齐老前辈的消息。"

上官飞凤喜出望外："他们来得正好！"这三个人都是她认识的。

最后说话的那个人，是武当五老之一的玉虚子。

那个少年是玉虚子新收的徒弟鲍令晖。鲍令晖也是楚天舒的好朋友。

至于瑶光散人那个徒弟青鸾，和上官飞凤更有过一段颇不寻常的交情，她们是曾经并肩作战的。

上官飞凤连忙向他们跑去。穆志遥也追上来了。

青鸾见她被穆志遥追杀，大吃一惊，说道："鲍大哥，这位上官姑娘是我的救命恩人，你快……"

话犹未了，穆志遥和上官飞凤的距离已是不到十步了。

不过，鲍令晖是早已知道那件事情的，无须青鸾再说下去，亦已懂得她的意思了。他把眼睛望向师父，说道："师父，恐怕只有你才能帮她这个忙！"

原来在扬州楚家那晚，青鸾最初虽然是跟着师父和卫天元作对，但后来穆志遥的一班手下杀到，对在场的人都加攻击，华山派（包括瑶光在内）方始知道上了奸人的当，青鸾也就和卫天元、上官飞凤、齐漱玉等人并肩作战了。在那场混战中，青鸾因为武功较弱，几次险遭不测，全靠上官飞凤保护了她。

上官飞凤突然跑到青鸾身边。说道："青鸾，你想要知道的事情，我可以告诉你！"

青鸾一愕，说道："你知道我想要知道什么？"

上官飞凤道："你是不是想要知道你家人的消息？"

青鸾道："不错，呀，道长，快截住那个人！"

上官飞凤道："对啦，否则有人要追杀我，我就无法说下去了！"

玉虚子微笑道："你放心说下去，没人能杀你的！"

穆志遥喝道："玉虚子，你别多管闲事！"

玉虚子道："对不住，我这个人有个毛病，是徒弟的事情我一定要管！"

穆志遥皱眉道："她又不是你的徒弟，她是上官云龙的女儿！"

玉虚子道："我还没有说完呢！是徒弟朋友的事情我也要管！"

穆志遥按捺不住，冷笑道："你知道上官飞凤是什么人？"

玉虚子道："你不是说她是上官云龙的女儿吗？"

穆志遥道："她也是卫天元的情人！"

玉虚子道："这又与我何干？"

穆志遥大声道："齐勒铭和你有相干了吧？卫天元的师叔就是齐勒铭，难道你忘记了是谁毁了你的容貌吗？"

玉虚子淡淡说道："旧账管不管是我的事，新账则是非管不可的。你欺负我徒弟的朋友的朋友，我若不管，徒弟还会尊敬我吗？"

穆志遥忍耐已到极点，顿时爆了出来："怪不得你在北京不肯帮我，原来你早已和齐勒铭、卫天元做了一路了。好，你要管就管吧！"刷的一剑便刺过去。

他一出手便是蹑云剑法的精妙杀着，只见四面八方都是他的剑影。玉虚子却不理会他那耀眼剑花，老老实实地一剑从向中宫直刺过去。这一招看似平平无奇，却是一招狠辣异常的剑法。穆志遥心头一凛："听说玉虚子在武当五老中，年纪虽然最轻，剑法却是最高的一个，果然名不虚传。"

原来玉虚子使的这套剑法，乃是武当派镇山之宝的"七十二手连环夺命剑法"，一施展开，有如长江大河滚滚而上。这套剑法虽然不及蹑云剑法变化的奇妙，但却狠辣得多。

鲍令晖和青鸾初时还替师父担心，不用多久也就看得出来，尽管师父在对方的剑势笼罩之下，其实是师父略占一点上风的，纵不能胜，也决不会落败。

青鸾道："上官姐姐，你可以说下去了吧？"

上官飞凤道："幸亏你碰见我，否则你要白走一趟了。齐老前辈不是在白驼山，是在我们的星宿海。"

青鸾道："他有和你谈及我的家人消息？"

上官飞凤道："不是他和我说的，是另一个人告诉我的。丁勃生前和他最好，什么秘密都不瞒他的。"

青鸾心里想道："她说的莫非是卫天元，为何她不直接说出他的名字，却要兜这么一个大圈？"她不知道上官飞凤此时正在心伤，她实不愿意重提卫天元的名字。

青鸾道：“不管是谁说的，你快告诉我吧？”

上官飞凤道：“好……” 只说了一个字，忽然就好像声音被冻结了。

青鸾道：“上官姐姐，你怎么不说下去？”

上官飞凤似乎在凝神细听什么，忽道：“那个人已经来了，让他和你说吧！”

青鸾望向前面，看不见人，回过头来，待要问上官飞凤时，上官飞凤也不见了。

不错，卫天元的确是已经来了。他的轻功尚未达到踏雪无痕境界，踏碎的冰雪，发出轻声响，给上官飞凤察觉了。但青鸾还未察觉。

青鸾没听见他的脚步，他已经听见这边的金铁交鸣之声了。

凭他的经验，一听就知这一边正有两个高手比剑。

“一定是飞凤了？”他的心头卜卜的跳，立即加快脚步，几乎像是一支箭似的射过来，把楚天舒甩在后面。

但可惜他还是来迟了一步。

上官飞凤已不见了，出现在他眼前的是一件意想不到的事情。

上官飞凤是听见了卫天元的脚步声正在向这边走来，才放心离开青鸾的。

玉虚子和穆志遥比剑，早已稳占上风，何况卫天元就快可以来到，上官飞凤当然是不用担忧了。

但她却犯了一个错误。不错，玉虚子此际是占了上风，但他还是未能完全控制局面的。

论剑法，两人各有所长；论功力，大致也差不多，穆志遥是和上官飞凤先打了一场的，此消彼长，自是玉虚子占优。不过玉虚子也还有一样地方比不上穆志遥，那就是变化莫测的轻灵身法。

玉虚子和穆志遥在上官飞凤离开的时候，亦是都已察觉有人来了。双方也都害怕来的是对方帮手。

穆志遥抓紧时机，身形一晃，脱出剑光圈子，斜身扑向青鸾。

要是上官飞凤在她身旁，穆志遥是决不敢偷袭的，偷袭也不会得手。但此际，青鸾身旁已是没人保护她了。有的只是一个武功恐怕还比不上她的鲍令晖。

穆志遥来得快极，只听得嗤的一声，青鸾的衣袖已经被他撕去了一幅。

但也就在这同一时间，鲍令晖整个身子都扑过去，他的武功保护不了青鸾，就用他的身体来掩护青鸾。卫天元恰好就是这个时候来到。

双方动作都快，鲍令晖已经被穆志遥抓着了。

他左手抓着鲍令晖，空着一只右手，还想再抓青鸾。说时迟，那时快，卫天元已是如箭射来，轻轻一带，把青鸾带过一边，穆志遥知道他的厉害，单掌倒是不敢对他攻击。

玉虚子投鼠忌器，也是不敢动武。长剑指着穆志遥骂道："堂堂一位御林军统领，手段如此卑鄙！"

穆志遥哈哈一笑，说道："徒弟的朋友的朋友，你也要管，你自己的徒弟，你总不能置之不理了吧？咱们做一桩交易如何？"

玉虚子道："你想怎样？"

穆志遥道："你替我把卫天元擒来，我把你的徒弟放回给你。"

玉虚子斥道："放屁！"

穆志遥道："好，你不愿意，那就拉倒，令徒可得跟我走了。"

卫天元忽地走到他的面前，说道："我来做这桩交易。"

穆志遥当然不能相信，冷笑说道："卫天元，你想在我的面前耍什么花招？"

卫天元道："不是花招，是实招！你不是要拿我去领功吗？现在我就用我自己来换鲍令晖。"

穆志遥道："好，那么请你自废武功，我就把鲍令晖放下。"

卫天元道："自废武功，是很难下得手的。而且你这条件也未免太苛刻了。"

穆志遥道："那么你怎样把自己交给我？我要的是一个不能使用武功的卫天元！"

卫天元道："不如这样吧，我站着不动，让你点我的穴道。我的穴道被点，当然就不能使用武功了。”

穆志遥心想，有鲍令晖在手中当作盾牌，谅他也使不出什么花招。于是把右手握着的长剑伸出去，说道：“我要用剑尖刺你的穴道。”

卫天元道：“也行。不过，请你刺得轻一点，别伤了我的筋骨。”

穆志遥却暗运内力，力透剑尖，向着卫天元琵琶骨下三寸的肩台穴刺去。

卫天元忽道：“你这厮不守信用！”突然沉腰坐马，长拳捣出！

穆志遥是把鲍令晖当作盾牌挡在身前的，“砰”的一声响，这一拳结结实实打在鲍令晖身上。

说也奇怪，这一拳打在鲍令晖身上，受到冲击的却是穆志遥。鲍令晖本身倒是丝毫没感疼痛。

原来卫天元用的这门功夫名为“隔物传功”，是齐家的七种武林绝学之一。这门功夫，练到最高境界，可以在石头上搁一块豆腐，一掌打下去，石头打碎，豆腐不烂。卫天元尚未练到最高境界，他也恐防自己的内功不及穆志遥，未必能够一举奏效，故而不能不用一点“诡计”。

穆志遥是用一只手抓着鲍令晖的，他诱穆志遥出剑刺他的穴道，穆志遥全神贯注在剑尖上，抓着鲍令晖的那只手，当然就没有初时那么用力了，力道少说也分了一半。这一半力道自是挡不住卫天元全力运用的“隔物传功”。

穆志遥虎口一震，不觉放松了手。说时迟，那时快，玉虚子已是出剑如电，恰好在穆志遥的剑尖刚刚就要刺着卫天元的“肩台穴”之时，格开了穆志遥的剑。

鲍令晖跌下来，卫天元轻轻一掌拍出，鲍令晖的身子飞出三丈开外。这一掌卫天元用的乃是巧劲，鲍令晖就好像是给一只无形的手轻轻提起，又轻轻放下，丝毫也没受伤。

穆志遥心里惊慌，硬着头皮充好汉道：“好呀，你们恃多为胜，那就并肩子上吧！”他想玉虚子乃是武当长老的身份，只要用话挤得他不敢要卫天元帮手，那就还有逃生的机会。白驼山上的人，也有可能随时来到。

玉虚子正要接受他的挑战，卫天元忽地说道：“这厮与我有杀父之仇，玉虚道长，请你把他让给我!”

“十三年前的一个晚上，你得到徐中岳的通风报讯，带领八名大内卫士，来我家偷袭，害死我的爹爹。这件事我已查得一清二楚，你承不承认?”卫天元喝问。

穆志遥心想，与其斗玉虚子，不如斗卫天元，便即冷冷一笑，说道：“你的父亲是钦犯，我是替皇上出力的，不管我用什么手段，都是合乎王法的正当行为，我为什么要否认?”

卫天元冷笑道：“可惜你的王法在这里却是不管用了！哼，你用我爹爹的鲜血染红你头上的乌纱，这笔账，我非和你算清不可!”

穆志遥冷冷说道：“你要按照江湖规矩，为父报仇，也行！但我好像没听说过，为父报仇要请别人代劳的!”

卫天元冷笑道：“我几时说过要请人代劳?我和你一对一，不死不散!”

穆志遥道：“玉虚道长，你意下如何?”

卫天元道：“这是你我之间的决斗，与玉虚道长无关!”

穆志遥道：“话还是先说清楚的好，比方说假如你先死在我的剑下，玉虚道长又来攻我，我可是抵挡不了这车轮战的。”

卫天元冷笑道：“你倒想得如意，不过，为了安你的心，我就替你向玉虚道长求情吧。”

玉虚子道：“你先问他，他想怎样?”

穆志遥道：“要是我侥幸胜得了卫少侠，我和道长这笔账，留待他日再算如何?”

玉虚子本来不大放心让卫天元和他单打独斗的，但见卫天元的目光充满自信，暗自思量：“卫天元是天下第一高手齐燕然的衣钵传人，倘若他没有杀穆志遥的把握，料他也不敢如此轻率。”便道：“好，我依你就是。不过，我也得有话在先，如果你打到一半，中途就要逃跑的话，那可休怪我要出手!”

穆志遥哈哈笑道：“你怕我逃跑，我更怕卫天元逃跑呢。卫天元，不死不散，这话可是你自己说的!”

卫天元喝道："不错，进招吧！"

穆志遥道："好！"剑光一吐，光环乱转，霎时间已是把卫天元裹在他的一团剑气之中。蹑云剑法本以轻灵飘忽见长，这一招尤尽奇幻的能事。玉虚子一旁观战，也不禁暗暗吃惊："想不到他在和我激战之后，居然还能够使出如此精妙的剑招，比起刚才他对付我的那些剑招，有过之而无不及。嗯，只怕卫天元……"

心念未已，只见卫天元已经出剑还招。

穆志遥以飘忽见胜，他却以气势见长，一声大喝之下，长剑好像化作了一道长虹，向穆志遥的胸口直刺过去。

不过，他这一招虽然极具气势，招数却是平平无奇。楚天舒在旁都不禁看得暗暗皱眉："这一招白虹贯日，丝毫没有蕴藏变化，如何能够抵挡穆志遥那瞬息百变的剑法？"

但出乎他的意料之外，穆志遥却似乎有些顾忌，霎地变招，剑光流散，但仍是一招七式，虽然只是一个人，但在奇快的身法配合之下，却似有六七招剑同时攻向卫天元一样。卫天元不理他的花招，一斜身，长剑圈转，向他左肩削下。这一招貌似嵩山剑法中的"千古人龙"，虽然没有"千古人龙"的清隽，但更加古朴。

玉虚子赞道："举重若轻，以拙胜巧，以大克小。好剑法！"

话犹未了，只听得穆志遥哼了一声，说道："也未必就能克得住我！"剑法再变。出招越来越快，而且瞬息万变，当真是已达到瞻之在前，忽焉在后，瞻之在左，忽焉在右的境界。

卫天元仍是兀立如山，不为所动。和穆志遥的快剑刚好相反，他的剑尖上好像坠着铅块似的，东一指、西一划，出招竟是越来越慢了。而且他所用的招数，也都是大开大阖的招数，没有半点花巧，平平无奇。

鲍令晖手心里还在捏着一把冷汗，问师父道："你老人家常说重、拙、大是剑法的最高境界，卫大哥现在用的剑法可是……"

玉虚子道："不错，他已参透上乘剑法的原理了，不过……"不过什么，他可没说下去。原来卫天元虽然懂得运用重拙大的上乘剑理，但只是登堂，未曾入室。要达到"最高境界"，谈何容易。"不过，也足以对付穆志遥了。"玉虚子顿了一顿，才把这句话说完。但前后语气，却是不连贯的。鲍令晖听懂他的意思，不免仍有一点担心，但想：师父说他对付得了，想必不会骗我。

玉虚子的确没有看错，但他却也没有想到，穆志遥还有一门非常怪异的功夫，是非不得已时才用的，可以说得是他的救命绝招的。

穆志遥屡攻不下，突然咬破舌尖，一口鲜血喷了出来。说也奇怪，他口吐鲜血，剑上的威力，却似乎比刚才更加强劲了。卫天元虽然还能够防御，但在他的快剑强攻之下，已是渐渐有点应付不暇之势。

原来穆志遥用的乃是邪派武功中的“天魔解体大法”，自残肢体，功力可以骤增一倍。

卫天元的功力本来比穆志遥逊一筹，只因穆志遥在两番激斗之后，功力打了折扣，卫天元就反过来比他稍胜一筹了。因此卫天元使出重、拙、大的上乘剑法，就刚好可以克得住他那轻灵飘忽的蹑云剑法。

但现在穆志遥功力骤增一倍，又反过来胜过卫天元不只一筹了。

应付这样变化莫测的剑法，卫天元稍一不慎，就遮拦不住，就有血溅雪地之险！

此时连玉虚子也不禁吃惊了！不错，穆志遥强用天魔解体大法，过后必将大病一场，但倘若卫天元丧在他的剑下，就算他过后病死，于事又有何补？

不错，只要玉虚子出手，就能挽救卫天元的性命。但他以武当派长老的身份，又怎能说了话不算？

穆志遥越攻越急，卫天元频频遇险，玉虚子几乎忍不住要出手了。

忽听得“当”的一声，双剑相交，穆志遥的剑锋从卫天元胁下削过，只差少许，险些就要刺穿他的肋骨。

玉虚子给吓了一跳，好在他沉得住气，还未出手。他从卫天元碰到的这绝险的一招中，开始看到了转机了。

他猜疑不定：“奇怪，穆志遥这一剑应该可以刺得着卫天元的，怎的会失之毫黍呢？以他的功力来说，他施展天魔解体大法也还未到半枝香时刻，按说也不至于就到强弩之末的。”

接着又是几招穆志遥应该得手而未得手，卫天元渐渐和他扳成平手了。忽听得穆志遥喉头咕咕作响，口角流出泡沫，喘气之声，连在旁边观战的人也听得见了。但奇怪的是，额头并未见汗，剑招也一样精妙，又不似已经疲不能兴的样子。

鲍令晖道：“师父，你看，他好像要打瞌睡的样子，这是怎么回事？”说话之间，穆志遥已经打了三个呵欠，剑招也逐渐慢下来了。

玉虚子道：“我也不知是怎么回事。”

玉虚子不知道，卫天元可知道。他知道穆志遥是毒瘾发作了。

穆志遥接连打了几个呵欠，没握剑的左手伸入怀中，摸出一颗药丸。卫天元和他缠斗正紧，他摸出药丸，也无法纳入口中，他把药丸一抛，张口去接，卫天元使出擒龙手功夫，左手虚招，药丸落在他的掌心。

卫天元笑道：“一服神仙丸，快活似神仙，这是真的吗？”

穆志遥喘着气叫道：“你、你还给我，否则我和你拼命！”

卫天元笑道：“没神仙丸吃，你还有命可拼么？嘿，嘿，对不住，我可不能让你太过快活。你要快活，除非……”

穆志遥道：“除非怎样？”

卫天元双指一弹，把那颗药丸弹出去，喝道：“除非你像狗一样，给我爬过来，我就不阻拦你捡它。”

穆志遥是御林军统领身份，如何能学狗爬？气得他双眼翻白。

但毒瘾发作，却是惨过受刑。穆志遥大吼一声，倒翻出去，眼泪鼻涕，都流出来。他摇摇晃晃，走了几步，卜通倒地。

他倒在地上，犹自手舞足踢，状若疯癫。哈哈哈大笑三声，唱起小调来了：“飘，飘，飘，我在云里飘。嫦娥姐姐开月殿，清歌妙舞度良宵。”

玉虚子叹息道：“做你的梦，你在云里飘？你的一只脚已经踏进鬼门关啦！”

穆志遥眼泪鼻涕齐流，笑声忽地变作哭声：“神仙丸，神仙丸，

穆志遥毒瘾剧发，眼泪鼻涕齐流，又笑又哭，最后果然像狗一样，向那颗神仙丸爬过去。

我要神仙丸！吃了神仙丸，快活似神仙，做鬼也心甜。”

他果然像狗一样，向那颗神仙丸爬过去。

众人相顾骇然，谁也想不到，“堂堂”一个御林军统领竟然变得狗也不如，卫天元本来要杀他为父报仇的，手中的利剑竟是刺不出去。

玉虚子心中不忍，抓起一把雪，洒在他的面上，喝道：“谁把你害成这个样子，还不清醒过来！”

穆志遥呆了一呆，数十年往事刹那间从心头流过，蓦地叫道：“宇文雷，你这小子害得我好惨！杨炎，我悔不该没听你的说话！”声音越说越低，说罢，双脚一挺，玉虚子上前探他鼻息，早已气绝身亡了。

玉虚子叹道：“我一直想不通的一件事情，现在方始明白。”

鲍令晖问道：“师父，你明白什么？”

玉虚子道：“穆志遥本是名门后裔，蹑云剑穆家是武林世家之一，他的父亲穆扬波为人刚正，三十年前，还是江南七省的武林领袖呢。我一直想不通，以他这样的家世，何以会背叛了侠义道，去做清廷的头号鹰爪？现在方始明白，原来他是误交匪人，上了毒瘾。白驼山主宇文雷制造毒品牟利，本就需要朝廷方面有权有势的人替他撑腰，他和官府早有勾结，那是无疑的了。但可能还嫌不够，所以要利用穆志遥。穆志遥上了毒瘾，只能受他挟制，一步步越陷越深了。”

卫天元道：“初时或者真的是受骗，但到了后来，恐怕也是因贪恋权位，而自甘堕落了。”

玉虚子道：“你说得不错，他戒不了毒瘾，就证明他意志薄弱。也只有意志薄弱的人，才会给坏人以可乘之机。他的堕落，当然主要还是应该由他自己负责。”

鲍令晖道：“杨炎不是现任的天山派掌门吗？”玉虚子道：“不错。”鲍令晖问道：“他说悔不该不听杨炎的话，这又是怎么回事？”

卫天元道：“这件事，我倒曾听得师祖说过。据说三十年前，穆志遥初上毒瘾未久，杨炎曾用了一个绝妙的手段，逼他戒过毒的。”

鲍令晖道：“什么绝妙的手段？”

卫天元道：“他搜了穆志遥的神仙丸，把他放在一个悬岩上。穆志遥毒瘾发作，浑身乏力，跳不下来。在悬岩上饿了两天，后来才由他父亲穆扬波领他回去。穆扬波本来是和杨炎有点梁子的，据说就是因为此事，他感激杨炎助他儿子戒毒，不但梁子化解，而且与杨炎结成忘年之交。”（按：这段故事，详见拙著《弹指惊雷》）

卫天元续道：“不过师祖和我一样，都以为穆志遥是已经戒了毒瘾了。我一向也当作他是贪图富贵，始会自绝于侠义道的。直到刚才，他掏出神仙丸，我方始知道他是重新上了毒瘾。”

玉虚子道：“白驼山主想必是因害怕星宿海的报复，故此多方设法，一面挑拨你的师祖和上官姑娘的父亲不和，一方又想借助清廷之力，故此请穆志遥上山商量大计的。”一搜穆志遥的身，果然发现白驼山主写给他的一封信，正如玉虚子所言。不过还有一点玉虚子没料到的是，白驼山主还要穆志遥替他推销神仙丸，第一步是令所有的御林军军官都上毒瘾。当然他的信写得十分隐晦，但玉虚子等人已知来龙去脉，一看也就明白。

鲍令晖道：“不知穆志遥还有没有手下随来？”

玉虚子道：“他是御林军统领的身份，这次来见白驼山主，料他不敢让人知道。他要对付星宿海的人，也只能在回京之后才作部署。”

鲍令晖道：“那就不必去管他了。师父，咱们还找不找那位神尼？”

卫天元道：“哪位神尼？”

玉虚子道：“是隐居在这幽谷中的一位本领高强的老尼姑，法号玉清。据我所知，令尊生前，似乎也是和这位神尼颇有交情的。”

卫天元道：“这就怪不得了。”

玉虚子道：“什么怪不得？”

卫天元道：“家父和雪君的父亲是至交，这位神尼是家父的朋友，当然也就是姜伯伯的朋友。怪不得她会收容雪君。”

鲍令晖道：“哦！原来姜雪君还在人间吗？”他是曾经追求过姜

雪君的，虽然早已放弃，但还是免不了有一分关心。

卫天元把刚才碰上的事情说给他们听。

玉虚子听得很仔细，听罢，问道："你说那个貌似金狐的妖妇，是给一个老尼姑吓跑的？"

卫天元道："不错。可惜我只闻其声，未见其人。但我想……"

玉虚子道："不用猜想了。那老尼姑一定是玉清神尼无疑。"

他若有所思，停了片刻，继续说道："但照你所说的这个情形看来，恐怕她是不想见你了。"

卫天元也懂得玉虚子想的是什么，玉清神尼不想见他那当然是为了姜雪君的缘故。要知姜雪君正是为了避免再见到他，才躲到这个幽谷的。

卫天元不肯甘心，说道："玉清神尼是先父旧交，又是道长的朋友，就烦道长替晚辈引见，可否？"

玉虚子说道："玉清神尼的脾气是颇为古怪的，……"边说边回过头来，只见峭壁上那弯月形的缺口处，忽然多了一束悬挂着的松枝。玉虚子苦笑道："她不但不肯接见你，连我也给她婉拒了。这束松枝，是她谢绝防客的标志。"

鲍令晖道："师父，那咱们怎办？"要知他和青鸾的武功较弱，他们来到此处，已经是有点高处不胜寒之感了。玉虚子原定的计划，是不准备让他们参与对白驼山主之战。他原定的计划是：先找到玉清神尼，靠玉清神尼之助，料想可以得知齐燕然的消息，甚至说不定在玉清神尼那里，就可以见得着齐燕然。然后只是由他一人，做齐燕然的助手。

玉虚子点了点头，说道："齐老前辈没有来，我的计划是要修改一下了。不过，齐老前辈虽然没来，好在卫老弟却已来了。卫老弟，上官姑娘说你知道青鸾家人的下落，是吗？"

卫天元道："不错，丁大叔生前是曾和我说过的。"当下，就把青鸾所想知道的消息，告诉了她。

玉虚子道："令晖，你陪青鸾下山去吧。"鲍令晖自知插不上手，师父替他如此安排，原是为他着想。但只是由他一人，陪青鸾回去，孤男寡女，万里同行，总是难免有点尴尬。

青鸾看了楚天舒一眼，忽道:“鲍大哥，我已经给了你许多麻烦，实在不好意思再麻烦你了。要是你想留在这里等候师父的话，我就一个人回去吧。”

她这样说，鲍令晖倒是不能不答应陪她下山了。

玉虚子含着微笑目送爱徒和青鸾下山，卫天元的目光望向楚天舒，两人也是不觉发出会心的微笑。正是:

冰天雪地情苗种，心有灵犀一点通。

欲知后事如何？请听下回分解。

第十二回　解脱尘丝　仗他幻剑
擘开世网　奉我灵旗

白驼山主绕室彷徨

楚天舒道：“咱们可以走了吧？”

说话之时，恰好有一头兀鹰飞过，这种兀鹰是吃腐肉的，发现地上有尸体，立即冲下来，把楚天舒吓了一跳。

楚天舒骂道：“畜牲！”一记劈空打出，把兀鹰打得晕头转向，但力道仍是不足将它击落，它拍拍翅膀，又扑下来。

卫天元抓起一块坚冰，飞出去打中它的头部，这才把它吓走了。

玉虚子心中不忍，说道：“穆志遥好歹也算得是一位剑术名家，咱们将他的尸体掩埋了吧。”

卫天元道：“好。”目光触及穆志遥右手中指戴的一枚戒指，不觉心念一动，说道：“这枚戒指倒是有点特别，好像是竹做的。”

玉虚子道：“不错，就是用这山上的方竹做的。”别的地方竹子是圆的，白驼山上这种竹子却是方的，色泽斑斓如古玉，甚为美观。卫天元把戒指除下来，藏在怀中。楚天舒道：“你要它做什么？”心想朋友的饰物，可以留作纪念，仇人的饰物，要它作甚？

卫天元道：“以穆志遥的身份，佩戴一枚竹戒指，你不觉得有点特别吗？”

玉虚子道：“对，你留下来，说不定会有用处。”楚天舒跟着一想，也就猜到几分了。

白驼山上正在为一件意外的事情闹得天翻地覆。白驼山主宇文雷却把自己关在密室里，绕室彷徨。

他需要安静，需要清醒的脑筋才能够对付艰难的局面。

但他却没法子静下来，纵然强摄心神，头脑也还是一片混乱。

这个意外事件，其实是早已发生了的。不过，他知道这件事，却还未到一个时辰。

他也算得是经过大风大浪的人，但这次的意外事件，给他的打击却是太大了，他无法恢复安宁。

刚刚经过的事情，又在他脑海中浮现。

一个时辰之前，他虽然还未至于绕室彷徨，但亦在焦虑不安，记挂着他的儿子了。

“浩儿为什么还没有回来？按说在星宿海上，有盖覆天做我们的内应，上官云龙和齐燕然又已斗得两败俱伤了，事情应该可以顺利了结了，为什么他还不回来呢？”

正自焦虑不安，忽地有人前来禀报，他的儿子已经回来了。

但却是给抬回来的。

手下告诉他，他的儿子是在神仙坳发现的，神仙坳距离总舵不过几里路，是在白驼峰上住的人上下山必经之路，看来那人把宇文浩放在这个地方，倒是有心让白驼山主的门下，容易发现他的。

但那个人是谁，却就不知道了。宇文浩是给单独发现的。

白驼山主无暇多问，赶忙去看儿子。

宇文浩经过初步施救，已开始醒来。但神智还是有点迷糊。

他一醒来就叫：“妈妈！”这个时候，也正好是白驼山主来到他的身边的时候。

白驼山主眉头一皱，心中又是怜惜，又是怪责儿子没有出息。他抱起儿子，手掌贴着儿子背心，一股真气输送进去，说道：“浩儿醒醒，我是爸爸！”

宇文浩这才恢复清醒，叫道：“爸爸，你要给我报仇，我、我的武功……”

用不着他说下去，白驼山主在给儿子推血过宫的时候，已经知道儿子的武功是业已给人废了。

“是谁废了你的武功的?”

“是齐勒铭!”

是齐勒铭！这个仇可难报了。白驼山主咬一咬牙，说道：“我会尽我的力，为你报仇。武鹰扬和南宫旭呢？他们哪里去了?”他满腹疑团，不知从何问起，只好先问这两个人。这两个人是奉他之命，陪伴宇文浩去星宿海的。

宇文浩脸上突然现出惊悸的神情，浑身直打哆嗦，断断续续说道：“我，我不知道。出、出事的时候，他们本来是和我在一起的，我醒来的时候，只见地上一摊血水，他们、他们却都已不见了。”这两个人是给穆娟娟的姑姑用化骨丹化成一摊血水的，其时宇文浩早已昏迷过去，当然不知道了。

从儿子断断续续的话语中推测，这是另一次“出事”，并非齐勒铭废他武功的那次出事。白驼山主越发吃惊了，能够将南宫旭和武鹰扬化成血水的人，只怕比齐勒铭还更厉害吧?

“那么是谁救你，又将你送回来的?”白驼山主急忙问道。

宇文浩道：“妈妈!”

白驼山主皱眉道：“我问是谁救回你的!”

宇文浩道：“我不是已经说了吗？……”

忽听得一个惶急的声音叫道：“浩儿怎么样了?”宇文浩的妈妈已经来了。

宇文浩心中奇怪之极：“我怎么样了，怎的你会不知?”父亲母亲都在等待他的回答，他惊疑不定，反问母亲：“妈妈，你还没有告诉爸爸吗?”

宇文夫人一怔道：“告诉什么?”

白驼山主此时方始会意，说道：“他说是你救他回来的。”

宇文夫人泪盈于睫，说道：“浩儿，我本来应该陪你去的，你是怪我不在你的身边吗?”她还以为儿子说的乃是反话。

宇文浩大声说道：“妈，原来救我的那个女人不是你吗?”

宇文夫人也吃惊道：“是娟姨吧?”

宇文浩道：“不是娟姨，娟姨是帮他们的。不过那个女人的确也很像你。”

宇文夫人登时知道是谁了，埋怨丈夫道：“是不是你又去招惹她了？你嫌麻烦还不够多？”

白驼山主心里已是烦乱之极，一挥手道：“你们让我清静一会。浩儿武功已废，好在并无内伤，现在他只是受了风寒，身体虚弱，你做母亲的多操点心，替我好好调治他。”

宇文夫人喃喃道：“唉，儿子的事你也不管了。”不过她也知道，可能有比儿子武功被废更加严重的事到来，她也只能在背后埋怨丈夫了。

白驼山主安静不下来。

他绕室彷徨，心里想道：“慕容垂、司空昭两位师兄已经死了，武鹰扬、南宫旭现在亦已死了，我已经没有得力的帮手了。要是上官云龙和齐勒铭来向我报复，我怎样抵挡？”

正自彷徨无策，忽地有个人推门进来。

是谁未经允准，就敢踏入他的密室？他以为必是妻子无疑，头也不抬，便道：“别来烦我！”

那人冷冷说道：“这句话，三十年前，你好像已经和我说过一次的了。但这次我是来帮你的！”

白驼山主吃了一惊，说道：“是你？”

来的是个妇人，相貌很似他的妻子，不过年纪却老很多。

白驼山主道：“真想不到是你。你何苦还要来此？”

那妇人冷冷说道：“我不能来吗？”

白驼山主道：“好好不在这里。浩儿给人废了武功，抬回来了。好好正忙于照料浩儿。你是不是要去看她们母子。”

那妇人道：“我是来找你的！”顿了一顿，加重语气道：“正因为我知道好好不在这里，我才特地来找你的！今日我要和你说个清楚！”

白驼山主道：“好，我也正想问你。浩儿是你送回来的吧！”

那妇人道：“我已尽了力了，敌人比我更强。”

白驼山主道：“我知道，废掉浩儿武功的人是齐勒铭。”

那妇人道：“你知道就好。你的儿子能够保全性命，你已是应该满意了。青眉是我唯一的徒弟，她比你的儿子更惨，她已经死了。”

白驼山主吃一惊道：“她怎么死的？”

那妇人道：“我叫她冒充上官飞凤，没想到她碰上真的上官飞凤。我赶不及救她。”

白驼山主道：“那么你们的离间计……”

那妇人道：“早已给人家识破了。齐燕然如今正在星宿海做上官云龙的客人。”

白驼山主道：“他们根本没有中计？”

那妇人道：“他们是曾斗过一场。但是否两败俱伤，伤到什么程度，我就不知道了。不过上官飞凤和卫天元都敢离开他们的亲人，跑来这里，他们恐怕是伤得不重的。还有，齐勒铭恐怕亦已来了。”

白驼山主道：“只齐勒铭一人已经够我们应付的了。如果那两个老家伙伤得不重，这、这……”

那妇人道：“你也知道局势严重，那么咱们似乎就比较容易谈得拢了。”

白驼山主默然不语，半晌说道：“事已如斯，白驼山的基业都难保得住了，咱们还有什么好谈的？”

那妇人冷笑道：“你还想保住基业吗？我看，你目前应该想的，是怎样才能保全你的性命。雷弟，你和我走吧！”说到最后一句，语调转为温柔。

白驼山主道：“抛下他们不理？”

那妇人道：“我只能和你逃走！我也没有那么大的神通，可以保护你所有的亲朋。”

白驼山主面有为难之色，说道：“别忘了你是好好的姑姑！”

那妇人“哼”了一声，越说越是激愤：“我没有忘记，过去的事，我是寒天饮雪水，点滴在心头，记得太清楚了！就只怕你已经忘记！我问你，当初你是怎样应承我的？为了你，我险些被你的叔叔打死，为了你，我被赶出白驼山，只道老头子一死，你会遵守诺言，娶我为妻。谁知你又和这妖精勾搭上了！那时你可曾想到好好是我的嫡亲侄女？好好可又曾想到这样做是对不起她的姑姑？我受了你们叔侄两代的欺侮，这三十年来，我不敢公开露面，只能像游魂野鬼一样过活！你害得我身败名裂，你欺侮我比你的叔叔更……”

白驼山主喝道：“别说下去了！你当这些丑事张扬出来，是好听的么？”

那妇人道：“你知道是丑事，当初为什么要做？”

白驼山主道：“好了，欣欣，我求你，过去的事大家都不要再提了，好吗？你刚刚自己说的，你这次回来，是要来帮我的。我不想和你吵架。”

原来这个妇人名叫穆欣欣。本来是前任山主宇文博的妾侍，宇文雷是宇文博的侄儿，为了要取得继承人的地位，和小婶娘私通。他得穆欣欣的帮助，地位日益巩固，最后他们的私通虽然给宇文博发现，但那时他的羽翼已成，宇文博也奈何不了他了，只能把穆欣欣赶走算数。穆好好是在穆欣欣未给赶跑之前，就来白驼山投靠姑姑的。宇文博死的时候，她已长成，正是二八年华，娇媚动人，宇文雷继任山主，就要了侄女，不要姑姑。

穆欣欣见他求饶，不觉心肠软了下来，叹口气道：“按说我是不该再理你的，但谁叫我狠不起心肠呢？好吧，只要你遵守当初的诺言，我也不会重记旧恨。你快说吧，你愿不愿意和我远走高飞？”

白驼山主道：“兹事体大，你让我多想一想好不好？”

穆欣欣道：“留得青山在，不怕没柴烧。白驼山的基业，我劝你莫再留恋了。至于说到好好，我已经替她救了她的儿子回来，虽然武功已废，总算还有命在，除了不能动武之外，一切如常人，也算对得住她了。”

白驼山主仍然没有作声。

穆欣欣皱眉道：“你到底要想到什么时候？只怕在你作出决定之时，已经来不及了。”

就在此时，忽听得有人在外面高声禀报：“禀山主，穆统领来了！”

白驼山主喜出望外，说道：“穆志遥来了，这就好了！”

穆欣欣冷冷说道：“穆志遥也未必就帮得了你的忙！”

白驼山主道：“最不济我还可以躲到他的御林军中去。”

穆欣欣道：“就只怕天下没有这样凑巧的事，刚在你大难临头的时候，他就来到。”

白驼山主道：“你这是什么意思？”

穆欣欣道：“没什么意思，既然你现在有了靠山，我还能勉强你跟我走吗？好吧，你去倚靠穆志遥吧，但盼你不要回来求我。”

白驼山主走出密室，问那人道：“你怎么知道是穆统领？”

那人道：“他戴着一枚方竹做的戒指，我记得山主好像说过……”

白驼山主道：“对，那枚戒指，正是我给他的信物。他有这戒指，那就不会是假冒的了。”

哪知道这位御林军统领，可正是卫天元假冒的。

不过，白驼山主也是一个十分精细的人，他虽然一厢情愿，盼望是真的穆志遥来到。但因穆欣欣刚才说的那些，隐隐含有怀疑之意，却也提醒了他。因此他口中虽然说：这是真的无疑，心里却还是不能不存一点警惕的。

他也是善于改容易貌的行家，走出客厅，仔细一看，果然看出这个穆统领好像有点不对。但那枚戒指，他却认得确是真的。

他思疑不定，当下不动声色，说道：“穆统领，什么风把你吹来的？”

卫天元知道他是试探，也故作诧异说道：“是你约我来的呀！”

白驼山主道：“是吗？我近来的记忆真是大不如前了。穆统领，你一路辛苦了，是不是贵体有点不适？”

卫天元道：“托赖平安。不过，这山上太冷，我一时未能适应，患了一点伤风。”

他模仿穆志遥的口音，自知不能模仿得维妙维肖，故而托词伤风。心想：反正待一会儿就要动手，只须混过这片刻就行。

白驼山主道：“穆统领要不要先歇一会？”

卫天元道：“伤风小事，用不着歇息了。咱们还是先谈正事要紧。”

白驼山主道：“刚才咱们说到哪里？”

卫天元道：“说到我是来赴山主的约会。”

白驼山主道：“对了，我想起来了。我好像是写过一封信给你。”

卫天元忍住气道：“这封信我带来了，请你看看，是不是你原来写的那封？”

卫天元为何还要和他敷衍，而不立即出手呢？这是有原因的。

一来是因为要等待援兵。白驼山主虽然接连损折得力手下，但部属少说也还有三五百人，卫天元这边，只有玉虚子、楚天舒和他三个，要是径自闯关寻仇的话，只怕未曾见到白驼山主，他们已是精疲力竭了。因此卫天元才想出这个计策，冒充穆志遥来见他的。但他既然是冒充穆志遥，玉虚子和楚天舒当然不能陪他一起来了。为了避免引起注意，他们是和卫天元约好，在卫天元进了总舵之后半支香时刻，他们方始赶来接应的。他们赶来接应，当然也不会是从正门攻入。

二来他也要等适当的时机，白驼山主的武功非同小可，卫天元虽然自信未必会输给他，但一击不中，只怕就要前功尽废了。什么时候是最适当的时机呢？当然是在白驼山主对他不再怀疑，毫没提防的时候。

他认定现在还只是白驼山主在试探他的真假，因为“假如他早已知道我是假的，为何还不出手？”他哪知白驼山主老奸巨猾，在未有把握之前，也是和他一样，要等待适当时机，方敢出手的。他甚至想得更为周密，最好是不用出手，便可取对方性命。（他根本还未知道是谁假冒穆志遥，心里还着实有几分害怕，害怕可能是齐勒铭呢。）

白驼山主一见他把信拿出来，便即把手一招，在五步之外，把那封信凌空抓了过去。

卫天元吃了一惊，心里想道：“我练的擒龙手，虽然也可以在五步之外凌空取物，但想要和他这手功夫相比，我恐怕还得再练三年。”要知这封信不过是薄薄的一个信封，包着一张纸，分量甚轻，不易受力。这封信能够平平正正向他手中飞去，可知他的功夫是如何老练了。白驼山主接过信来一看，立即满面堆欢，说道："不错，正是我写的那封信。穆大人，你莫怪我多疑，我们只是在二十年前见过一次面，而江湖上的易容术却是越来越精，我实在不能不提防有人假冒。"

卫天元只道是不出所料，当下也装模作样地哼了一声，说道："那么，你现在不怀疑了吧？"

白驼山主暗暗好笑："你以为可以骗得过我，终归还是着了我的道儿。"原来他上次入京，也曾和穆志遥秘密约会过一次的。这件事卫天元却是不知，给他一试就试出真假来了。

白驼山主不动声色，倒了杯茶，说道："穆大人，我给你赔礼，请喝茶。"

卫天元可不敢贸然喝他这杯茶，摆一摆手，说道："你多加小心是应该的，不用客气。"

白驼山主道："穆大人，你不肯接受我的赔礼，那就是还在怪我了。哪有客人来到，一杯茶都不肯喝的道理？"

卫天元暗自思量："要是我不肯喝这杯茶，倒显得是我思疑他了。他现在已经相信我是正牌的穆志遥，料想不会在茶水里下毒。"

为了争取时间，他决意冒这个险，搏他一搏。但正当他要接过来的时候，忽地窗外飞来一颗石子，当的一声，茶杯碎成片片！

茶水泼在地上，登时冒起一股青烟，平整的石砖，也给腐蚀成蜂巢一样。

再糊涂的人，都知道是一杯非常厉害的毒药了！

茶杯碎裂的声音一起，客厅内外，都闹开了！

外面人声鼎沸："有刺客！""快来这边！""妖女往哪里跑！"第一个叫"有刺客"的人，是尚未见着刺客的，第二个已经发现刺客所在的方向，第三个则已知道刺客是女的了。白驼山主的手下，虽然缺乏一等一的高手，但组织的严密，行动的迅速，还是不容轻视的。

白驼山主的反应就更迅速了。换了别人，手中的茶杯突然给外面飞来的暗器打碎，一定会惊得发呆，但他却是虽惊不乱，一转身，反掌就向卫天元打去。

双掌相交，白驼山主身形一晃，卫天元退了两步。这倒不是因为卫天元的功力差过对方，而是因为白驼山主所练的功夫十分邪门。

他右掌练的是“火焰刀”，卫天元碰着他的手掌，只觉有如碰着一块烧红的铁块一般，骤吃一惊之下，不能不退，登时就落了下风。

说时迟，那时快，白驼山主左掌又已拍到。这次卫天元避开了和他的手掌接触，但掌风却是避不开的。说也奇怪，他右掌发出的掌风，有如从铸铁的鼓风炉中吹出，热得骇人。左掌练的是“寒冰掌”，发出的掌风，却好像是冰窟中吹出来的冷风，奇寒透骨！

卫天元一接了他这两掌，他也立刻知道不是齐勒铭了。虽然卫天元用的也是齐家的内功。

懂得用齐家的武功，而功力又比不上齐勒铭的，还能有谁？

白驼山主松了气，立即冷笑说道：“我道谁，原来是你！哼，姓卫的，你冒充穆志遥来暗算我，算得什么英雄好汉！”本来是他用毒茶暗算卫天元的，他反而怪责起卫天元来了。

卫天元斥道：“当年你借刀杀人，把毒药暗器给穆志遥，叫他来偷袭我的爹爹，这又算得是什么英雄好汉行径？”

白驼山主哈哈笑道：“原来你是报仇来的，很好，那我就让你们父子在阴间相会吧！”

他口中说话，出手却是丝毫不缓。就在他们说这几句话的时间，他已是接连攻了卫天元十七八招。

不过，那个“刺客”亦已来到了。

就在“妖女往哪里跑？”的呼声中，一个白衣少女闯进客厅来了。

当然是上官飞凤！

她施展迅捷无比、奇诡异常的幻剑，把几乎是贴在她背后追来的几个打手全都刺杀，另外的人见她剑法如此狠辣，不约而同地都是在大惊之下停了脚步。

卫天元早已料到来的是上官飞凤，但看见了她，还是禁不住心情激动。

他惊喜交集，叫道："你来了！雪、雪君呢？"上官飞凤喊道："小心毒掌！"声到人到，刷刷刷连环三剑，把白驼山主逼开。

上官飞凤也是心情激动。卫天元一见她的面，第一句话问的就是姜雪君，你想她的心中是什么滋味？

她忍着悲酸，强摄心神，说道："我还没见着姜姐姐，但我知道她的下落。目前对付强敌要紧，事情过后，我和你去找她。"

白驼山主纵声笑道："你们还想去找姜雪君，姜雪君早已给我杀了！"

卫天元虽然在前两天才见过姜雪君，但还是不禁一惊。

上官飞凤道："别相信他的鬼话！"

白驼山主道："鬼话？我告诉你吧，她是刚在一个时辰之前给我毒死的，你要不要去看看她的尸体？"

白驼山主夫妇是使毒的高手，卫天元即使明知他说假话，心神也总有点不能安宁。只要他有百分之一的猜疑，白驼山主也就达到扰乱对方的目的了。

他在上官飞凤来到之后，本来已是只有招架之功的，此际趁卫天元心神不定，乘机反攻，立刻又扳成平手了。

上官飞凤道："沉住气，别上当！"但卫天元除非能够亲眼看见姜雪君还活着，否则他又怎能百分之百的放心？

忽听得有人说道："宇文雷，你看看我是谁？你是想害死我，可惜我没有给你害死。"

白驼山主看见了，卫天元也看见了！

有个少女的影子在窗外一闪即过，但他们都已确实看见了。

卫天元大叫："雪君，雪君！"

姜雪君没有答应，也没有进来！

上官飞凤道："好，你现在可以放心了，赶快给你爹爹报仇吧！"

卫天元是的确可以放心了，姜雪君为什么不进来助他的用意，他也懂得了。有上官飞凤与他联手，已是足够对付白驼山主，她还何必插在他们两人当中？

姜雪君用这样的态度对他，他虽然还是有点不能释然于怀，但已是可以安心作战了。

卫天元放下了心，现在却轮到白驼山主猜疑不定了！

姜雪君是怎么进来的，她的本领比不上卫天元，轻功更比不上上官飞凤，怎能在他们的森严防卫之下，直闯禁地，竟然在他客厅的窗外出现？他的手下难道都已瞎了眼睛？

不过他的惶惑当然是不会在脸色上表现出来的，他反而冷冷笑道："姜雪君是死定的了，你以为这里是无人之境，可以任由她来去自如的吗？我的人都在外面，用不着我亲自杀她，我的手下就会将她斩杀！你们两个也是同样逃不掉！"

这话倒不是虚声恫吓，假如卫天元与上官飞凤不能在最短的时间杀掉白驼山主的话，他的手下越来越多，他们二人终将死在围攻之下。

但奇怪的是，上官飞凤刚给发现之时，四面八方都有吆喝声的，现在她已进了客厅，和白驼山主交上手了，但却不见有人追来，吆喝声也稀疏得几乎听不见了。

卫天元正自诧异，忽听得一个熟悉的声音从外面传来："越过这座假山者死！"

卫天元喜出望外，白驼山主这一惊却是非同小可了！这是齐勒铭的声音。

白驼山主这才明白，为什么不见他的手下来援，那是因为有齐勒铭守在外面的缘故。

卫天元也恍然大悟了，为什么姜雪君能够来去自如，那是因为有齐勒铭给她开路的缘故。

白驼山主看不见外面的情景，要是他看见的话，将会更加吃惊，外面横七竖八的，少说也倒下了三四十人。

其中一半是给齐勒铭刺着穴道的，齐勒铭出手没上官飞凤那样狠辣，他并没斩杀，只是令对方消失抵抗的能力，但他的刺穴却更加迅速有效。他是表明了只要不和他作对，就可以免于诛戮的。

另一半则是给银狐穆娟娟的梅花针打中的。她用的不是淬有剧毒那种，但却可以令人全身麻痹，失了知觉。

白驼山主的手下有三百多人，倒下的虽然不过十分之一，亦已足以收吓阻之效了。

白驼山主强抑内心的惊惶，大声说道："齐勒铭，你要杀我的话，现在是最好的机会，你进来吧！"

卫天元也在同时说道："师叔，你不要进来！"

两人的意思，齐勒铭都明白，他哈哈一笑，说道："天元，我知道你用不着别人帮忙。宇文雷，你也不用激我，我要杀你，早就可以把你杀了。"顿了一顿，接着说道："你几次三番害我，本来我要找你算账的，但卫天元要为父报仇，比起我和你的过节，更加重要，我只好让给他。不过，你可别想逃跑，你一走出这座房子，可休怪我出手！"

卫天元道："师叔，这你大可放心，他现在是绝对走不了的！"

外面的人进不来，白驼山主孤掌难鸣，也难怪卫天元充满信心了。

但这句话他还是说得早了一点。

不错，白驼山主在他和上官飞凤联手夹攻之下，是只有招架之功，毫无反手之力了。甚至想腾出手来发暗器，亦已力不从心了。

但他也并不是没有人在暗中帮他的忙的。

激斗中，卫天元和上官飞凤忽地嗅到一种奇怪的气味，有点像是鸦片烟那种香气。初时不怎么觉得，越来越是浓烈。他们必须闭着呼吸，不能开口说话了。

自作孽不可活

这种古怪的气味迅速弥漫，他们虽然闭了呼吸，仍是不能不受影响。不知怎的，好像要打瞌睡，提不起精神。但白驼山主却反而精神倍振。

原来这是特制的"神仙丸"的香气，比普通神仙丸强烈十倍。白驼山主本身就是制炼神仙丸的人，这种气味已闻惯了，对他当然没有影响。

但他却也有点既喜且惊，心里想道："这种浓缩的神仙丸药剂，我还未配成功，想不到欣欣已配成功了。”香气是从复壁的缝隙散发出来的。白驼山主当然想得到躲在复壁内的是什么人。

果然就听得穆欣欣的声音传了出来：“别犹疑了，趁这机会咱们赶快逃吧。怎么，你还在恋战？再迟就来不及了！”

这复壁是有暗门的，白驼山主只要靠近墙壁，就可以开启暗门。但他在卫天元、上官飞凤夹攻之下，却只能全神应战，休说难以靠近墙壁，即使能够移动到墙边，也腾不出手来。

他当然明白，穆欣欣是叫他从暗门进来，然后和她一起逃走的。

这件事，刚才是做不到的，现在则是可以做到了。

但现在他却又不想逃走了。像是一个贪得无厌的赌徒，快输光的时候，只想赢回本钱。待到赢回本钱，又想获得利钱了。

在此他还要搏下去。

他打着如意算盘，卫天元和上官飞凤眼看就可被他所擒，只要他有人质在手，他就有了可以和齐勒铭讨价还价的资本，最少也可以保得住白驼山主的基业了。

穆欣欣的话，他非但听不进去，反而有点怪她为何不更进一步出来助他。

穆欣欣似乎知道他的心思，在里面幽幽叹了口气，说道：“天作孽，犹可活；自作孽，不可活。你还不醒悟吗？你不醒悟，恕我不能陪你赌下去了。”

白驼山主哼了一声，心想：“你走了更好，免得对我纠缠不清。”此际，上官飞凤的出招已是不成章法，卫天元的掌力亦已不及原来的三成了。他独力就可以把他们二人擒下，还何须穆欣欣来帮他的忙？

哪知事情忽然又有出他意料的变化。

强烈的神仙丸气味中忽然渗进一点清香，不是感觉十分灵敏的人根本就觉察不到。

卫天元和上官飞凤初时还是昏昏沌沌，感觉不到的。忽然就觉得呼吸舒畅，精神就恢复清爽了。

他们从神智迷糊到忽然清醒，就好像做了一个梦似的，不禁都是莫名其妙。

他们莫名其妙，白驼山主则是心中明白。这股清香正是可以中和他那神仙丸的解药。这种解药，比他自制的还更有效，不问可知，自是银狐穆娟娟的“杰作”了。

心念未已，果然便听得穆娟娟的声音在门外说道：“姑姑，你一生吃了多少苦头，都是拜他所赐，到了如今，你还要维护他么？”

白驼山主好似听到一声叹息，宛若游丝袅空，疑有疑无。不知穆欣欣是否还藏在复壁，连忙叫道：“欣欣，过去我对你不好，我知错了，快来帮我！”

穆娟娟站在门外，并没听见这声叹息。她也提高声音说道：“姑姑，你不出手，我也不出手。你若执迷不悟，可休怪我做晚辈的无礼！”

卫天元与上官飞凤恢复清醒，立即反攻，掌影盘旋，剑光飞舞，登时把白驼山主困在当中。此时他想从暗门逃走也不能了。

白驼山主大叫：“欣欣，你是她的姑姑，你的本事比她大，你怕她作甚，快来助我，快来助我！”

忽地又听得有人叹息，但却不是穆欣欣的叹息。

“你们两人真是不要脸，可谁叫你是我的丈夫呢！”是金狐穆好好的声音。

暗门突然打开，金狐现出身来！

她一出来，立即听得“轰”的一声，一枚暗器从她手中掷出，还没落地，就爆炸了。

这是穆家的独门暗器——金针毒雾！

客厅里烟雾弥漫，烟雾中夹着无数细如牛毛的梅花针，金光闪烁。

卫天元的掌风可以扫荡梅花针，但那毒雾在一时之间，却是难以扫荡。烟雾弥漫中，他的眼睛都睁不开了。

陡然间只觉寒热交作，既有寒流袭到，又有热浪涌来。

白驼山主双掌齐发，向他猛击。右掌是“火焰刀”，左掌是“寒冰掌”。

“蓬”的一声，四掌相抵，这一下卫天元亦是用了全力。

卫天元跌在地上，白驼山主也是“哇”的一声，吐出了一口鲜血。

上官飞凤怎容得他伤害卫天元，刷的一剑向他刺去。

白驼山主左肩中剑，伤上加伤。

忽听得金狐喝道：“你还要不要卫天元的性命？”上官飞凤吃了一惊，赶忙回过头来，挥剑向金狐声音的来处刺去。

白驼山主一得脱身，立即就打开复壁的暗门，躲进去了。

其实卫天元尚未落在金狐手中，他内功深厚，一时还不至于昏迷，早已滚到一个角落。

金狐引开上官飞凤，斜身滑步，赶忙跑到暗门所在的墙边。

她穿的是一身黑色衣裳，烟雾弥漫，上官飞凤几乎看不见她的影子。不过，她一剑刺空，就已知道金狐是逃跑了。

金狐悄无声地靠近墙边，不料那道暗门却打不开。原来白驼山主恐怕对方跟着追来。他一躲进去，就在里面把暗门闩上了。机关是在墙内的，除非把这堵墙拆平，外面的人，无法打开暗门。

卫天元叫道：“飞凤，我没事！”他是怕飞凤为他着急，用力叫出来的。他不出声还好，一出声可就真是“有事”了。张口吸进毒雾登时昏迷。

但更着急的还是金狐。她冒险救了丈夫，不料丈夫反而不顾她的死活。

她着急之下，大力拍打墙壁，叫道：“快放我进来，放我进来！”她不是没想到上官飞凤的幻剑厉害无比，但只盼暗门打开比上官飞凤的幻剑来得快些。

她听见的只是自己的回声，上官飞凤的剑尖已是指到她的背后。

金狐武功不弱，但却怎比得上上官飞凤的幻剑。她挥袖一拂，“嗤”的一声，衣袖被削去了一幅。袖中飞出的暗器也没伤着上官飞凤。上官飞凤的幻剑展开，全身遮拦得风雨不透，不但可以攻击敌人，也可以保护自己。

上官飞凤的幻剑如影随形紧跟着她，复壁她进不去，只好向外逃了。

金狐跑了出去，上官飞凤就毋须追杀她了。她赶忙把卫天元扶起来，只觉卫天元手足冰冷，叫他又没听见他答应，大惊之下，连忙探他鼻息，好在他的呼吸还未断绝，上官飞凤这才稍稍放心，立即将他背了出去。

金狐逃出客厅，首先碰上的是楚天舒。楚天舒是曾被她毒针听伤，险些送了性命的。仇人见面，分外眼红，喝道："妖狐，你也有今日！"双笔便即刺她穴道。

忽听得"当"的一声银狐穆娟娟突然拔剑，把楚天舒的判官笔隔开。

穆娟娟道："天舒，请你看在我的份上，好歹她是我的姐姐。"楚天舒退过一旁。

金狐抬眼望她妹妹，半晌说道："哦，你居然还肯认我做姐姐？"

银狐道："咱们虽然自小分散，毕竟还是姐妹。我也曾做过许多错事，只要你……"

金狐道："我不想听你的教训，只想求你一件事情。"

银狐道："请说。"

金狐道："我那浩儿给你的丈夫废了武功，白驼山上他恐怕是不能住下去了。你肯替我照料他的一生么？"眼睛盯着妹妹，脸上神情十分古怪。

银狐吃了一惊，说道："姐姐，你可莫要自寻……"

金狐道："你以为我要自寻短见？我还舍不得死呢！不过，世事难料，我只问你，你可肯答应我的要求？"

银狐道："好，我答应你。"

金狐道："那我就放心去了！"突然转身飞跑，跑进她刚刚从那里出来的客厅。客厅里的毒雾还未消散。

齐勒铭走过来道："娟娟，你为什么不拦阻她？"

银狐道："因为我已经知道她要去做什么了。"想起姐姐转身之际脸上古怪的神情，眼中怨愤的火焰，她不觉打了个寒噤，继续说道："一个人如果决心去做一件事情，你阻拦她，她死也不会瞑目。"

齐勒铭苦笑道："看来你们虽然自小分开，但最懂得她的也还是你。"

银狐道："这个当然，因为我们本来就是一母所生的姐妹。但你又怎知道我懂得她?"

齐勒铭似笑非笑道："别忘了我和你也是同一类人。咦，你又在想些什么?"

银狐呆呆出神，过了一会，说道："我是在想，假如易地而处，我是自小就在白驼山的话，我恐怕也会变成姐姐一样!"

上官飞凤已经和卫天元出来了，她这时也在想道："我是不是也和他们同一类的人呢? 我不知是不是，但天元一定以为我是的!"不过卫天元还在昏迷不醒，她可不能老是在想自己的心事了。

齐勒铭给卫天元把了把脉，说道："他是中了白驼山主的寒冰掌吧?"

上官飞凤道："不错。"

齐勒铭道："天舒，你还有没有琼玉丸?"那是楚家秘方配制，功效可以和少林寺小还丹相比的灵药。

楚天舒道："还有两颗。"

齐勒铭拿过来给卫天元服下，说道："我可以替他推血过宫。但还有一样，他醒来后，功力未复，一时间恐怕难耐严寒。"

上官飞凤道："这个无妨，我身上也还有阳和丹。星宿海的奇寒都能抵御。"

齐勒铭道："好，那么他在两个时辰之后，就可以醒来。"

上官飞凤望向那毒雾已经消散了一半的客厅，说道："这里的事情还未了结，他两个时辰之后醒来不知白驼山主……"

银狐懂得她的意思，说道："我想，卫天元是用不着亲手报仇了。"

银狐猜得不错，的确是另外有人替卫天元报了仇了，虽然那两个人的本意并不是要为卫天元报仇，但结果都是一样。

白驼山主跑回密室，只见穆欣欣盘膝坐在床上，床头几上，点着一支蜡烛，烛光碧绿，映得穆欣欣的脸色，也颇有几分妖异之感。

密室里本来是点着有玻璃罩的灯的，不知何时，给穆欣欣换上蜡烛。

不过，白驼山主的心情，此际也无暇去注意这点小事了。他怀着惴惴不安的心情叫道："欣欣!"

穆欣欣睁开眼睛，幽幽说道："你知道，我一向喜欢烛光。咱们第一次幽会，我的房间里就是点着蜡烛的。"

白驼山主勉强笑道："难为你还记得这些旧事。"

穆欣欣道："你忘记我可没有忘记。"

白驼山主道："我知道过去对不起你，但过去的请让它过去吧。从今之后，咱们是永不分开的了。"

穆欣欣道："永不分开？真的吗？"

白驼山主道："当然是真的。因为我已经知道，只有你是真心对我好的。你真心对我，我当然也要真心对你。"

穆欣欣道："好像你和好好也说过同样的话。"

白驼山主道："那是假的。我们相好在前，我怎能忘了你的恩义。我回到这里，就是真心对你的证明。"

穆欣欣道："不错，我知道你一定会回来的，所以我早就在等待你了。"

白驼山主道："欣欣，你一定得帮助我!"

穆欣欣叹口气道："你一直不肯听我劝告，现在才来求我，迟了，已经迟了!"

白驼山主只道她是害怕外面的强敌，说道："不迟。这房间里有个秘密，你尚未知。"

穆欣欣道："什么秘密？"

白驼山主道："另外还有一条地道，可以通到外面的。那个地方是别人不知道的，我可以躲在那里养伤。不过必须你照料我。"要知他受的内伤不轻，如今是必须穆欣欣的保护了。而且，穆欣欣的武功或许比不上他，但逃跑的方法却比他多得多。比如说，万一给敌人发现的话，她放出烟雾弹就可以掩护他逃跑。

穆欣欣不置可否，白驼山主道："我说的都是真心话，你还不能相信我吗?”

穆欣欣道:“待你养好了伤,大概你又想要回来,重新做你的山主吧?”

白驼山主道:“不,我只想永远陪伴你。你不愿我做山主,我就任你选择任何地方,我与你一同归隐。”

穆欣欣似乎有点满意的表示了,颔首说道:“永远陪伴我,好,很好!”

白驼山主也很满意她这答复,说道:“好,事不宜迟,咱们这就走吧!”

说罢,他就打开那条地道的入口机关。

忽听得“蓬”的一声,一股黑烟冲上来。一个黑衣妇人像是鬼魂般从黑雾中升起。

“你想不到我也早已知道了你这条地道的秘密吧?”

白驼山主又惊又怒,喝道:“好好,你……”他一掌拍下去,忽然发现自己已是半分力道也使不出来了。回头一看,只见穆欣欣比他更糟,她已是晕迷过去,眼睛紧闭,躺在床上了。

金狐道:“还有一件你想不到的是,我已制成一种药性和神仙丸又相同又相反的神香,相同的是它们都可以令人精神萎靡,四肢无力;相反的是,如果吃惯神仙丸的人,我这种神香,在他身上发生的效力就更大!怎么,你瞪着眼睛看我做什么,是不是不喜欢我回到你的身边?”

白驼山主道:“我们是生则同衾、死则同穴的夫妻,我怎会不喜欢你回到我的身边?”

金狐冷笑道:“生则同衾,死则同穴?亏你还有脸皮和我说这样肉麻的话?要不是娟娟还肯认我做姐姐,我早已死在外边了!”

白驼山主道:“刚才我是自身难保,并非有意抛开你的。夫妻无隔宿之仇,请你别说这些气话了。”

金狐道:“哦,刚才你是连开门的气力都没有了么?”

白驼山主无言以对,只好勉强笑道:“我知道你一定有办法回来,也一定会回到我的身边的。”

金狐道:“为什么?”

白驼山主道："因为只有你才是真心对我好。好好，请你相信我，你对我好，我又怎能对你不好？从今之后，咱们夫妻寸步也不分开！"

金狐淡淡说道："类似这样的话，好像你也曾和我的姑姑说过。"

白驼山主作出个鄙弃的表情，说道："咱们是名正言顺的夫妻，她怎能和你相比？我不过是为势所逼，不能不敷衍她罢了。你要是不相信的话，我可以马上将她杀掉！"

金狐道："我回来，并不是要你杀我的姑姑的！"

白驼山主道："好，那么咱们走吧，让她自生自灭！"

金狐忽道："你知道我是为了什么回来的吗？"

白驼山主道："因为你知道我现在最需要你！"

金狐道："你现在最需要，将来呢？"

白驼山主道："将来当然也是一样！"

金狐道："可惜我却不敢相信你！"

白驼山主急道："此处越早离开越好，你要怎样才能相信我？"

金狐说道："你说过永远也不离开我的，好，我现在就叫你永远也离不开我！"提起手掌，就向他的脑门拍下。

白驼山主大惊道："你干什么？"

金狐道："你死了，我陪你死，这不就是永远都在一起了。"

白驼山主大叫道："不，不！有话好说，请别、请别……"

话犹未了，金狐已是一掌拍在他的脑门上。

白驼山主只觉一阵地转天旋，几乎失了知觉。

殊不知白驼山主固然吃惊不小，他的妻子金狐却更加吃惊。

原来她本是想杀了丈夫，然后自杀的。她打向丈夫脑门的那一掌，确是用力打下去的。

但不知怎的，突然间她发现自己的气力已经消失了，而且消失得很快，打着丈夫的时候，还有平常人的气力，如今则是根本不能用力了。

她抬眼望向姑姑，姑姑还是那么样躺在床上，双目也仍然紧闭，好像睡着一般，但嘴角却挂着一丝冷笑。

白驼山主一阵地转天旋，晕眩过后，苦笑说道："我还以为你是真的要杀我呢！"

金狐作了一个媚笑，说道："我怎舍得让你死呢，不过，今日之事你实在是令我太过伤心，所以……"

白驼山主道："我知道我是对不起你，所以你要惩戒我，但现在已经惩戒过了，你可以给我解药了吧？"

金狐是知道丈夫的本事的，她的气力已经消失，迟早丈夫会看得出来，那时她身上的解药也无法不让他搜去。念头一转，"不如再利用他一次。"拿解药出来的气力她还是有的，就把一颗解药拿给丈夫，说道："解药可以给你，但你得答应我一件事情。"

白驼山主谄笑道："请夫人吩咐。"

金狐道："好歹她是我的姑姑，我不忍心让她被我的毒香所害。你把她抱到外面去。"

白驼山主道："你不是说过，由得她自生自灭的么？"

金狐道："在这里她是必死无疑，在外面她还可以有一线生存机会。这才符合让她自生自灭的原意。"

白驼山主却怀疑妻子是试探他，说道："何必这样多事，你怕她死得痛苦，不如让我给她补上一掌。"

金狐发觉自己的情况越来越糟，她是使毒的大行家，此时已经察觉自己是中了无名奇毒，毒入脏腑，求生是决不可能了。她狠起心肠，念头再转，说道："好吧，你要杀她，那也由你！"

白驼山主服下解药，呼吸似乎顺畅了些，便走过去发掌打穆欣欣，和金狐刚才打他一样，他也是打穆欣欣的脑门。

不料他一打下去，登时也就和金狐刚才一样，发觉自己的气力是突然消失了。而且比金狐尤甚，金狐还可以打得他晕眩，他打在穆欣欣的脑门，手掌已是软绵绵的丝毫也使不出气力了。

穆欣欣突然张开双眼，坐了起来。

穆欣欣淡淡说道："你杀不死我，大概很奇怪吧？为什么服了好好的解药，却连杀我的气力都没有呢？我可以告诉你这个秘密，因为我这支蜡烛的烛心是用黑心兰做的。"

黑心兰是世间七大毒物之一，制成蜡烛，毒质在燃烧中挥发，

穆欣欣保持那凄凉而又带快意的笑容，看白驼山主和金狐相继倒下，最后她也倒下去了。

毫无气味，能杀人于不知不觉之间。金狐的功力比不上丈夫，所以她中的毒首先发作。但白驼山主虽然发作较迟，中的毒却是更深。

金狐道："恭喜姑姑，制成了这种世间奇毒。不错，我是妒忌你，但要杀你，可并不是我的主意。"

穆欣欣道："不错，你最初是想用他来制伏我的，你以为趁他功力尚未完全消失，可以轻易将我制伏。但你要我活过来，也不过是想迫我交出解药罢了。可惜，你这脑筋动慢了一步。"

白驼山主忙道："欣欣，你真是明察秋毫。我本来并无害你之意的，我假装要杀你，不过是试探这贱人而已。"

金狐怒道："我早知道你是无情无义的了，却还没想到你是这样一个无耻小人，我真后悔给你骗了一生。"

白驼山主冷笑道："刚才我试探你口风的时候，你怎样说的，要不要我复述出来？"他用问话的语气，但却并不住口等待，就把金狐那句话复述出来了："好吧，你要杀她，那也由你！"而且模仿她的神气和语调，维妙维肖。

两人都没气力打架，只能吵嘴。不过吵嘴也不能维持多久，渐渐就连说话的气力都没有了。

穆欣欣这才长叹一声，说道："你们也不必吵了，我知道你们都是想要我的解药。但可惜我只是种出了黑心兰，却还没有把解药制成功。这种毒是根本没有解药的！"

白驼山主大惊，用了最后一点气力骇叫："没有解药？"

金狐却突然发狂地笑了起来，说道："我本来想和这无情无义的人同归于尽的，今日得遂所愿，那也很好啊！"

穆欣欣则凄然笑道："是啊，他对我和对你都说过同样的话，希望从今之后，永远也不和我们分开的。我们三个，都是罪孽深重的人，所以我也觉得应该完成他的心愿，这样的结局，的确是最好也不过了！"

她保持那凄凉而又带着快意的笑容，看白驼山主和金狐相继倒下，最后她也倒下去了。

待穆娟娟找到这间密室之时，发现的只是三具尸体了。

善、恶、爱、憎、情、孽、恩、怨，都已同归于尽！

穆娟娟紧握丈夫的手，低声说道："祸福无门，唯人自召，这句话我如今是真正懂得了。"齐勒铭默然不语，半晌叹道："是啊，人谁无错，做错了事不打紧，怕的是错不知错，一直错下去。"

穆娟娟道："多谢你的提醒。"齐勒铭道："我不只是说你，也说我自己。扩而大之，和咱们同一类的人都可以适用。"

穆娟娟如有所思，忽道："是不是也包括上官飞凤？"

齐勒铭道："她和我们表面相似，其实并不相同。她做的是对是错，局外人恐怕也很难评定。不过，别人的事情咱们也无谓谈论了。此间事已了结，咱们是可以走了。"

穆娟娟道："那盘残棋呢？"

齐勒铭道："棋局已经摆明，依你说应该走哪一步才对？"

穆娟娟摇了摇头，道："我不知道。"

齐勒铭道："是啊，咱们只能把局中人引来，让他们看清楚了这局残棋，至于残棋应该如何收拾，咱们就恐怕是帮不上忙了。"

花自飘零水自流

不错，俗语虽说当局者迷，但在某一些人生的棋局中，往往也有局中人比局外人更清醒的。卫天元清醒过来了。

他看见的是一片火光，齐勒铭等人临走的时候，已是把白驼山主的制毒机关付之一炬。火光还未熄灭，山上的建筑已是化成瓦砾。

不但齐勒铭夫妇业已不见，上官飞凤也不见了。

留在他身边的只有一个楚天舒。卫天元黯然道："飞凤走了？"

楚天舒道："你别问我她去何方，莫说我不知道，即使知道我也不会告诉你。"

这话实是话中有话，但卫天元已是无暇推敲了，只是茫然反问："为什么？"楚天舒道："因为我知道她已经不想再见你了。"

卫天元道："她还有什么话留下给我吗？"

楚天舒道："她说对不住你，但也不想求你原谅。只盼你能够找到幸福。"

上官飞凤留给他的话就这么多了，但楚天舒却加上自己的意见，另外说了几句："你这次也是她救活的，即使她有什么对不住你，功亦足可补过了。"

卫天元茫然望向远方，苦笑说道："我也不知是谁对不起谁。雪君呢？"

楚天舒道："哦，她来过了么？我没看见。"

卫天元道："她来过了。她看见我，我也看见她，那绝不是幻影，绝不是幻影！"

楚天舒道："也许正因为她看见你们，所以她才走了。"卫天元说的是"我"，楚天舒说的则是"你们"，用不着画蛇添足，卫天元也懂得他的意思了。

果然楚天舒接着便即说道："男女之情，好比眼睛，眼睛里是不能掺半粒砂子的。你究竟是要谁？"

卫天元呆了一会，说道："我不知道，我要找她去。"突然一拳打出，把一块坚冰打得粉碎。

楚天舒吃一惊道："卫兄，你干什么？"

卫天元道："你看，我的气力已经恢复七八分啦，所以你不必替我担心了。我去找雪君，你也应该回去了。"

楚天舒道："我，回去，回去哪儿？"

卫天元道："齐师妹在瑶光散人那儿，过了这么多日子，她的伤想必亦已好了。她等你，恐怕亦已等得心焦了。"

楚天舒叹道："好吧，那我就不陪你去找雪君了。你们的事，我是帮不上忙的。这个结只能由你们自己去解开了。"

卫天元回到那个山谷。

情景还是像那天的样子，谷中落花堆积，山湖旁边都是花树，湖面也有落花和零散的冰块缓缓漂流。只是湖边少了个姜雪君。

那晚的遭遇似梦非梦，但现在却是天明，阳光灿烂，他看到的是真实的世界，绝非幻境。

他穿过花树，在小湖的后面发现了一间石屋。他的一颗心砰砰跳动，叫道："雪君！雪君！"

没有回答。

但那两扇门却打开了，一个尼姑走了出来。不错，是姜雪君，但她却变成尼姑了。

姜雪君合十道：“贫尼慧净，施主找谁？”

卫天元呆了一呆，叫道：“雪君，你明知是我找你，为何你不认我？”

姜雪君道：“姜雪君？世上已经没有姜雪君了。贫尼慧净。”卫天元呆了一呆，说道：“听说佛门不打诳语？”姜雪君道：“不错。”

卫天元道：“那你怎能忘了我们同拾鸳鸯石的事？你说过我们要做一对永不分离、比翼双飞的鸳鸯的！”

姜雪君道：“那是姜雪君说的，不是慧净说的。”

卫天元道：“姜雪君就是慧净，慧净就是姜雪君！”

姜雪君道：“你错了，你只能说慧净的前身是姜雪君，却不能说慧净就是姜雪君！”

卫天元道：“那么，姜雪君可以变为慧净，慧净又何尝不能变为姜雪君？”

姜雪君道：“慧净或者还会再变，但决不会变为姜雪君！”卫天元道：“为什么？”

姜雪君不答，却向那冰湖走去。卫天元跟在后面，兀自喃喃说道：“难道姜雪君变了慧净，就连昔日的深情都变了么？”

姜雪君走到湖边，拾起落花，一朵一朵抛在湖水，花瓣散开，随水漂流。

卫天元道：“是啊，那天晚上，你就是这样子的。但你现在，却无须慨叹花自飘零水自流了。只要你愿意……”

姜雪君忽道：“你看看这水中的花，还是不是地上的花？”卫天元道：“怎么不是？”

姜雪君道：“你看，这朵花在我手中还是完整的一朵花，但抛到水中呢？”那朵花已经抛到水中，冰湖风浪虽然不大，也有微波，波浪翻卷之下，那朵花转瞬就分成一瓣瓣了。

姜雪君道：“你看，此花是不是不同彼花了。再说地上的花，你脚下踩的泥土就是落花所化。你能说花即是土，土即是花么？”

卫天元道："落红不是无情物，化作春泥更护花！"他无法与姜雪君辩论，只能用情来打动了。姜雪君道："你再看这流水，水还是水，但此一刻的流水，却已不是前一刻的流水。"卫天元道："那又怎样？"

姜雪君道："那说明世间无不变之事物，花变成泥，泥若再变，可能变成岩壁，但决不能变回枝头上的花！"

卫天元道："古语有云：海可枯，石可烂，情不可变。花会变，水会变，情不会变！"

姜雪君道："古语也未必都是对的。情生于'实'，'实'变，情也变。我给你说一段佛法吧，华严经有云：现见世间虚妄之物，未有不依实法而起者。如无湿性不变之水，何有虚妄假相之波？"

所谓"实"，即某一特定环境，环境变了，感情也会改变。《华严经》认为"情"是有现实基础的，但"情"的本身则是"虚妄假相"。"情"和"实"的关系，好像"水"和"波"一样。

卫天元苦笑道："我听不懂高深的佛法，我只想问你，你为什么要变作慧净？"

姜雪君道："我就是慧净。慧净还没变，我也没变。"

卫天元摇了摇头，说道："别绕着弯子说话了。好，那我改个问法吧，姜雪君为何要变慧净？"

姜雪君这才正容答道："是为了求心之所安！"

卫天元道："哦，求心之所安，那么是为了飞凤了？"言外之意，即是要问，她是否为了要成全他和上官飞凤的姻缘，才不惜牺牲自己？

姜雪君道："飞凤自飞凤，雪君自雪君。求心之所安，决不是为了任何人的。"

卫天元道："我不管你现在是慧净还是雪君，我请你别绕弯儿，坦白地告诉我，那日秘魔崖的事情，究竟是怎么一回事？"

姜雪君道："姜雪君就是在那一天死的，难道你还不知道吗？"

卫天元道："但姜雪君事实还在。"

姜雪君道："但已变了另一个人了。经云……"

卫天元摆了摆手，说道："我不想听什么经云子曰，你的假死，是不是出于飞凤的安排?”

姜雪君道:“是我求她替我这样安排的。你不能怪她。我是求心之所安,她也是求心之所安。”原来那次秘魔崖之战,上官飞凤设计帮姜雪君报了仇(姜雪君用来刺杀徐中岳那枚毒针,就是上官飞凤替她向银狐借来的。报仇的设计,也是出于上官飞凤),但她在杀了徐中岳之后,服“毒”身亡,那颗“毒药”却是“假毒药”,服后呼吸停止,看似身亡,三天之后,却会“复活”的。这颗“毒药”也是上官飞凤给她的。

卫天元茫然说道:“你说是求心之所安,难道,你离开我反而可得心安?咱们小时候是曾……”

姜雪君道:“不错,小时候我是那样想的。那时我的世界里只有你,你的世界里也只有我。但现在不是小时候了!谁想得到我们两家同遭惨祸,各散西东?你在齐家长大,我却在洛阳跟爹爹苟活偷生!我自己也想不到我几乎做了徐中岳的妻子,虽然未拜花堂,也坐上了他的花轿。许多事都是小时候绝对意想不到的,你说不是吗?”

卫天元暗自想道:“是啊,那时我又怎想得到会碰上一个上官飞凤,又与她结下了生死与共的友谊?最后我还向她求婚!”

姜雪君继续说道:“所以说成语有言:事过情迁,佛经有云:情随实变。天元,你说句老实话,如果要你抛开上官姑娘,你是不是也觉得于心不安?”

卫天元一阵迷惘,半晌说道:“我、我不知道。”

姜雪君喟然叹道:“我们的往日之情有如流水,抽刀断水虽不可能,但水流已经改了方向了。水上的波纹更是虚妄假相之波。天元,一个人最大的快乐是什么?”她自问自答:“就是心境安宁。所以请你别强逼我从慧净再变回姜雪君了。要是我变回姜雪君的话,不但我于心不安,你和上官姑娘恐怕也要苦恼终生的!”

忽听得有人口宣佛号,跟着念一段经文:“一切有情(按:有情即众生),皆有本觉真心,无始以来,常熨清净,昭昭不昧,了了常知,亦名佛性,亦名如来藏……但从妄处执着,而不证得。若离妄相,一切智、自然智、无碍智即得现前。”

声音远远传来，人却不见。姜雪君趺坐合十，说道："多谢师父教诲。"那声音道："慧净，你真懂了么？给我道来！"

姜雪君道："斩无明，断执着，起智慧，证真如！"那声音道："对，我给你取名慧净，就是这个意思。"那声音道："你既然懂得，那还多说作甚？"姜雪君道："是！"闭目趺坐，状似老僧入定，再也不理睬卫天元了。

卫天元心想："是啊，我若纠缠下去，那倒真是虚妄执着了。"他对玉清神尼所说的经文虽然似懂非懂，但他却懂得姜雪君此刻的心境了。她的确是已经得到了安宁了。

卫天元悄悄走出幽谷，虽然不免有点黯然，但也似乎有点轻快之感。这两种感情本来是矛盾的，但在他的心里却统一起来，连他自己也觉得莫名其妙。但他的心情却确是这样。

卫天元走出幽谷，迎接他的是灿烂的阳光。他心中的一点忧郁，也像淡云遮不住燃烧的太阳了。

姜雪君已经给了他一个答案，现在他想要知道的就只是另外一个答案了——

飞凤飞向何方？

白驼山僻处藏边，卫天元下山之后，走了三天，方有人烟。但却打听不到上官飞凤的消息。

第五天他到达一个名叫日喀则的城市，边疆的"城市"，不过是人口较多、有些商店的地方罢了。

他踏入市区的时候，街头有两个孩子正在兴高采烈地谈论一件事情。

"小达子可真是交上好运了，想不到那个军官也会给他银子！"

"你只知羡慕人家的福气，你家却为何不肯收留那个汉人姑娘？"

"那汉人姑娘满面病容，爷爷是怕她病倒在我们家里。怎知病人也会变作财神？"

"是呀，财神上门，你们却把她赶走，那还怪得了谁？"

卫天元不懂病人和军官把银子给小达子这件事有何关系，但

“汉人姑娘”这四个字吸引了他的注意，于是就走过去问那两个孩子是怎么回事。

那两个孩子道：“我又不知道你是什么人，为什么要告诉你？”

卫天元笑一笑，说道：“我是那位姑娘的朋友，我给你们每人五钱银子，谁说得详细，就再加五钱银子。”

那两个孩子当然争着说了。

卫天元从他们凌乱的叙述中，加以整理，拼凑出整件事情的经过。

那汉人姑娘病倒在小达子的家中，已经有两天了。今天一早，她想吃点稀饭，给小达子一串铜钱，叫他买两斤米。日喀则的居民是吃麦粉做的馍馍的，很少人吃米。只有一间商铺有米卖，价钱卖得很高，一串铜钱不够买两斤米。忽然有个军官进来，替小达子付了米价，而且还给了小达子三钱银子，要小达子带他去看那位姑娘，因为他是那位姑娘的朋友。

卫天元心跳加速，忙道：“你们知道小达子家住哪里吗？谁带我去，我给一两银子！”

“我去，我去！”两个孩子争着说道。

卫天元给了他们每人一两银子，就让他们带路。走出“市区”没多久，两个孩子指着一座毡庐说道：“这就是小达子的家了。”“毡庐”是藏人居住的“房屋”，屋顶是用厚毡铺的。但和一般帐幕又有不同，墙壁则是泥墙。

卫天元好像听得有点奇怪的声音，说道：“好，多谢你们带路，我自己会去找她，你们回去吧。”他们站立之处，和那座毡庐的距离约莫还有百步之遥。卫天元却已听到了一个“似曾相识”的冷笑声，但却并不是上官飞凤的冷笑声。

不错，那个满面病容的“汉人姑娘”不是别人，正是上官飞凤。

她是怀着一颗破碎的心走下白驼山的，十多年从没生过病的她，忽然在途中病倒了。

好在有一个好心肠的藏族大娘收容她，让她在家中养病。

这天早上，她想吃稀饭，给了一串铜钱，叫小达子给她买两斤米。没想到小达子去的时候是一个人，回来的时候，却是四个人。除了那个军官之外，还有一个中年汉人和一个魁梧的回人。这两个人是中途加入行列的。军官对小达子说，这两个人都是那个汉人姑娘的朋友。

这三个人的确都是和上官飞凤相识的，但可惜却不能算是朋友。

那个军官是御林军的副统领，名叫鲁廷方。那次卫天元在扬州楚家被几帮人追捕，其中一帮是穆志遥派来的人，这一帮“鹰爪孙”就是由鲁廷方率领的。

那中年汉人是梅花拳的掌门梅清风。梅清风和徐中岳的私交甚好，但在江湖上还是颇有“侠名”的。他竟然也会跟鲁廷方走在一起，倒是有点出乎上官飞凤意料之外。

第三个人更加出乎她的意料，是她父亲的部下，西域十三家首领之一的麻赞哈。西域十三家，只有他和另外一家没有参加盖覆天的“夺权”阴谋，上官飞凤一直以为他是忠心于她的父亲的，谁知他也跟鲁廷方走在一起了。

鲁廷方哈哈笑道：“上官姑娘，你没想到我们会找到这里来吧！”

小达子年纪虽小，却很机灵，看出不对，叫道：“你骗人，你不是这位姑姑的朋友，你是坏人。”

鲁廷方将小达子一把抓了起来，喝道：“我毙了你这小鬼！”

上官飞凤坐在炕上，冷冷说道：“你杀了他，我就杀你！”

鲁廷方冷笑道：“你以为你打得过我们三个？”

上官飞凤淡淡说道：“打或者是打不过的，但用我这条性命换你这条性命总还可以！”

鲁廷方那日在楚家是见识过上官飞凤的幻剑，倘若她不顾一切，只是要杀他一个的话，确实也是未必就做不到。不错，他看得出上官飞凤是在病中，但他还是不敢冒这个险。

梅清风做好做歹，说道：“我们不是来杀人的，只是想来和你谈一桩交易。”

鲁廷方趁势落台，说道："好，我卖给你一个人情，待会儿我们开出来的价钱你可不能减了！"把小达子抛出帐外，用的却是一股巧劲，小达子双足着地，大骂强盗。那藏族老大娘赶忙出去保护她的儿子。

上官飞凤笑道："梅大侠，恭喜你当了官了！升了官当然就想发财，但可惜我仅有的一串铜钱都给你们拿去了，又怎能和你们做什么买卖?"

听得"大侠"二字，梅清风不觉面上一红，说道："别这样小气，铜钱还你。"原来上官飞凤给小达子那串铜钱，在鲁廷方给他代付米价的时候，已经从米铺老板手中拿回来了。他另外给了三钱银子与小达子做带路钱，那串铜钱可没还给他。这串铜钱是在内地通用，但在西藏却是少见的"康熙通宝"。是上官飞凤从中原回来用剩的。鲁廷方就是因为看见这串铜钱，因而引起疑心的。

梅清风向鲁廷方要过那串铜钱，一抖手，铜钱散开，向上官飞凤打去！

陡然间只见剑光一闪，叮当之声如繁弦急奏，梅清风飞出十八枚铜钱，十枚当中劈开，五枚削了一角，另外三枚在互相碰撞中倒飞回来。

上官飞凤笑道："为何这样小气，只还我一半?"

梅清风轮指疾弹，三枚飞回来的铜钱，都从当中分开，在上官飞凤冷笑的同时，他也在哈哈笑道："上官姑娘，你才不过病了两天，怎的连剑法都这么疏漏了?"要知若在平时，上官飞凤的幻剑一展，是足可以将十八枚铜钱都从当中劈开的。

麻赞哈把剩下的那半串铜钱拿过来，双手分握，大喝一声，铜钱都给他捏成粉碎，撒了满地。

上官飞凤冷冷说道："好威风！好煞气！"

麻赞哈道："我有自知之明，大小姐，你若不是生病的话，我这双肉掌，未必胜得过你的幻剑。嘿嘿，但如今可就难说了！"说话之间，目光从望着上官飞凤而转为望向地上，地上有给上官飞凤劈开的那十枚铜钱。他的目光充满洋洋自得之意。

上官飞凤淡淡说道："我一招不过能劈开十枚铜钱，你的掌力比我的剑法厉害得多。看来我似乎只有依从你们划出的道儿了。”

鲁廷方道：“你知道厉害就好。开始谈买卖吧！”

上官飞凤道：“好，你们开价吧。”

麻赞哈道：“首先，你得把幻剑灵旗交出来。”

上官飞凤道：“灵旗是你想要的吧？”

麻赞哈道：“不错。你的爹爹做了三十年的西域十三家宗室，也应该让位了。我知道灵旗在你手中，我还知道你们父女是想传给卫天元的，但卫天元是外人，和西域武林也素没渊源……”

上官飞凤截断他的话道：“哦，有这样的说法吗，你知道得似乎比我还多。但听你的意思，你当然是认为只有自己才配继承我爹的位子了。”

麻赞哈喝道：“你交不交？”

上官飞凤不理睬他，却对梅清风道：“梅大侠，你是剑术名家，幻剑想必是你想要的吧？”

梅清风并不否认，上官飞凤续道：“你知不知道幻剑非剑？”梅清风道：“我知道，但剑诀总是有的。你把剑诀默写给我，我还要留你三天。”

上官飞凤道：“做什么？”

梅清风道：“咱们切磋切磋剑法。”说是切磋，其实是要上官飞凤教他剑法，亦即是从比试中“偷师”。上官飞凤在病中，他自信上官飞凤是决计伤不了他的，不怕和她比试。

上官飞凤不置可否，转过头来问鲁廷方道：“你呢？他们都已开出了条件，想必你也有吧？”

鲁廷方哼了一声，说道：“我要着落在你的身上，把卫天元抓到。你要帮我们诱他自投罗网，抓不到他，你就不能走！”上官飞凤道：“唔，原来你们是要各取所需，但我要付给你们三家，这交易我未免吃亏了吧？”

鲁廷方冷冷说道：“一命换一命，你有什么吃亏？”

麻赞哈、梅清风接着说道：“要是你的性命不保，你的幻剑灵旗同样保不住！”

上官飞凤道：“可惜我不会打算盘！”

鲁廷方喝道："干脆说一句，我们开出的条件，你究竟应不应承?"

上官飞凤果然答得很爽脆，只有三个字："不应承!"

梅清风勃然变色。地上有五枚铜钱是给上官飞凤削了一角的，他突然拔剑出鞘，剑光一闪，这五枚铜钱都给他挑了起来，串在剑尖。剑光再闪，铜钱飞出，但周围已给削得平平整整，恢复了圆形，只不过变成了比原来的铜钱小了一半的"小钱"。这五枚"小钱"落在上官飞凤身前，排成一朵梅花形状。他只用了一招，闪电之间，就能把五枚缺角的铜钱，削成圆形。剑法的迅捷、奇妙，内力之用得恰到好处，即使未必在上官飞凤之上，也决不在她之下了。

"借花献佛，算作给你的定钱。你收不收，那就任由你了!"梅清风摆出一副冷傲的神态说道。

麻赞哈也道："大小姐，你可别逼我做出我不愿意做的事!"言下之意，上官飞凤倘若仍然不肯应承，他也只好与梅鲁二人联手杀她了。上官飞凤不说话，目光从他们三人的身上扫过。她自知决计难以抵挡对方三人的联手，故此她只能考虑和其中一个同归于尽了。这三个人，哪一个最可恶、可恨呢?

这三个人也知她心中在想什么，对她的"幻剑"亦是谁都有点顾忌，一时间倒是没人敢抢先动手。

鲁廷方道："我数到三字，大家一齐动手!"麻、梅二人点头表示同意，鲁廷方就开始数道："一、二……"

"三"字正在他的舌尖打滚，未吐出来，忽听得有人冷笑道："用不着你们设计诱捕，卫天元自己来了!"

上官飞凤精神大振，一跃而起。说时迟，那时快，卫天元亦已声到人到!

"蓬"的一声，麻赞哈与卫天元对了一掌，给他的掌力震得四脚朝天，狂吐鲜血!

剑光电转，这刹那间，梅清风只见四面八方都是剑影，陡地剧痛如割，肩上的琵琶骨已是给上官飞凤一剑穿过!

梅清风的眼睛像金鱼般凸出来，充满惊愕神气，似乎还不相信这是真的。也怪不得他不能相信，以他的剑法而论，即使不如上官飞凤，上官飞凤也绝无可能在一招之内就洞穿他的琵琶骨的。但可惜这却是真的，他相信也好，不相信也好，他都只能倒下去了。

好像被困在沙漠里绝望的旅人，突然发现了甘泉，卫天元的来到，给了她生命的力量，鼓舞了她的斗志。“幻剑”本无“章法”，此时她精神饱满，又复斗志昂扬，随意挥洒，皆成妙着。比她生病之前，威力更大。但这是如人饮水，只有上官飞凤方能“冷暖自知”，梅清风哪里懂得这个奥妙？

鲁廷方见两个伙伴倒了下去，这一惊非同小可，转身就逃。卫天元喝道：“穆志遥等着你呢，你还想回去吗？”说时迟，那时快，上官飞凤已是截住他的去路，卫天元一记劈空掌震得他身形摇晃，登时死在上官飞凤的幻剑之下。

卫天元道：“这位梅大掌门，你准备如何处置？”上官飞凤道：“好歹他也算是一派掌门，就饶了他吧。”当下，谢过那藏族老大娘和小达子，便即与卫天元离开。梅清风被废了武功，但却保存了性命。

来时不是一对，归时却是一双。

恩仇都已了了，但他们却是万语千言，不知从何说起。

两人默默同行，许久许久，上官飞凤忽道：“你为什么要来找我？”

卫天元道：“想和你下一盘棋，但对手只能是我和你。”

上官飞凤道：“姜姐姐呢？”

卫天元道：“她已经是局外人了。”

上官飞凤迟疑半晌，道：“这不大公平吧？”

卫天元道：“她是求她心之所安，我是求我心之所安。”

上官飞凤道：“可是我……”

卫天元道：“你也不用烦恼，因为那局残棋已经解开了。”

上官飞凤道：“怎样解开的？”

卫天元道：“雪君帮我解开的，正因为她已经帮我解开了这局棋，所以她就要置身局外了。”说至此处，忽道：“你还记得莫愁湖那副名联吗?”

上官飞凤轻声念道:

“名利乃空谈，一场槐梦，试看棋局情形，问谁能识?

古今曾几日，半沼荷花，犹剩郁金香味，慰我莫愁。”

卫天元笑道:“就快又是一年了，棋局已经解开，咱们也该回去重赏莫愁湖的荷花啦。”

上官飞凤道:“莫愁湖迟些再去。”

卫天元道:“哦，你想去哪儿?”

上官飞凤道:“去看华山的红叶。华山上也有个要人安慰的‘莫愁’呢。”

卫天元恍然大悟，笑道:“那个莫愁，是只有楚天舒才能安慰她的!”

上官飞凤笑道:“但咱们也不妨去做一个袖手观棋的局外人。”

又是秋天，红叶满山。

有人说秋天是容易令人多愁善感的季节，对齐漱玉来说，似乎也是如此。

得到瑶光散人为她悉心医治，她早已伤愈，恢复如初了。此时她正在“群仙观”前面的林中漫步。

她在怀念远人，“为什么天舒哥还没回来看我?他的伤是不是也好了呢?瑶光散人说过，青鸾姐姐治毒疗伤的本领是不在她之下的。唉，难道……”

原来瑶光给她医好了身上的创伤，却在她的心上抹下一片阴影。“男人十个有九个是靠不住的，尽管他曾和你海誓山盟，但只要他和另一女人相处久了，就难保他不会变心。”这些话是瑶光散人对她说过不知多少遍的。

那么青鸾替楚天舒治病，又和他万里同行，“朝夕相处”又已经半年有多了。他会不会变心呢?当然，所谓“朝夕相处”，也只是齐漱玉的“想当然”罢了。

但又怎能怪她有这样想法呢?小时候，她和卫天元朝夕相处，不也是曾经爱上他么?“日久生情”这句话她是深有体验的。

"不过，天舒不是小孩子，青鸾也不是小姑娘，他们若是当真日久情生，恐怕就不会改变了。但天舒喜欢上我的时候，我和他也都不是小孩子了。"

她漫步林中，胡思乱想，忽然发现瑶光散人在写画，画的正是群仙观。

"啊，瑶光姑姑，你的画原来画得这样好，我还未知道呢。字也写得这样好!"齐漱玉赞道。

瑶光散人道:"别瞎捧我。"目光一直没有离开那幅画。

她是用"大写意"的笔法写画，淡雾轻烟，楼台隐现，好像飘浮在云海之中。

笔底的烟云，勾起了往事的思念，也勾起了心头的怅惘。

她的画是跟玉虚子学的，那时他们都还未曾出家，玉虚子是一个名满江湖的、倜傥风流的世家公子。

玉虚子画过一幅仿古画的"仙山楼阁图"，画中的楼阁就是以华山的"群仙观"作为他"写意"的实物。而现在她画的"群仙观"则又是模拟玉虚子那幅画的。

画上题的是唐诗人李商隐作的一首诗:

"白石岩扉碧藓滋，上清沦谪得归迟。
一春梦雨常飘瓦，尽日灵风不满旗。
萼绿华来无定所，杜兰香去未移时。
玉郎会此通仙籍，忆向天阶问紫芝。"

这首诗也是玉虚子当年借来题他那幅仿"仙山楼阁图"的诗。

李商隐这首诗原题为"重过圣女祠"，据说"圣女祠"中的一个女道士本是他的意中人。

唉，他当年在画中写上了李商隐这首诗，想不到竟成"诗谶"!

"旧事尘封休再启，此心如水只东流。"从她做道士那天开始，她已决心把"旧事尘封"了的，但可惜她的"尘根"到底还是未能清净，常会午夜梦回，……直到如今，二十年已经过去，她还是情难自已，把满怀心事寄托于诗画之中。

但她的心事却又怎能对齐漱玉言讲?

齐漱玉见她若有所思，问道："姑姑，你在想什么？"

瑶光散人道："没什么，我是在想青鸾。"反问齐漱玉："你呢？你是不是有心事要和我说？"

齐漱玉道："我也没什么。不过，你提起青鸾姐姐，我倒想起来了，她给天舒哥医病，不知已经医好他没有？"

瑶光散人道："我知道你在惦记，但世事难料，说不定他会和另一个人回来，令你失望的。"

齐漱玉当然明白，她说的"另一个人"自必是指她的徒弟青鸾。

忽听得有人叫道："师父！漱玉妹子！"她们抬头一看，可不正是青鸾回来了！她是和一个年轻人回来的。但失望的却不是齐漱玉，而是瑶光散人！

和青鸾一起回来的那个年轻人是鲍令晖。

"怎么只是你们回来，楚天舒呢？"这话本来应该是齐漱玉问他们的。

青鸾红晕双颊，说道："我，我不知道，我给他医好了伤，就分手了。师父，我，我有……"瑶光料到几分，皱眉道："有话就说！"

忽听得有人哈哈笑道："她不好意思说，我替她说！"声到人到，玉虚子已是出现在她的面前。"她和令晖是求你答允他们的婚事。"

瑶光"寒"着脸，不置可否。玉虚子笑道："我的徒弟难道配不上你的徒弟么？瑶光，咱们不能重蹈上一代的覆辙！"他们当年的"情变"，就是因为双方家长的反对加上瑶光对他的误会，以致造成悲剧的。

瑶光心头一震，想道："不错，己所不欲，勿施于人。"就在此时，忽见又有一个人飞奔来到，齐漱玉迎上前去，喜极而呼："舒哥，我还以为……"两人拥在一起，对周围事物，好像视而不见，整个世界，只有他们两人存在。

瑶光也好像看不见他们，她的面色逐渐变为柔和，终于对徒弟说道："你们既是两情相悦，我就成全你们吧！"

玉虚子把瑶光拉过一边，低声问道："你几时还俗？"瑶光道："什么，谁说我要还俗？"玉虚子道："你有勇气让徒弟还俗，为什么你不敢还俗？我和你一起还俗！"瑶光的面突然变得比徒弟更红，说道："别让年轻人笑话！"玉虚子道："我说的是正经话！我虽然来迟了二十年，但经霜的秋菊，岂不更可以傲视春花？"

那边楚天舒则在说道："你以为什么？"齐漱玉道："我以为你不会一个人回来。"

楚天舒道："哦，你是问卫天元吗？他、他的那盘残棋……"齐漱玉其实并不是要问卫天元的，但楚天舒已经回到她的身边，她也不想再说她曾经有过的疑虑了。"什么残棋？"她问。

"我那盘残棋已经解开了！"卫天元与上官飞凤同时出现在他们面前。齐漱玉登时也懂得"残棋"的意思了。

楚天舒道："那么，咱们一起回扬州吧。有一件事我正想告诉你，你的爷爷和上官前辈亦已准备联袂同游扬州。"

卫天元道："好，但最好先游西湖。"齐漱玉诧道："为什么？"卫天元道："因为西湖边有个月老祠，月老祠有副对联，我想和你们一起去看。"接着念那副名联：

"愿天下有情人都成了眷属；
是前生注定事莫错过姻缘。"

（全书完）